〈김광순 소장 필사본 고소설 100선〉
최호양문록 · 옹고집젼

역주 강영숙姜英淑

대구에서 태어나 학업을 쌓았다. 경북대학교 대학원에서 『조선후기 열녀전의 유형과 의미朝鮮後期 烈女傳의 類型과 意味』로 문학석사 학위를 받았고, 영남대학교 대학원에서 『한국의 열녀전 연구』로 문학박사 학위를 받았다. 2006년에 한국불교문인협회 제7회 신인상 수상 시부문에 당선되어 등단했다. 시작품으로 『대지大地』, 『귀원歸原』, 『만추晩秋』, 『해인사』 등이 있다. 논문으로 「조선조 열녀전의 구성 방식과 문학사적 의의」(정신문화연구 제30권 2호, 한국학중앙연구원, 2007) 등 다수가 있고 저서로 『대구지명유래총람』(공저) 등 6권, 역서譯書 『국역인백당선생일고國譯忍百堂先生逸稿』(2006), 『국역계산유고國譯桂山遺稿』 (2012) 등이 있다. 현재 경북대와 향교에서 강의하고 있다.

택민국학연구원 연구총서 48
〈김광순 소장 필사본 고소설 100선〉

최호양문록 · 옹고집전

초판 인쇄 2018년 12월 20일
초판 발행 2018년 12월 31일

발행인 비영리법인 택민국학연구원장
역주자 강영숙
주 소 대구시 동구 아양로 174 금광빌딩 4층
홈페이지 http://www.taekmin.co.kr

발행처 (주)박이정
　　　　대표 박찬익 ┃ 편집장 황인옥 ┃ 책임편집 정봉선
주 소 서울시 동대문구 천호대로 16가길 4
전 화 02) 922-1192~3 ┃ **팩스** 02) 928-4683
홈페이지 www.pjbook.com ┃ **이메일** pijbook@naver.com
등 록 2014년 8월 22일 제305-2014-000028호

ISBN 979-11-5848-421-7 (94810)
ISBN 979-11-5848-415-6 (세트)

* 책값은 뒤표지에 있습니다.

택민국학연구원 연구총서 **48**

김광순 소장 필사본 고소설 100선

최호양문록·옹고집전

강영숙 역주

(주)박이정

21세기를 '문화 시대'라 한다. 문화와 관련된 정보와 지식이 고부가가치를 지니기 때문에, '문화 시대'라는 말을 과장이라 할 수 없다. 이러한 '문화 시대'에서 빈번히 들을 수 있는 용어가 '문화산업'이다. 문화산업이란 문화 생산물이나 서비스를 상품으로 만드는 산업 형태를 가리키는데, 문화가 산업 형태를 지니는 이상 문화는 상품으로서 생산·판매·유통 과정을 밟게 된다. 경제가 발전하고 삶의 질에 관심을 가질수록 문화 산업화는 가속도가 붙을 것이다.

문화가 상품의 생산 과정을 밟기 위해서는 참신한 재료가 공급되어야 한다. 지금까지 없었던 것을 만들어낼 수도 있으나, 온고지신溫故知新의 정신으로 오랜 세월에 걸쳐 그 훌륭함이 증명된 고전 작품을 돌아봄으로써 내실부터 다져야 한다. 고전적 가치를 현대적 감각으로 재현하여 대중에게 내놓을 때, 과거의 문화는 살아 있는 문화로 발돋움한다. 조상들이 쌓아 온 문화유산을 소중히 여기고, 그 속에서 가치를 발굴해야만 문화 산업화는 외국 것의 모방이 아닌 진정한 우리의 것이 될 수 있다.

이제 고소설에서 그러한 가치를 발굴함으로써 문화 산업화 대열에 합류하고자 한다. 소설은 당대에 창작되고 유통되던 시대의 가치관과 사고 체계를 반드시 담는 법이니, 고소설이라고 해서 예외일 수는 없다. 고소설을 스토리텔링, 영화, 드라마, 애니메이션, CD 등 새로운 문화 상품으로 재생산하기 위해서는 문화생산자들이 쉽게 접하고 이해할 수 있게끔 고소설을 현대어로 옮기는 작업이 선행되어야 한다.

고소설의 대부분은 필사본 형태로 전한다. 한지韓紙에 필사자가 개성 있는 독특한 흘림체 붓글씨로 썼기 때문에 필사본이라 한다. 필사본 고소설을 현대어로 옮기는 작업은 쉽지않다. 필사본 고소설 대부분이 붓으로 흘려 쓴 글자인 데다 띄어쓰기가 없고, 오자誤字와 탈자脫字가 많으며, 보존과 관리 부실로 인해 온전하게 전승되지 못하는 경우가 많다. 그뿐만 아니라, 이미 사라진 옛말은 물론이고, 필사자 거주지역의 방언이 뒤섞여 있고, 고사성어나 유학의 경전 용어와 고도의 소양이 담긴 한자어가 고어체古語体로 적혀 있어서, 전공자조차도 난감할 때가 있다. 이러한 이유로, 고전적 가치가 있는 고소설을 엄선하고 유능한 집필진을 꾸려 고소설 번역 사업에 적극적으로 헌신하고자 한다.

필자는 대학 강단에서 40년 동안 강의하면서 고소설을 수집해 왔다. 고소설이 있는 곳이라면 주저하지 않고 어디든지 찾아가서 발품을 팔았고, 마침내 474종(복사본 포함)의 고소설을 수집할 수 있게 되었다. 필사본 고소설이 소중하다고 하여 내어놓기를 주저할 때는 그 자리에서 필사筆寫하거나 복사를 하고 소장자에게 돌려주기도 했다. 그렇게라도 하지 않았다면 지금쯤 벽지나 휴지의 재료가 되어 소실되었을 가능성이 크다. 본인이 소장하고 있는 작품 중에는 고소설로서 문학적 수준이 높은 작품이 다수 포함되어 있고 이들 중에는 학계에도 알려지지 않은 유일본과 희귀본도 있다. 필자 소장 474종을 연구원들이 검토하여 100종을 선택하였으니, 이를 〈김광순 소장 필사본 고소설 100선〉이라 이름 한 것이다.

〈김광순 소장 필사본 고소설 100선〉 제1차 역주본 8권에 대한 학자들의 〈서평〉만 보더라도 그 의의가 얼마나 큰 지를 알 수 있다. 한국고소설학회 전회장 건국대 명예교수 김현룡박사는 『고소설연구』(한국고소설학회) 제39집에서 "아직까지 연구된 적이 없는 작품들이 다수 포함되어 있어서 앞으로 국문학연구에 크게 기여할 것"이라 했고, 국민대 명예교수 조희웅박사는『고전문학연구』(한국고전문학회) 제47집에서 "문학적인 수준이 높거나 학계에 알려지지 않은 유일본과 희귀본 100종만을 골라 번역했다"고 극찬했다. 고려대 명예교수 설중환박사는『국학연구론총』(택민국학연구원) 제15집에서 "한국문화의 세계화라는 토대를 쌓음으로써 한국문학에 크게 기여할 것이라"고 했다. 제2차 역주본 8권에 대한 학자들의 서평을 보면, 한국고소설학회 전회장 건국대 명예교수 김현룡박사는『국학연구론총』(택민국학연구원) 제18집에서 "총서에 실린 새로운 작품들은 우리 고소설 학계의 현실에 커다란 활력소가 될 것"이라고 했고, 고려대 명예교수 설중환박사는『고소설연구』(한국고소설학회) 제41집에서 〈승호상송기〉, 〈양추밀전〉 등은 학계에 처음 소개하는 유일본으로 고전문학에서의 가치는 매우 크다"라고 했다. 영남대 교육대학원 교수 신태수박사는『동아인문학』(동아인문학회) 31집에서 전통시대의 대중이 향수하던 고소설을 현대의 대중에게 되돌려준다는 점과 학문분야의 지평을 넓히고 활력을 불어 넣는다고 하면서 "조상이 물려준 귀중한 문화재를 더 이상 훼손되지 않도록 갈무리 할 수 있는 문학관 건립이 화급하다"고 했다.

언론계의 반응 또한 뜨거웠다. 매스컴과 신문에서 역주사업에 대한 찬사가 쏟아졌다. 언론계의 찬사를 소개해 보면 다음과 같다. 조선일보(2017.2.8)의 경우는 "古小說, 일반인도 쉽게 읽을 수 있도록"이라는 제목에서 "우리 문학의 뿌리를 살리는 길"이라고 극찬했고, 매일신문(2017.1.25)의 경우는 "고소설 현대어 번역 新문화상품"이라는 제목에서 "희귀·유일본 100선 번역사업, 영화·만화 재생산 토대 마련"이라고 극찬했다. 영남일보(2017.1.27)의 경우는 "김광순 소장 필사본 고소설 100선 3차 역주본 8권 출간"이라는 제목에서 "문화상품 토대 마련의 길잡이"라고 극찬했고, 대구일보(2017.1.23)의 경우는 "대구에 고소설 박물관 세우는 것이 꿈"이라는 제목에서 "지역 방언·고어로 기록된 필사본 현대어 번역"이라고 극찬했다.

또한 2018년 10월 12일 전국학술대회 및 고소설 전시에서 "〈김광순소장 필사본 고소설100선〉 역주본의 인문학적 활용과 문학사적 위상"이란 주제로 조희웅(국민대), 신해진(전남대), 백운용(경북대), 권영호(경북대), 신태수(영남대)교수가 발표하고, 송진한(전남대), 안영훈(경희대), 소인호(청주대), 서인석(영남대), 김재웅(경북대)교수가 토론하였으며 김동협(동국대), 최은숙(경북대)교수가 사회를, 설중환(고려대)교수가 좌장을 맡아 진행했다. 이들 교수들은 역주본의 인문학적 활용과 가치를 높이 평가했고, 소설문학연구에 새로운 영역을 개척, 문학사적 가치와 위상이 매우 높고 크다고 평가했다. 이날 〈김광순 소장 필사본 고소설 전시회〉를 강영숙(경북대), 백운용(경북대), 박진아(안동대)간사가 개최하여 크게 관심을 끌었다.

물론, 역주사업이 전부일 수는 없다. 역주사업도 중요하지만, 고소설 보존은 더욱 중요하다. 고소설이 보존되어야 역주사업도 가능해지기 때문이다.

고소설의 보존이 어째서 얼마나 중요한지는『금오신화』하나만으로도 설명할 수 있다.『금오신화』는 임진왜란 이전까지는 조선 사람들에게 읽히고 유통되었다. 최근 중국 대련도서관 소장『금오신화』가 그 좋은 근거이다. 문제는 임란 이후로 자취를 감추었다는 데 있다. 우암 송시열도『금오신화』를 얻어서 읽을 수 없었다고 할 정도이니, 임란 이후에는 유통이 끊어졌다고 해야 할 것이다. 그럼에도『금오신화』가 잘 알려진 데는 이유가 있다. 작자 김시습이 경주 남산 용장사에서 창작하여 석실에 두었던『금오신화』가 어느 경로를 통해 일본으로 반출되어 몇 차례 출판되었기 때문이다. 육당 최남선이 일본에서 출판된 대총본『금오신화』를 우리나라로 역수입하여 1927년『계명』19호에 수록함으로써 비로소 한국에 알려졌다.『금오신화』권미卷尾에 "서갑집후書甲集後"라는 기록으로 보면 현존『금오신화』가 을乙집과 병丙집도 있었으리라 추정되니, 현존『금오신화』

5편이 전부가 아닐 가능성이 높다. 귀중한 문화유산이 방치되다 일부 소실되는 지경에까지 이르렀으니, 한국인으로서 부끄럽기 그지없다.

이런 문제를 해결하기 위해서는 필사본 고소설을 보존하고 문화산업에 활용할 수 있는 '고소설 문학관'이 건립되어야 한다. 고소설 문학관은 한국 작품이 외국으로 유출되지 못하도록 할 뿐 아니라 개인이 소장하면서 훼손되고 있는 필사본 고소설을 체계적으로 관리하는 데 크게 기여할 수 있다.

현재 가사를 보존하는 '한국가사 문학관'은 있지만, 고소설의 경우에는 그와 같은 시설이 전국 어느 곳에도 없으므로, '고소설 문학관' 건립은 화급을 다투는 일이다.

고소설 문학관은 영남에, 그 중에서도 대구에 건립되어야 한다. 본격적인 한국 최초의 소설은 김시습의 『금오신화』로서 경주 남산 용장사에서 창작되었음을 상기할 필요가 있다. 경주는 영남권역이고 영남권역 문화의 중심지는 대구이기 때문에, 고소설 문학관은 대구에 건립되어야 한다. 고소설 문학관 건립을 통해 대구가 한국 문화 산업의 웅도이며 문화산업을 선도하는 요람이 될 것을 확신하는 바이다.

2018년 11월 1일

경북대학교명예교수 · 중국옌볜대학교겸직교수
택민국학연구원장 문학박사 김 광 순

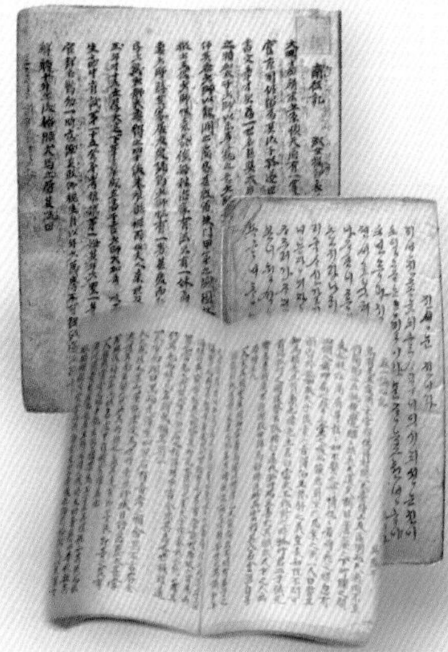

일러두기

1. 해제를 앞에 두어 독자의 이해를 돕도록 하고, 이어서 현대어역과 원문을 차례로 수록하였다.

2. 해제와 현대어역의 제목은 현대어로 옮긴 것으로 하고, 원문의 제목은 원문 그대로 표기하였다.

3. 현대어 번역은 김광순 소장 필사본 한국고소설 474종에서 정선한 〈김광순 소장 필사본 고소설 100선〉을 대본으로 하였다.

4. 현대어역은 독자들이 쉽게 이해할 수 있도록 한글 맞춤법에 맞게 의역하는 것을 원칙으로 하고, 어려운 한자어에는 한자를 병기하였다. 낙장 낙자일 경우 타본을 참조하여 의역하였다.

5. 화제를 돌리어 딴말을 꺼낼 때 쓰는 각설却說·화설話說·차설且說 등은 가능한 적당한 접속어로 변경 또는 한 행을 띄움으로 이를 대신할 수 있도록 하였다.

6. 낙장과 낙자가 있을 경우 다른 이본을 참조하여 원문을 보완하였고, 이본을 참조해도 판독이 어려울 경우 그 사실을 각주로 밝히고, 그래도 원문의 판독이 불가능한 경우에만 □로 표시하였다.

7. 고사성어와 난해한 어휘는 본문에서 풀어쓰고, 그렇지 않은 경우에는 각주를 달아서 참고하도록 하였다.

8. 원문은 고어 형태대로 옮기되, 연구를 돕기 위해 띄어쓰기만 하고 원문 쪽수를 숫자로 표기하였다.

9. '해제'와 '현대어'의 표제어는 현대어로 번역한 작품명을 따라 쓰고, 원문의 제목은 원문제목 그대로 표기한다. 한자가 필요할 경우에는 한글 아래 괄호없이 한자를 병기 하였다.

예문 1) 이백李白 : 중국 당나라 시인. 자는 태백太白, 호는 청련거사靑蓮居士 중국 촉蜀땅 쓰촨[四川] 출생. 두보杜甫와 함께 시종詩宗이라 함.

10. 문장 부호의 사용은 다음과 같다.

1) 큰 따옴표(" ") : 직접 인용, 대화, 장명章名.

2) 작은 따옴표(' ') : 간접 인용, 인물의 생각, 독백.

3) 『 』 : 책명冊名.

4) 「 」 : 편명篇名.

5) 〈 〉 : 작품명.

6) [ ] : 표제어와 그 한자어 음이 다른 경우.

목차

제1부 최호양문록

제2부 옹고집전

최호양문록

Ⅰ. 〈최호양문록〉 해제

『최호양문록』은 17세기 전후
에 창작된 연대 작자 미상의 가
정소설이다. '가족'이라는 문제
가 소설의 중요한 제재로 등장하
고 있다. 특히 가정소설은 조선
후기에 집중적으로 쏟아져 나오
면서 하나의 커다란 작품 군을
형성하였는데, 『최호양문록』도
가정을 소재로 전개되고 사건이
나 소재가 가정을 배경으로 펼쳐

〈최호양문록〉

지는 고로 가정소설이라 할 수 있다.

　『최호양문록』의 이본으로서는 박순호본 『최호양문눅』과 정
명기의 『崔洪兩門錄』등을 들 수 있다. 『최호양문록』은 학계에도
널리 알려지지 않았을 뿐만 아니라 단독연구도 거의 보이지
않는, 가정을 소재로 한 한국고소설로서 희귀본으로 간주된다.

　이 작품은 김광순 소장 필사본 고소설 약 474종 중에 100종을
선택하여 〈김광순 소장 필사본 고소설100선〉 에 선택된 작품이
다. 그러나 본 『최호양문록』은 학계에서 구체적으로 논의한
바는 아직 없는 것으로 사료된다.

이 작품은 한지로 총 110쪽, 각장 평균 17행 각행 평균 22자로서 흘림체로 쓴 한글본이다.

먼저 『최호양문록』의 줄거리부터 간추려 보자.

때는 송나라 시절, 소주 사람 최현이란 자가 있어 어려서부터 문장과 학행이 뛰어난데다 외모와 성정이 정갈하였다. 승상 등 고관 벼슬을 두루 거치니 영총英聰과 부귀가 한나라에 진동하였다. 부인 양씨 또한 용모와 지덕知德을 겸하였으나 나이 삼십이로되 일점의 혈육이 없어 후사가 끊어질까 염려하던 차, 어느 날 은하수가 떨어지는 꿈을 꾸고 늦은 나이에 아들을 얻었다. 그 아이 이름은 해성이요 자는 청운으로 하나를 들으면 둘 셋을 깨우치고 거동이 나이에 백을 더하였다. 한편 최현의 친구이자 당시 병부시랑 호원이란 자가 일녀를 두었는데 잉태할 때에 여씨 집의 '희환禧環'이라는 구슬을 삼키고 이로 인해 잉태하여 낳게 되었다. 시랑이 사랑하여 이름을 월영이라 하고 자를 운빙이라 하였다. 자라 오륙 세가 되니 달리 모르는 것이 없고 효성이 지극하고 어질거늘, 시랑부부 수중의 보옥 같이 여겼다. 이에 최공과 호공은 집안 끼리 혼인을 약속하고 서로 변치 않겠다는 약조를 글로 남겼다. 특히 호공은 해성에게 옥장도와 원기환을 주며 몸을 잘 보존하라 당부하였다.

이때에 신하 중 여화와 연쾌라는 간신으로 인해 정직하고 충성스러운 신하들이 모함을 받고 이간질을 당하니 조정의 형세는 어지러웠다. 정직한 군자 호공은 무심히 대처하나 끝내 참소를 당하여 억울하게 죽임을 당한다. 호공의 부인 또한 남편의 시구屍軀를 거두고 자신도 자결한다. 갑작스런 부모의 죽음으로 어린 나이에 홀로 남은 월영은 부모의 제사를 잇고 시묘살이 삼년을 능히 치른다. 또한 부모님께서 맺어준 최씨 집안의 언약을 새기며 한결같은 마음으로 살아간다.

당시 그 고을 자사가 빼어난 외모와 단아한 마음을 가진 월영을 자기의 후실로 삼고자 하여 여러 방법으로 계교를 꾸민다. 월영은 하는 수 없어 자신을 죽은 것으로 하여 거짓 장례를 치르고 남장으로 꾸며 시종 사 오인을 데리고 유랑을 떠난다. 가다가 밥을 얻어먹기도 하고 해가 저물면 남의 집 헛간을 얻어 잠을 청하기도 한다. 하루는 날이 저물어 어느 집 앞에서 하룻밤 신세를 지고자 그 집 하녀에게 일러 주인의 허락을 받고 숙소를 정하게 되었다. 그 집 안주인은 남편이 벼슬살이를 하다가 젊은 시절 일찍 여의고 자식도 없이 혼자 살아가고 있었다. 남장을 한 월영을 방안 문틈으로 보고 보통 인물이 아님을 알아보았다. 자세히 일러 서로 대화를 나누다 월영은 자신의 사연을 모두 고하였다. 주씨는 혼자 외롭게 세월을 보내던 차에 하늘이 내려보낸 딸이라고 여기며 애지중지 하였다.

한편 해성은 점점 자라 두각을 드러내어 국시를 거쳐 조정에 출입하니 벼슬이 시랑에 태부까지 겸하였다. 어느 날 소주에 계시는 숙모님께서 편치 않은데다 해성을 무척 보고 싶어 한다는 전갈을 받았다. 한 걸음에 달려가 숙모님을 뵙고 돌아오는 길에 춘흥에 겨워 잠시 유람을 하게 된다. 날이 저물어 발길이 닿은 곳은 주씨 집으로 그 곳에서 하룻밤을 거하다 우연히 월영낭자를 먼발치에서 바라보고 시녀들과 하는 대화 속에서 그 낭자가 월영임을 알게 된다. 해성은 곧장 편지로 그동안 낭자가 죽은 줄 알았으며 이제 그대를 다시 육례로 맞아 부부의 연을 맺겠다는 서찰을 전달하였다. 월영낭자도 육례를 갖추어 맞이해서 최가의 며느리가 될 것을 서간으로 약조한다. 허나 이미 해성은 월영 낭자가 이 세상 사람이 아님을 알고 본 부인을 이전에 맞이한 터였다. 본 부인 민씨는 어진 사람이라 낭자를 맞이함에 조금의 내색도 없이 후덕함을 보여주었다. 민씨와 월영낭자는 서로 동기간에 우애 있고 부모님과 가솔들에게 한결 같은 마음으로 대하니 모두가 입을 모아 칭찬하였다. 조정에 권세가 정국공이 있어 그 막내딸이 해성을 흠모하여 해성에게 시집오기를 원하였다. 해성은 이미 두 부인이 있고 달리 재취할 생각이 없어 거절하였다. 정국공의 자녀 중 한 명이 왕후라 황상의 입을 빌려 해성에게 재취할 것을 강요하자 황제의 명을 거역하지 못하고 다시 육례를 갖추어 정씨 부인을 맞이하게 된다. 정씨는 투기가 심한지라 마침내 호씨 부인을 모함하니 호씨 부인은 옥에 갇히게 된다. 억울하게 죽음을 당하게 된 호씨의 사형이 집행 되던 날 갑자기 하늘에서 검은 구름이 몰려오고 번개 천둥 속에서 한 선인이 내려와 황제에게 호씨의 억울한 사연을 아뢴다. 황제 그때서야 자신이 일의 전말을 제대로 읽지 못함을 알고 호씨를 사면하고 정씨에게 사형을 내린다. 호씨는 이후 차츰 몸과 마음을 회복하여 삼자 일녀를 낳고 나라에서 해원정비로 봉하여 열녀로 포상한다. 또한 만호후 정비를 겸하고 자녀들 또한 영화가 그치지 아니하니 영총과 부귀가 일국에 진동하게 된다. 지난 시절 온갖 고문을 당하고 억울하게 자신의 세 살 된 아이까지 죽임을 당해 마음도 몸도 쇠잔해져 심신이 고달픈 탓이었는지 호씨부인은 남편과 민씨 부인을 두고 먼저 세상을 떠난다는 이야기이다.

이 작품을 읽고 감상하는 데 도움을 주기 위해『최호양문록』의 유형론적 사건 검토, 부정누명을 통한 자기인식 구조, 심미적 거리와『최호양문록』, 소통구조의 서사적 의미라는 순으로 이 작품이 한국고소설사에서 갖고 있는 위상을 고구해 봄으로서 이 글을 읽는 독자들의 기대에 다소 부응을 줄까한다.

1.『최호양문록』의 유형론적 사건 검토

『최호양문록』이 처-처 갈등이 그 중심적 축으로 하여 전개된다는 점을 감안하여 기존의 가정 소설의 연구를 바탕으로『최호양문록』의 유형론적 사전 검토를 해 볼 수 있다. 가정소설이란 인간이 삶을 영위하는 데 필요한 최소한의 혈연적 조직체인

가정을 이루고 있는 가족 구성원의 갈등이나 가정 간, 세대 간의 갈등을 중점적으로 다루고 있는 작품이다. 이를 그 범주에 따라 좁은 의미의 가정소설과 넓은 의미의 가정소설로 나누어진다.

가정소설에 나타난 갈등유형은 주로 처-처(첩) 갈등, 계모-전처 자식 갈등 등이 주로 나타난다. 처-처(첩)갈등에는 수평적인 관계에서 비롯된 애정문제가 그 원인이 되어 갈등의 중심을 이루고, 계모-전처 자식 갈등은 그 수직적인 구조로 인한 갈등이 주된 갈등이 된다. 이러한 갈등 유형에 대하여 전자를 쟁총형 가정소설, 후자를 계모형 가정 소설로 분류하고 있다. 그러나 처-처(첩)갈등과 계모-전처 자식 갈등을 다른 것으로 분류하는 것이 큰 의미가 없음을 강조하고 두 개의 갈등을 하나의 범주로 설정함이 가능하며 또 그 필요성이 요구된다. 그 근거로는 가족의 중심을 아버지라고 볼 때 여러 처·첩(처)을 둔 가정에서 어느 하나의 처나 첩이 먼저 떠났을 때 사실상 계모-전처 자식의 관계와 동일한 범주 속에 놓이게 된다. 여기에는 시차적 차이가 있을 뿐 관계상으로 볼 때 차이가 없다.

㉠ 적강을 통한 하강: 적강모티프는 국조신화의 하강모티프의 전통을 일상적 인간중심의 모습으로 계승 발전시킨 결과의 후대적 산물이라 할 수 있다. 신화적 영웅이 하늘에서 곧바로 하강하는 데 반하여 가정소설에 나타난 적강의 예는 죄를 짓고 하늘에서 추방된 경우의 형식을 취한다. 『최호양문록』에서는 최해성과 월영낭자가 어떤 죄에 연루 되었다기 보다 벌써 하늘

에서 상제가 맺어놓은 연분인데 인간 세상에 나와 살게 되었다. 따라서 본 작품에서는 적강에 중점을 두기보다 부정이라는 죄에 의해서 주인공이 겪게 되는 현실계의 고통과 부정누명에 의해 전개되는 사건은 다른 소설군에서 나타나는 천상계와 현실계의 은유적인 관계처럼 크게 부각 하지 않고 있다.

ⓛ 애정갈등에 드러난 상승의 욕망: 처-처 갈등이 중심 축을 이루는 『최호양문록』의 경우는 표면적으로 애정 획득의 문제가 갈등의 중심을 이룬다. 그러나 그 이면에는 애정 갈등으로만 보기 어려운 부분도 있으며 신분 갈등으로 보기도 어렵다. 두 번째 부인인 호부인이 몰락양반이라는 점과 세 번째 부인인 정부인은 아버지는 국구國舅요, 언니는 황후라는 대단한 권력가 라는 점에서 신분갈등이라 보기 어렵다. 이들은 애정이나 자신의 신분상승에 집착하지 않는다. 오히려 집안 내 애정에 대한 주도권다툼의 성격이 짙다. 그러므로 여기에서는 두 부인의 욕망구조를 살펴봄으로서 두 인물의 갈등구조를 파악해 보는 것이 의미가 있다 하겠다.

첫째 부인은 덕이 높아 이런 여자의 행실은 첩이나 둘째 부인이 가질 태도는 아니다. 이것은 직접적인 욕망의 표출은 아니나 암시적으로 첫째부인의 지위에 대한 욕망의 다른 표현이기도 한 근거를 제공한다. 그러나 정 부인의 경우는 셋째 부인으로서 첫째부인으로 가는 데에는 호 부인의 존재를 장애물로 생각해 볼 때, 정부인의 욕망 또한 궁극적으로는 첫째 부인의 지위라고 볼 수 있겠다. 즉 주체의 욕망은 수직으로 상승하는 것이 아니라 비스듬히 상승하여 중개자에 의해 간접화되어 대상에 이르게 되는 것이다. 그러므로 『최호양문록』이 가지는 하강-상승의 선 구조를 개인의 주체 형성 과정과의 관련성을 면밀히 따져 본 결과 하강-상승의 선 구조는 사고 이전에 주어지는 무의식적 성격을 가지고 독자의 관심과 의미를 유발하는 소통의 기반을 제공한다.

2. 부정누명을 통한 자기인식구조

부정누명은 여성의 통과 제의적인 성격과 관련되어있다. 이것은 이야기가 제의의 관습을 가지고 있으며, 결국은 발생적으로 원시사회의 제의 및 사고 개념과 연관되어 있다는 것이다.[1] 『최호양문록』에 나타난 부정누명에 의한 월영낭자의 고행구조는 자아의 성장 혹은 개인의 정체성을 찾는 다는 것이다. 자아의 성장과 개인의 정체성 찾기는 본질적으로 반성적인 사고와 연결되어 있다. 『최호양문록』에 나타난 통과제의적인 성격은 개인의 정체성 형성과 관련이 있다.

『최호양문록』에 드러난 통과제의적 구조를 살펴보면 월영낭자가 남장으로 변장을 하여 도망가는 장면이 나온다. 이것은 통과제의에서 이야기하는 분리의 첫 번째 단계인 죽음의 의례

---

1) V.Y.프로프, 최애리 옮김, 『민담의 역사적 기원』, 문학과 지성사, 1990, p45

를 의미한다. 남장은 곧 여성으로서의 죽음을 뜻하게 되는 것이다. 또한 감옥에 갇히게 되는 것 또한 분리의 의례를 의미하는 것으로 볼 수 있다.

3. 심미적 거리와 『최호양문록』

심미적인 거리와 『최호양문록』의 관련성이다. 이 소설의 무엇이 기대 지평을 형성하고 무엇이 생소화를 불러일으켜 독자의 긴장을 형성하며 종국에는 텍스트의 의미형성에 기여하는가이다. 『최호양문록』에 나타난 기대지평으로는 효와 열을 꼽을 수 있다. 효와 열은 조선조 유교이념으로 무장된 지배층인 양반 사회의 생활 원리로 볼 수 있는데 생소화를 일으키는 요소는 무엇인가 하는 점이다. 그것은 지배층의 잘못된 통치원리와도 같다. 그 첫 번째 예가 소주 자사 위현의 횡포와 관련이 있다. 위 자사는 본 부인을 내친 후 월영에게 청혼하나 월영이 이를 거절하자 온갖 방법으로 월영을 핍박하기에 이른다. 이는 상식적인 목민관의 행태로 볼 수 없다. 이는 기존독자들의 기대지평을 흔들어 놓아 상식적으로 형성되어 있는 환상을 파괴하는 행위이다. 독자는 이아 같은 환상의 창조와 환상의 파괴를 통하여 살아있는 텍스트의 경험을 하게 한다.[2]

이러한 경험은 임병양란 이후 유교이념으로 무장된 위정자들

---

2) 로버트 C. 홀림, 최상규 옮김, 『수용미학의 이론』, 예림기획, 1999, p124

이 무너진 질서를 재건하기 위해 예학을 강화하고 가부장권의 강화와 관련된 갈등에서도 드러난다. 이 시기 여자들에게 있어 가장 큰 덕목은 무엇보다도 인고의 덕이다. 부모에게 효도하고 시집가서 시부모를 공경하며 시집 형제들과 화목하게 지내는 것이다. 이것은 앞에서 살펴본 기대지평인 효와 열인 것이다. 『최호양문록』에서는 가부장권의 강화를 위해 강구된 효의식이 도리어 독선적인 가장권과 대립되는 현상이 일어난다.

4. 소통구조의 서사적 의미

1) 반성적 현실인식

반성이란 자신의 행동이나 생각을 스스로 고찰해 봄을 뜻한다. 이는 기존의 사고나 행동에 문제가 있음을 뜻하기도 하고, 또한 개인의 새로운 의식의 형성과도 연관이 있다. 『최호양문록』 역시 앞에서 살펴본 바와 같이 기존에 가지고 있던 사고와는 새로운 사고를 요구하는 구조가 나타난다. 바로 심미적인 거리에서 살펴본 바와 같이 기존의 충과 효의 관점으로 믿고 따르기에는 너무나 개인적인 이익에 몰두하는 권위적인 가부장이 있다. 이것은 '내가 살고 있는 세상'과 '내가 살고 싶은 세상'과의 분리를 극명하게 보여준다. '내가 살고 있는 세상'은 개인적인 이익에 몰두하는 관리와 권위적인 가부장이 있는 세상이고, '내가 살고 싶은 세상'은 충과 효로서 따르고 싶은 세상일 것이다. 이 부분에서 결국은 작가가 표현하고 싶은 세상과 현실이 드러나 있다. 이것은 작가가 그리고 싶은 유교적인 세계관의 표출을 위해 무의식적으로 드러낸 현실에 대한 인식인 것이다. 그러므로 반성적이라는 것은 이중적인 의미로도 쓰일 수 있다. 현실에 대한 반성과 더불어 개인에 대한 반성이다.

2) 카타르시스

이성적 생활의 혼란을 제거하기 위해서는 감정을 억압해야 하는 것이 아니라, 적절히 표현, 배출해야 한다는 아리스토텔레스의 언급이 있다. 결국은 천상의 개입만이 유일한 해결양상을 제공 할 수 있다는 것은 월영낭자의 상황이 얼마나 극적 상황에 몰려있는 가를 보여준다. 독자는 이러한 월영낭자의 고난을 통하여 고통의 이면을 생각하게 된다. 이는 단순히 카타르시스가 일으키는 단순한 심리적 효과를 넘어서 인식의 체험까지 마련한다. 이러한 인식의 체험은 교훈주의적인 입장에서는 불행에 대한 인내 혹은 고통 저 너머의 세계에 대한 동경을 나타낸다. 이러한 동경은 천상계의 개입이라는 결말구조를 무리하게 끌어들이는 결과도 가져온다.

3) 흥미적 요소의 강화

이야기를 듣거나 읽는다는 것은 무엇보다도 중심을 두어 생각해야 할 것은 흥미이다. 흥미가 없는 이야기는 아무리 좋은 이야기라도 고통스러운 작업이 될 것이다. 소통구조의 요소 중 가정이라는 공간적인 설정자체가 그 첫 번째 흥미를 이끌어 낸다. 가정은 삶의 중요한 기본 토대인데도 크게 주목을 받지 못한 부분이 있다. 두 번째 흥미적인 요소로서는 여성의 성장구조가 보여주는 특징이다. 앞서 소통 구조에서도 살펴보았듯이 여성의 자기인식이라는 것, 곧 여성의 성장을 의미하는 것으로 볼 수 있다. 세 번째 특징으로는 부정누명이라는 소재이다. 조선조 여성에게 가장 중요하게 강조되는 열과 관련한 부정이라는 소재는 누명이라는 형태와 만나서 흥미의 강도를 극에 달하게 하는 결과를 가져온다. 이러한 여성위주의 소재 선택은 아래에서 살펴보게 되겠지만 여성의 교화라는 부분과도 관련이 있다. 17, 8세기는 체제강화를 위해 예학이 강조되는 시기이다. 예학의 강조는 무엇보다도 가정에서부터 비롯되는 것으로 교화적인 측면을 강조하기 위해서라도 이 시기 주 독자층인 여성의 흥미를 고려한 이야기의 서술은 불가피해 보인다.

4) 소설의 교화적 측면 강조

가정소설의 유형화된 하나의 원인으로는 소설의 향유층이 부녀자들이라는 점이 큰 영향을 미쳤다. 일부다처제하의 가족 갈등이라는 소재는 조선사회에 있어서 보편성과 현실성을 겸비하고 있을 뿐만 아니라, 당시 소설 독자층의 주류를 이루고 있었던 부녀자들에게 가장 절실하고 보편적인 관심사의 하나였기 때문이다. 이러한 주 독자층을 교화하기 위하여 소설이 활용되었다. 앞의 소통구조에서도 드러나듯이, 당시 사대부 층이 가장 강화하려는 것은 효孝와 열烈이다. 이 작품에서도 현실적인 해결을 막아 비현실적인 방법을 이끌어내는 가장 큰 원인중의 하나가 효의 문제이다. 열의 문제 또한 갈등을 촉발하는 부정누명不貞陋名에서 촉발된다. 이처럼 조선조의 가장 중요한 문제인 효와 열을 다루는 서사적인 진행에 있어 극

〈최호양문록〉

단적인 측면을 노출하는 것을 볼 때, 이 소설이 교화적인 측면을 얼마나 강조하고 있는 지 알 수 있다. 위와 같은 소통구조는 궁극적으로 소설로서의 교화적인 측면이 강조된 조선조 소설관에서 비롯됨을 알 수 있다.

5. 소설사적 위상

『최호양문록』의 소설사적인 위상은 가정소설이 가지고 있는

소통의 전략과 함께 움직인다고 볼 수 있다. 기존의 군담일색에서 벗어나 가정에 대한 관심으로 시각을 돌린 것만으로도 소설사적인 전환은 큰 것이다. 그리고 이제까지 설화에서나 제한 적으로 다루어 졌던 여자라는 인물을 부차적이 아닌 주체적인 기능의 주인공으로 등장시키는 것은 소설사적인 전환의 계기로 볼 수 있다. 이런 측면에서 『최호양문록』은 여성의 자기인식(성장)의 노출이고 또한 부정누명이라는 소재는 그 의미가 크다고 하겠으며, 사회적으로나 가정적으로 부수적인 기능으로 생각하는 조선조 사회에서 새로운 여성관의 창조도 엿볼 수 있다. 이는 물론 가정 소설이 가지는 교화적인 측면을 고려하였을 때 생겨나는 교육적인 측면을 고려하더라도 그 의의는 크다. 교화나 교육의 대상으로 여성을 생각한다는 것 자체가 그 의미의 변화가 감지되는 부분이다. 이제까지 교육에서 제외되었던 것이 여성이었다는 것은 부인할 수 없기 때문이다. 이상에서와 같이 『최호양문록』은 가정소설이 가지는 소설사적인 위상과 그 궤적을 같이함과 동시에 이 소설이 가진 그 변별성의 하나인 다양한 흥미소와 소통구조로서의 소설사적인 의의가 있다. 지금까지 묻혀져 왔던 『최호양문록』이 비로소 햇빛을 보게 되었다는 점에 그 의미를 두고자 한다.

Ⅱ. 〈최호앙문녹〉 현대어역

송나라 때 이부상서吏夫尙書[1] 최현은 소주사람이다. 어려서부터 문장과 학행이 뛰어난데다 관옥冠玉[2]같은 얼굴에 성정性情[3]이 정갈하였다. 열다섯 살에 등용되어 스무 살 전에 학사관學司館의 태부太傅[4]를 겸하니 영총英聰과 부귀가 한나라에 진동하였다.

부인 양씨는 공후작公侯爵 집안의 여자라. 뛰어난 용모에 지덕知德을 겸하여 상서를 공경하며 중히 하였다. 그러나 나이 삼십이로되 일점의 혈육이 없어 후사가 끊어질까 염려하던 차, 하루는 잠시 일몽을 얻었더니 은하수별이 떨어지는지라 받아 몇 개를 주워 보았더니 그 달부터 과연 잉태하여 일가와 승상부부 기쁨을 감추지 못하였다. 십삭十朔[5] 만에 생남生男하니 부부 대경대희大慶大喜[6]하여 하늘에 사례하였다.

그 아이 비상하여 하나를 들으면 둘 셋을 깨우치고 거동이 나이에 백을 더하더라. 부모가 중히 여겨 이름을 해성이라 하고 자는 청운이라 하였다. 청운이 태어난 지 칠팔십일 만에 능히

---

1) 이부상서吏夫尙書 : 조정의 문서를 관리하는 책임자.
2) 관옥冠玉 : 남자의 아름다운 얼굴을 달리 이르는 말.
3) 성정性情 : 타고난 본성.
4) 태부太傅 : 태자의 스승, 또는 나라의 고문顧問격에 해당하는 벼슬.
5) 십삭十朔 : 열 달.
6) 대경대희大慶大喜 : 크게 기뻐함.

말을 하고 걸음을 옮기니 부모는 아이가 단명할까 근심하더라.

해성이 점점 자라 이 삼세에 글을 배우지 아니하고도 오 육세에 경서를 읊었다. 하루는 공이 글을 가르치는데 입을 닫고 소리를 내지 않으니 공이 대노大怒하여 엄히 경계하니 해성이 여쭈기를 왈

"세상에 많은 훌륭한 재상들의 시세를 이루는 것을 배워 소자 용열하오나 반드시 단상에 나아가 분제焚祭[7]하고 붓을 떨치면 한퇴지[8] 소자첨[9]을 압도壓倒[10]할 것이며 반드시 초시를 통과하여 장차 장원급제 하겠습니다. 내 생을 벼슬에 거하와 육경 재상이 되어 타일에 큰 사람이 되오리다."

하니, 이 후부터 슬하의 글 가르치기를 그치고 승상이 다시는 말을 아니 하더라.

이때에 병부시랑 호원도 평생 일녀를 두었는데 잉태 할 때에 여씨 집의 '희환禧環'이라는 구슬을 삼키고 이로 인해 잉태하여 낳게 되었다. 호공 부부 사랑하고 점점 자람에 예시서禮詩書[11]를 두루 다루고, 인하여 예법을 차리니 시랑이 사랑하여 이름을

---

7) 분제焚祭 : 국가에서 치르는 각종 행사에 벼슬이 높은 사람들이 단상 앞에 서 향을 태우고 사르는 일.
8) 한퇴지 : 한유. 당나라를 대표하는 시인.
9) 소자첨 : 소식. 북송 시대의 시인이자 정치인.
10) 압도壓倒 : 눌러서 넘어 트림.
11) 예시서禮詩書 : 예기禮記, 시경詩經, 서경書經을 말함. 즉 성현의 글과 뜻을 잘 익혀 예의범절이 밝음.

'월영'이라 하고 자를 '운빙'이라 하더라. 자라 오륙 세가 되니 달리 모르는 것이 없고 효성이 지극하고 어질거늘, 상서부부 수중의 보옥 같이 여겼다.

이때 최승상과 호시랑은 사생을 같이 하는 붕우朋友라. 하루는 조정의 일과를 마친 후 호공이 최부의 집에 나아가 두 사람이 서로 반기며 술을 받아 즐김에 술이 취하자, 최공이 공자 해성을 부르니 수루에 있던 해성이 아버지 명을 받들어 들어왔다. 백사 당건[12]을 정히 하여 안선당에 올라 호공을 뵙고 멀찍이 앉았다. 호공이 눈을 들어 보니 얼굴은 흰 백색에 갖가지 채색을 메운 듯 천리마[13]가 하늘을 보고 소리를 지르는 듯 가을 물결에 금풍을 듬성치는 듯 양 미간은 강산의 기이한 정경을 앗아가는 듯 묘연한 풍채와 단정한 거동이 자옥산[14] 바위 앞에 임한 듯 두 팔은 무릎까지 내려오고 이목구비가 완연한지라. 겸하여 흉중에는 성현에 임할 것을 갖추었으니 이 어찌 십 세 전의 소공자로 보리요. 호공이 흠씬 놀라며 공자에게 이르기를

"공자 일어 나오라."

하여, 손을 잡고 생각하되 '이 사람은 반드시 운빙이 아니면 인간 세상에는 쌍이 없으리라'하며 굳은 생각을 하였다.

드디어 쓱 앞으로 나오자 즐겨 맞으니 상서 해성에게 옥장도

---

12) 백사당건 : 명주로 된 관冠.
13) 천리마千里馬 : 하루에 천리를 거뜬히 달린다는 명마.
14) 자옥산紫玉山 : 산 이름으로 어느 곳인지 정확하지 않음.

를 주며 왈

"이 칼을 가질 영예를 주니 몸을 보호하는 신표로 삼아라."

하니. 해성이 호공에게 받아 주머니에 넣고 또 원기환을 해성에게 쥐어주며 왈

"그대가 만약의 경우 보신保身으로 삼도록 하며 이제 이미 공자의 것이니 잘 간수하라."

하였다. 해성이 공경 중대하여 받아 낭중에 넣으니 두 공이 환하게 쾌락하며 늦도록 즐거워하다가 헤어졌다.

한편, 이때에 호공이 돌아와 부인 여씨에게 해성이 기특함을 갖춘 인물이라 하고, 혼사에 관해 서로 의논하였다. 이에 여씨 크게 기뻐하며 운빙이 자라기를 기다리더라.

한편, 운빙 소저는 자라 십 오세에 황금 화분에 모란이 향기를 내 뿜듯 연연한 가운데 푸른 잎에 비긴 듯 아리따운 태도는 아니 고운 곳 없으며 부모 사랑함이 손바닥에 깊이 감춰 둔 보옥같이 하였다. 소저 또한 효성이 동동촉촉洞洞燭燭[15]하여 좌우를 떠나지 아니하더라.

이때에 간신 여화는 충신들을 모함하고 이간질하며 조정을 기울이나 홀로 정직한 군자 호공은 무심히 대처하였다. 여화가

---

15) 동동촉촉洞洞燭燭 : 공경하고 삼가며 매우 조심함.

참소하여 상에게 말하기를

　"신이 듣자오니 시랑 호원이 홀로 승상들을 꾀어내어 조정 밖에서 사적인 일들을 꾀하니 원망이 극해지고 또한 그 기미가 정도를 넘으니 조정을 능멸하고 천하를 다스려 묘한 꾀로서 사람을 거두어 장차 좋지 못한 일이 일어 날것이오니 엎드려 바라건대 승상을 엄문嚴問16)하소서."

　주군主君의 노기怒氣가 하늘에 닿을 정도라. 승상은 간신과 언쟁을 피하여 고개를 숙이고 입을 닫았다. 이에 상이 모든 신하에게 묻기를

　"호원의 일이 사실인가?"

하니, 모두 묵묵부답한데, 임금이 가까이 하는 신하 연쾌가 아뢰기를

　"이 말씀이 극히 옳사오니 전하는 국문鞫問17)하소서."

상이 비로소 두 간신이 올리는 말을 들으시고 진노하사,

　"시랑 호원을 하옥하라."

하시며, 여화 연쾌 등으로 다스리라 하셨다.

　이에 호공이 이 기별을 듣고 부인에게 왈

　"내 오늘 들어가면 생사를 알지 못할 것이니 죽기는 두렵지 아니하나 부인과 월영의 인생이 추풍낙엽과 같은지라 내 어찌 혼백이 구원에 돌아가도 눈을 감으리오."

---

16) 엄문嚴問 : 엄하게 문책함.
17) 국문鞫問 : 나라에서 죄인을 엄히 문초함.

하니, 연당의 소저 뛰어 나와 아버지의 두 손을 붙들고 오열 통곡하니 시랑이 소저의 옥수를 잡고 실성통곡失聲痛哭[18]하며 왈

"아비의 유언을 저버리지 말고 최가의 언약을 잊지 말라."

하며, 말을 마치자 필묵을 꺼내어 유서를 써 운빙에게 주니 소저 받아들고 말을 잇지 못하는지라 시랑이 어루만지고 흐느끼길 마지못하니 부인이 얼굴을 바로하며 왈

"남자 입신양명하여 부모에게 현달함을 보여줌이 도리요, 이제 군이 원통히 죽으니 뒷날 혼이라도 있을 터이니 어찌 쾌하지 아니하리오. 또한 그대의 뒤를 쫓으리니 빨리 돌아갈지 언정 대장부 죽기에 다다라 오열로 이별하면 부끄럽지 아니하오리까."

하니, 시랑이 눈물을 거두고 손수 왈

"부인의 말이 진정 그렇소이다."

하며, 가련히 소매를 떨치며 나가니 소저는 실성통곡 혼절하고 부인은 마음을 이기지 못하여 비복을 시켜 옥중의 이모저모를 탐문하였다.

한편. 연쾌 등이 시랑을 가두고 엄형 국문하는데 시랑은 바른 군자라 어찌 위협이 두려워 무죄한 것을 유죄라 하리오. 스스로 복종하지 아니하고 장렬히 죽으니 온 나라 사람들이 아니 우는

---

18) 실성통곡失聲痛哭 : 목이 쉬어 목소리도 나오지 않을 정도로 목을 놓아 슬피 욺.

이가 없더라.

여부인과 운빙소저 황황망극하여 혼절하니 모든 시녀 등이 겨우 구제하였다.

소저는 원통해 할 뿐이요, 부인은 서너 비복을 거느리고 옥문에 나아가 시랑 시신을 거두어 돌아와 염습殮襲[19]하여 초상을 치를 때에 최상서 친히 와 장사葬事를 다스렸다. 시종始終 부인과 소저를 위로하니 여씨 모녀 감격하더라.

부인이 향탕에 목욕하고 상복을 입고 나와 소저의 등을 어루만지며 흐느껴 왈

"내 이제 돌아가니 너의 평생이 광풍낙엽 같은지라. 우리가 무슨 팔자로 자식 하나를 지녔더니 유유한 창천아래 너의 남은 생이 어이 될지 걱정이구나."

소저는 부인의 적삼을 어루만지고 머리를 부비며 말하기를

"모친마저 세상을 버리시면 소녀 어디를 의지 하오리까?"

하니, 부인이 더욱 망극해 하며 모녀 붙들고 통곡하니 초목금수가 다 슬퍼하더라.

부인이 모든 비복을 불러 왈

"군이 충절로 세상을 버리시고 나 또한 이 세상을 더 이상 살 일이 없어 열절烈節[20]하고자 하나니 너희들은 천금같이 소저를 보호하여 다른 날 현서賢壻[21] 최낭을 맞아 호씨의 그쳐진

---

19) 염습殮襲 : 죽은 사람의 몸을 씻긴 다음 옷을 입히고 염포殮布로 묶는 일.
20) 열절烈節 : 남편의 뒤를 이어 자신의 올바른 절개를 고수함.

후사를 다시 잇도록 하라."

하니, 비복들이 실성통곡하더라.

부인이 소저 옥수를 잡고 말을 이루지 못하고 소저는 오직 촌촌망망寸寸茫茫[22)하야 몸을 가누지 못하는지라. 부인이 이를 봄에 심경이 떨어져 나가는 듯하였다.

부인이 비로소 머리를 풀고 최복衰服[23)을 끌며 문 밖에 가 자살하니 황상과 만조백관이 다 참혹히 여기더라. 호소저 수하의 비복을 거느려 절문 밖으로 나가 부인 신체를 거두어 돌아와 실성통곡하니 수목樹木이 다 슬퍼하는 듯하였다.

소저 슬픔을 이기지 못해 눈물이 넘쳐나는데 염殮[24)하여 입관함에 상복 끌고 영정 앞에 가 한 번 모친과 부친을 부르고 혼절하니 비복婢僕들이 하늘을 우러러 탄식하며 바삐 안아 구하였다. 소저 비로소 심신을 거두어 손으로 부모 관을 어루만지며 애통하게 통곡하니 부모의 신령도 슬퍼 아니하였으랴. 시비 등도 서러워함이 가이 없더라.

최상서 일어나 시녀에게 전하여 소저에게 이르기를

"시운이 불행하여 이 호형이 인간세상을 버렸으나 부디 옥신을 간수하여 만고 다른 날 원수 갚기를 생각하라."

---

21) 현서賢壻 : 사위.
22) 촌촌망망寸寸茫茫 : 마음이 아프고 생각은 아득하여 정신이 없음.
23) 최복衰服 : 상복喪服.
24) 염殮 : 시신을 관에 넣어 안치하는 일.

하니, 소저 감은感恩에 사례하고 드디어 부모 상구喪軀25)를 모셔 발행 할 때 최공이 시녀에게 전하기를

"소저는 약한 체질을 보호하여 뒷날 최씨를 저버리지 말라." 하니, 운빙 소저 이를 듣고 재배再拜하며 전하기를

"시운이 불행하옵고 소첩의 팔자 험악하여 양친兩親이 거세去 世26)하셨으니 천지를 흔들어 첩의 서러움을 물리치기 어렵소이 다. 대인의 은혜 일월日月같으시니 뒷날 죽기로서 갚으오리다." 라고 전하니, 상서 듣고 탄복하더라.

소저 발행할 때 상서시랑 최공은 영귀靈鬼 앞에 나아가 통곡 이별하고 소저를 위로하여 보중保重27)함을 당부하더라.

소저 여러 비복을 거느려 겨우 도달하여 영구를 선산에 안장 하니 설움이 가슴을 흔드는지라. 여막廬幕28) 삼년에 동동촉촉洞 洞燭燭한 효성이 생시와 다르지 않은지라 시비 등이 탄복 칭찬하 더라.

광음光陰29)이 신속하여 삼년 상喪을 얼마 아닌 듯 지내니 소저 새로이 망극해 하고 비복이 더욱 슬퍼하더라. 운빙의 나이 십 구세라. 빛난 얼굴과 아름다운 태도는 금분모란이 남풍을 대한

---

25) 상구喪軀 : 죽은 시신.
26) 거세去世 : 세상을 떠남.
27) 보중保重 : 몸을 관리하여 잘 보존함.
28) 여막廬幕 : 무덤 가까이 막사를 지어 상주가 거처하는 곳.
29) 광음光陰 : 흐르는 세월. 시간.

듯 봄날에 연일 봄비를 머금어 푸른 파도에 우뚝이 솟은 듯, 옥 같은 이마는 반듯하며 넓고, 추파秋波30) 자태는 완연히 강산의 정기를 거두어 백태요조百態窈窕31)를 머금고 있는 듯 하니 사람들이 칭찬을 그치지 않더라. 호소저 일가친척이 없는데다 홀로 큰집을 이끌어가니 가산이 점점 기울어 소저 혹 비단도 짜며 수도 놓아 생활을 꾸려가니 모두 사랑하며 극진히 하더라.

한편, 이 때 상춘화류常春花柳때라. 소저 향을 피우고 부친의 유서를 내어보니 이르시길,

'노부부 명이 박하여 세상을 버리니 어찌 슬프지 아니하리오. 너는 타일 최씨를 배반치 말고 길이 맞아 화락하면 우리가 구천에 가서 눈을 제대로 감으리라.'

하였더라.

모친이 주신 유서에는

'노모 여씨는 월영에게 부치노라. 여식은 뒷날 최랑을 쫓아 백수해로 하여 죽어서는 효녀와 열녀의 두 가지 행실되리니 삼가 봉순奉順하라. 은혜와 신의를 잃지 말라.'

라하고

'계집의 행실은 여러 가지라. 위로는 구고舅姑32)를 공경하고

---

30) 추파秋波 : 가을철에 일렁거리는 파도, 혹은 이성을 향해 던지는 은근한 정.
31) 백태요조百態窈窕 : 몸가짐이 아주 정숙하고 단아함.
32) 구고舅姑 : 시아버지와 시어머니.

아래로는 가솔家率33)을 어리게 알고 가솔의 천첩을 멸시 말며 제사 때 예를 다하며 안색을 화순하게 하고 말싸움을 삼가하며 일가친척 대접을 소홀히 말며 한 집의 노비들에게 엄숙히 하며 은혜로 거느리고 두려워하게하며 사랑하게 하라.' 하였다.

또 그 중에 월계탄 월기탄34) 한 쌍이 있으니 '이는 시랑에게 납빙納聘35)할 것이라.'하였더라.

소저 슬피 통곡하고 또 부친께서 최공과 맹세한 것을 살펴보니 '모월 모일의 상서 최현과 시랑 호원은 상우相友를 끼고 하나가 되어 이 최랑과 호원의 여식들은 결혼하여 타일 최호양가의 후사를 이을 테니 천지신명은 명찰하소서.' 하였더라.

소저 감동하여 이후로 최씨 배반할 뜻이 더욱 없으니 아리따운 이름이 원근에 들리게 되었다.

한편, 그 고을 자사 위선이 심히 예가 없어 진즉 그 아내 형씨를 내치고 재취再娶36)를 구하더니 호소저 만고절색이라

---

33) 가솔家率 : 집안에 딸린 식구, 여기서는 비복을 말함.
34) 월계탄, 월기탄 : 혼례에 쓰이는 기러기를 말 하는 듯함. 본래 기러기는 신랑 측에서 신부 집에 올 때 기러기를 주는 것인데 그것은 음양에 순응하여 왕래한다는 의미다. 남자는 양이요, 여자는 음이니 기러기를 사용하는 것은 부인은 남편의 뜻을 따라야 한다는 의미를 딴 까닭에 혼례에 기러기를 쓰는 것이라고 한다. 혹은 장신구의 일종.
35) 납빙納聘 : 신부가 신랑 집에 보내는 예단.
36) 재취再娶 : 다시 장가를 들어 아내를 취함.

함을 듣고 중매로 유모에게 구혼을 히도록 하기 위하여 유모를 불러 명을 전하니 유모 어찌 태만하리오.

명을 받들어 자사가 지시한 수중의 음식을 준비하여 대접하고 구혼하였다.

유모가 자사에게 절하며 왈

"선친께서 변고를 당하였으며 또한 한낱 소저로 있으면 혼사 어찌 받들지 아니하겠습니까마는 선친이 계실 적에 경성 최상서 집과 혼사 이어져 계셨으니 어찌 배반하리오. 소저 요요청정姚姚淸靜[37]하여 예에 어긋나는 행은 하지 아니하실 것입니다." 하니, 자사 아연 질색하며 앞뒤 가리지 않고 유모를 재촉하였다.

유모 돌아가 소저에게 말을 전하고자 길을 나섰다. 자사의 유모 경선이 온다고 함에 소저 옥안화태玉顔華態[38]를 다스리고 상복을 정갈하게 하였다.

유모가 소저를 보니 백태百態 찬란하여 밝은 달이 광채를 이루는 듯, 던지는 눈빛에 양목을 나직이 하고 앉았으니 유모 경선이 심히 놀라 말을 잇지 못하는데 소저 단숨에 여러 가지 묻기를 왈

"그대는 하인 일진데 어찌하여 왕림하게 되었는가?"

경씨 공경히 말하기를

"노첩은 위자사의 명을 받자와 낭자에게 구혼하고자 왔사오

---

37) 요요청정姚姚淸靜 : 몸가짐과 마음 씀이 정숙하고 고요함.
38) 옥안화태玉顔華胎 : 옥 같이 고운 얼굴에 아름다운 자태.

니 소저는 허락해 주소서."

하며, 자사의 말을 전했더니 소저 대경변색大驚變色[39]하드라.

소저 아미를 찡그리며 말하기를

"저희 집에 수고로이 오셨도다. 혼인은 인륜人倫의 중사重事라. 부모께서 중매하여 종족宗族을 정하고 육례六禮[40]를 세웠기로 계집이 삼종三從[41]을 쫓아 인연의 줄을 받들려니와 부모를 조상弔喪하고 약한 간담에 슬픔이 가시지도 않았는데 어찌 혼사를 의논하리오. 규중 여자혼자 살아가지는 못하는지라. 이미 부모 생시에 결혼한 곳이 있으니 어찌 훼절할까! 나는 최가가 있으니 최씨 며느리로서 운명하리라. 충신忠臣은 불사이군不事二君이요 열녀烈女는 불경이부不更二夫[42]라. 선비로 벼슬살이를 하면 그 나라 신하요 계집으로 은비녀를 받았으면 그 집 며느리니 어찌 예가 없이 행동하리오. 그대는 돌아가 나의 말로 회답을 하라."

하니, 경씨 답하기를

"소저의 말씀이 그러하나 이제 낭자는 부모가 없고 친척이 없으니 최씨의 명부에 들일을 기약할 수도 없거니와 거짓으로

---

39) 대경변색大驚變色 : 크게 놀라 안색이 변함.
40) 육례六禮 : 남녀가 혼인을 함에 차려야 할 여섯 가지 절차.
41) 삼종三從 : 여자로 태어나 어릴 때는 부모를 따르고 시집가서는 남편을 따르고 남편이 죽고 난 뒤는 자식을 따름.
42) 충신불사이군忠臣不事二君열녀불경이부烈女不更二夫 : 충신은 두 임금을 섬기지 않고 열녀는 두 지아비를 섬기지 않음.

신의를 지켜 일생을 허송할 지도 모를 일입니다. 규수의 옥안과 아름다운 자태를 다스려 공자 왕손을 맞아 가을의 흰한 달과 봄의 남풍을 거침없이 맞이할 터이니 이 어찌 아름답지 아니하리오. 이제 고집스럽게 신의를 지켜 무심한 세월에 백발이 빠지면 언제 돌아보겠습니까. 자사는 영총이 그지없고 일국에 진동하니 이제 결혼하여 비단 옷에 좋은 장롱이 놓인 방에 아름다운 부인이 되어 백수 해로하고 자식을 생산하시면 이후로 부모님께 효를 잃지 아니하고 평생이 평안하시려니와 이제 천신만고하여 최씨를 맞는다 한들 벌써 아름다운 부인을 얻어 자녀를 생산하여 화락하면 어찌 애달프지 아니하겠습니까. 허니 소저는 살피소서. 인연이 아닌 즉 낭패를 보리로다."

유모의 말이 끝나자 소저 크게 노하여 말하기를

"비록 지금 나이 어린 여자라 하나 눈앞에 펼쳐진 세태와 인간이 지켜야 할 예의범절은 내 능히 알거늘 이 사람은 이다지 말을 가볍게 하느뇨. 자사라 유세하나 나도 사대부의 후손이거늘 나를 예가 없는 노류장화路柳墻花[43]로 여겨 의논하는가."

하며, 말을 마치자 소저 좌우로 하여금 등을 밀어 내치라하니 경씨 하는 수 없어 돌아와 호씨 용모거동과 허다한 말로 자세히 고하고 못내 칭찬하니 자사 듣고 서안書案을 치며 말하기를

"이 여자는 진실로 무진장한 금은보석으로도 당하지 못하리

---

43) 노류장화 路柳墻花 : 아무나 쉽게 꺾을 수 있는 길가의 꽃이나 담장 위의 꽃.

로다."

하며, 드디어 꾀를 내어 봉한 편지와 가마를 보내어 왈

　"겁칙怯則[44]하리라."

하였다.

　한편, 호소저 경씨 돌아가고 난 십 여일 만에 시비 급히 보고
하기를

　"경성 최상서 부중에서 노비가 서간을 가져 왔나이다."

하거늘, 소저에게 서간과 금함을 드렸다. 소저 시녀에게 금함을
열게 하니 명주 십여 필과 황금 채단들이라. 소저 낭낭이 웃고
서간을 읽어보니 편지에 왈

　'경성 최해성은 두 번 절하고 소저 금옥난간에 서하나니 이제
벌써 사랑이 가신지 삼년이 지나고 세월이 오래 되었는지라.
전에 맹약함을 익혀 취처娶妻아니하고 호씨를 저버리지 않았노
라. 이제 노비 십 인과 약간의 보물을 보내니 이 길로 행장을
꾸려 돌아와 인연을 이루라.' 하였거늘, 소저 청파[45]에 태연자
약 웃으며 말하기를

　"가소롭다. 이 서간이여."

하니, 시녀가 최상공의 서간을 보고 묻기를

---

44) 겁칙怯則 : 법을 악용하거나 나쁜 꾀로 상대를 빼앗음.
45) 청파聽罷 : 듣기를 다 마침. 또는 그런 때라는 뜻으로 여기서는 편지의
　　내용을 다 읽어 본 후라는 뜻.

"이는 최공의 집안에서 보낸 것이 온데 무슨 말씀이신지?"

하니, 소저가 왈

"최랑이 나를 데려 갈진대 천리 먼 길에 노자만 보냄이 의심스럽고, 서간의 말이 헛소리 인듯하여 두 번째 의심이요, 최랑은 세상에 시문장이 능한 자라 글씨 설마 이러하랴 싶어 의심이 셋이요, 서간을 봉 한지 얼마 안 된듯하니 의심이 넷이라. 최랑이 노자를 보낼 진대 어찌 이러하리오. 이는 반드시 적의 일로 봉한 친서라. 내 어찌 경솔하게 행하리오."

하니, 시녀와 유모 탄복함을 마지않더라.

소저 필묵을 내어 봉서를 써 노비에게 주고 금함을 가져와 당함에 넣어 보내니 노비들 하는 수 없이 돌아갔다. 이때 자사 묘한 꾀를 내며 괴로이 기다렸더니 일이 제대로 성사되지 않고 돌아오자 맘을 끓이며 연고를 물었다. 노비가 서간과 금함을 드리니 자사 민망해하며 펴보니

'무식한 도적이 규중여자를 속이는 듯 금함이 이런 식이니 족히 위자사의 소견인지 가히 알겠도다. 간계를 내어 천방백계千方百計46)로 속이고 천자의 위엄에다 소진蘇秦47)과 장의張儀48)

---

46) 천방백계千方百計 : 온갖 방책과 계획.

47) 소진蘇秦 : 중국 전국 시대의 유세가(遊說家)(?~?). 진(秦)에 대항하여 산둥(山東)의 6국인 연(燕), 조(趙), 한(韓), 위(魏), 제(齊), 초(楚)의 합종(合從)을 설득하여 성공했다.

48) 장의張儀 : 소진과 동시대의 유세가. 진을 중심으로 하여 6국이 서로 화평하고 지내자는 연횡連橫을 설득하여 성공했다.

의 구변과 장자방張子房[49]의 묘술로도 속이지 못하리니 무식한
소견과 어린 생각으로 다시는 만날 일이 없으리다.'라 하였다.

자사 서간에 대노大怒하여 건장한 여인 오십 명이 황혼녘에
들어가 일가를 죽이고 소저를 붙잡아 돌아오라 하였다. 이 소식을
시비를 통해 듣고 호소저 노비들을 데리고 명령하여 이르기를
"금일 황혼녘에 올 것이다."
하며, 비복과 유모를 불러 이르되
"피하라."
하니, 유모와 시비 등이
"우리는 피하려니와 낭자는 중하신 몸을 어찌하려하시나요."
소저 잠시 말하기를
"내 몸은 스스로 보전하리라."
드디어 모든 사람을 내 보내고 날 선 칼을 속적삼 고름에 차고
방에서 베개를 베고 누워 귀를 기울여 들으니 야밤삼경에 여인
오십 명이 들어와 사람을 찾되 사람이 없으니 비수를 번득이며
소저 앞에 나아가 거듭 해치려하니 소저 서안을 의지하여 낭랑
히 있을 뿐이라. 자객이 달려들어 겁칙하여 데려 가고자하나
차마 붙들지 못해 칼로 위협하거늘 소저 대하여 말하기를
"내 비록 규중 소녀나 너희 비수 따윈 두렵지 아니하다. 내
벌써 죽어 한을 씻을 것이로되 내 몸을 더럽히지 아니하려 하나

---

49) 장자방張子房 :

니 나를 핍박한다고 하여 소소하게 살실을 돌아보리오."

하고, 말을 마치자 오색 칼을 빼어 소저 자신의 목에 들이대며

"내 몸에 손끝하나라도 닿을 시엔 내 목을 찔러 스스로 자결하리라."

하며 서슬이 퍼렇게 소리를 치니 도적들이 기겁을 하며 아무도 손을 데지 못하더라. 어쩔 줄 모르던 자객들이 두려워하며 달아나니 소저 겨우 마음을 놓았다.

자사의 수하 일당들이 돌아가 고하니 자사 아연하여 십 여일 후 친히 가서 겁칙하려고 하더라.

한편, 호소저 스스로 생각하여 자사의 음흉한 뜻이 이번만으로 끝나지 않을 것을 예견하고 남복男服을 지어 준비하였다. 또한 후환이 더욱 가중 될까 두려워 행장을 차리고 시녀와 노복에게 다 상복喪服을 지어 입히고 이것저것 등을 준비하고 가솔들에게 전하기를

"호소저가 병이 났다."

라고, 거짓으로 전하라 하였다. 이에 자사가 흘려 듣고 놀라며 혹 참인지 거짓인지 하며 여기더라. 시비와 소저는 변복變服하고 시녀 네 명과 유모 홍춘만 데리고 남은 비복들에겐 이래라저래라 하고서 각각 이별하고 한밤 중 길을 떠났다.

한편, 자사 허씨의 허실을 탐지하더니 문득 곡성이 진동하며 소저의 긴 적삼을 내어 초혼하며 시녀들은 염습하고 애통해

하며 초상을 마치니 자사 듣고 아연하여 그 집 비복을 불러 실사를 물어보니 허다한 비복이 몸에 상복을 입고 거듭 울며 말을 못하는지라. 자사 탐정하며 참담히 여기나 오히려 의심하며 서모 경씨에게 가보라 하니 경씨 낭자 집에 와보니 너른 대청 가운데 검은 관이 은은하고 쌍촉의 소장이 자욱하고 붉은 명정은 바람에 부쳤고 영전에 제상을 놓아 제물이 의젓이 놓였으며 묵향 냄새 가득하고 많은 비복은 상복을 입고 통곡하니 조금도 의심될 것이 없는지라 경씨 탄식하고 돌아와 전하니 자사 아연히 깨닫고

"즉시 아내 형씨를 데려오라."

하였다.

한편, 소저 모든 걸 시녀로부터 전해 들었다. 길을 나선 소저 일행은 휘황히 동방이 밝아오니 행색이 조심하며 인가를 찾아 금돈을 주고 조식을 구하여 기갈을 청하고 다시 행차하여 십여일 후 전강 소주현에 이르렀다. 몸이 피곤하고 금돈이 다한지라. 시비가 두루 다니며 빌어서 먹었더니 하루는 한 곳에 이르니 남루한 집이 있으되 경어사집이라 하였거늘 심야에 기꺼이 나가 문을 두드리니 이윽고 홍안의 시녀가 나와 묻기를

"수자豎者50)는 어찌한 연고로 하여 여기에 이르렀느뇨?"

---

50) 수자豎者 : 머리카락이 더부룩하여 제대로 다듬어지지 아니한 모습, 즉 아직 성인이 되지 아니한 젊은이, 어린소년을 말함.

하니, 소저 절하고 이르기를

"나는 이만 이만한 사람이라. 소저 친척을 찾아가다 일이 그르쳐졌으니 아무 곳이나 밤을 새울 수 있기를 청하나이다."

하였다. 시녀 들어가더니 나와, 초당을 정해 주거늘 소저 들어가 겨우 쉴 곳을 얻게 되었다. 방안에 서안의 책을 취하여 글을 보고 있었더니 이때에 경어사부인이 마침 문틈으로 엿보았는데 한 소저가 초연히 병풍에 의지하여 글을 보는 모습은 옥 같은 얼굴에 화려한 자태가 달 아래 요조숙녀가 달빛을 모두 앗아간 덧, 서왕모[51])의 복숭을 먹은 덧 도무지 남자의 태가 없는지라 수상히 여겨 시녀로 탐지하게 하였다.

시녀 홍선이 나와 이르기를

"묻자옵니다. 손님의 성명을 알고자 하나이다."

하니, 왈

"빈객의 성명을 알아 무익하거니와 주인댁 성명은 뉘시며 자녀가 어찌 되는가?"

하니, 홍천이 추연히 탄식하며 왈

"팔년 전에 어사께서 세상을 버리시고 다만 주모만 계시며 홀로 세월을 보내오니 자녀는 없사옵니다."

하였다. 호씨 측은히 여기며 묻기를

"친척에게도 후사를 전할 길이 없느냐?"

---

51) 西王母 : 중국 신화에서 곤륜산에 산다는 신녀. 꼬리는 표범꼬리에 호랑이 입을 가진

하니, 홍선이 왈

"경어사 집안 팔대 독자요 어사도 혈육이 없었사오니 부인이 주야로 슬퍼하나이다."

하니, 소저 왈

"부모 없는 자녀를 얻어 후사를 이어야 하지 않을까?"

하니, 홍선이 대답하기를

"아름다운 여자라도 있으면 후사를 의탁하고자 하나이다."

소저 잠시 듣고 흐느끼며 말하기를

"천지가 살피실 것이라."

하며 자신의 처지를 자초지종 자세히 이르니 홍선이 크게 놀라고 기뻐하며 바삐 들어가 부인께 고하니 부인이 서안을 치며 왈

"하늘이 보내셨도다."

하며, 드디어 좌우를 정리하고 소저는 남장으로 부인을 뵈오니 부인이 친히 내려와 붙들어 올려 앉히고 전후 실사를 자세히 물으니 소저 눈물을 뿌리며 앞 뒤 일일이 고하니 부인이 크게 놀라고 기뻐하여 즉시 향을 피웠다. 소저 여덟 번 절하며 예를 받고 금의錦衣를 내어 입고 남장을 벗으니 화안월태가 새로이 황홀한지라 일가 탄복하고 소저도 기뻐하더라. 이후로 소저가 부인을 모시고 섬김이 친어머니 같고 부인도 사랑함이 친딸같이 하더라.

한편, 경성 최상서 집에서 호씨 사생존망을 몰라 상심함이 컸으나 아녀자의 혼사 문제라 어찌할까 근심하던 차, 해성의 나이 십 사세요, 천자께서 인재를 뽑을 때 해성이 나아가 장원을 하였다. 천자가 그 문장과 풍채를 사랑하사 즉시 한림학사를 허여하시니 영총이 무궁하나 아직 혼사가 이뤄지지 않음을 민망히 여기셨다.

한편, 최공부부는 호소저가 갑자기 사라지고 난 뒤 이리저리 호소저의 소식을 궁금히 여기던 차에 우연히 그 집 시종을 통하여 호소저가 죽어 장례까지 치른 지 이미 일 년이 흘렀다는 것이다. 최공 부부 크게 놀라며 무엇을 잃은 듯, 마음에 안정을 찾지 못하여 침식을 제대로 다하지 못하였다. 공이 생각하되 호씨 이미 죽은지라 어쩔 수 없어 하루는 해성에게 이르기를

"이제 호씨 죽었으니 남자 일생을 헛되이 못할 것이라. 다른 데 혼처를 정함이 어떠하냐?"

하니, 해성이 말하기를

"호씨 팔자 기구하여 죽었으니 그 형상이 가련한지라 저는 그 믿음을 지키고자 하였으나 부모 슬하에 다만 소자뿐이니 후사를 생각하지 않을 수 없습니다."

하며, 죽은 호씨 때문에 불효를 드리는가 하여 최상서 .즉시 혼인을 허락하니 상서가 기뻐하긴 하나 해성은 호씨를 생각하고 심사가 편치가 않더라. 이윽고 택일하여 신부를 맞아 돌아오니 민씨 용모 미려하고 덕이 있어 흰 연꽃 한 송이가 웃는 덧,

민첩한 자태 양 미간에 은은히 비취니 모두 사랑하며 성실히 대하였다. 해성은 정직군자라 여인을 멀리하고 행실은 정도로 하니 조정이 두려워하며 공경하더라.

하루는 민씨와 함께 시서詩書를 주고받다가 몸이 피곤하여 잠깐 잠을 청했더니 문득 한 선생이 앞에 와 절을 하며 이르기를

"나는 옥황상제의 명을 받자와 그대를 청하나이다."

하자, 생이 눈을 들어보니 푸른 얼굴에 백발한 사람이 그 거동이 예사롭지 아니하거늘 생이 공경히 하며 왈

"나는 인간 세상에 무지한 선비라 천상의 일을 모르거늘 어찌 가리오."

하니, 그 선인이 입으로 진언을 읽자 문득 사방으로 오색구름이 일어나며 생의 몸이 천상에 오르니 선인이 인도하여 수십 보 나아갔다. 붉은 꽃이 어리고 오색구름이 자욱하며 빛나는 누각이 반공에 어리어 그 속에서 풍류소리 들리는데 인간 세상에는 없는 모든 것들이 무궁한지라.

선생이 이르기를

"여기는 옥황상제가 조회를 받는 곳이니 내 먼저 들어가 진언을 아뢰거든 선군이 소리를 쫓아 들어와서 보면 황금 교의에 앉은 이가 옥황상제라. 그대 몸을 청순이 하여 사배하라."

하고, 들어가더니 이윽고 생에게 진언을 걸거늘 생이 들어가 눈을 들어보니 수백 선관이 차례로 엎드려 있고 칠보단장한 선녀 수 백인이 맞이하고 옥황상제는 황금 교의에 앉아 있었다.

생이 심신이 황홀하여 겨우 들어가 사배하니 옥황상제 전하기를

"유진성의 풍채가 인간 세상에 가서도 변치 않았도다. 인간에 내려가서 옥진성을 얻어 부부되었구나."

하니, 생이 엎드려 아뢰기를

"신은 인간 세상에 무지無至한 필부라. 옥진성을 어이 알리까? 민씨 여자를 얻어 부부되었나이다."

하니, 상제 웃으며 왈

"민씨가 하늘이 정한 배필이라. 전날 옥진성과 유진성으로 더불어 유진성의 조상이 되었더니 남해 영의정의 자식을 민가의 자식으로 함에 비로소 자색은 호씨만 같지 못하나 덕이 으뜸이라. 조상의 덕으로 주신 것으로 유진성의 아내 되었도다."

하였다. 이윽고 옥진성을 부르시니 옥진성이 눈을 들어보니 용모 찬란하여 선녀 중에 빼어난지라. 옥황상제 웃으시고

"유진성과 옥진성으로 인간에 끊어진 인연을 다시 이으라."

하시니, 한 선녀 붉은 치마에 푸른 저고리를 입고 긴 칼을 들어 베이니 그때야 생이 놀라 깨어나 보니 꿈인지라. 비록 꿈속의 일이나 청의靑衣와 홍상紅裳이 옆에 놓여있거늘 행여 민씨 볼까 돌아보니 민씨도 서안을 베개 삼아 자고 있어 입은 옷과 홍상 일체를 깊이 간수하였다. 한참동안 의혹하여 생각하되 호씨가 옥진성이 아닌가 의아해 하다가 민씨를 흔들어 깨우니 민씨 일어나 앉아 이르기를

"아까 첩이 잠이 드니 군자 몸에 자금포를 입고 첩과 더불어 잔이 오고가더니 땅에 한 선녀 내려와 첩의 잡은 잔을 빼앗아 군과 나누어 먹어 보이니 이는 반드시 근간에 재취(再娶)[52]하실 것 같습니다."

하니, 생이 가만히 웃으며 왈

"남자가 두 아내를 거느릴 말을 하십니까."

하였다.

이후 생은 무엇을 잃은 듯 잠시 심사가 혼란스러웠다.

한편, 이때 호소저 절강에 온 뒤 차츰 몸이 평안하니 화색이 더욱 새로워져 안색이 영명하며 찬란하니 부인이 사랑하며 중히 여겼다. 하루는 소저 뒷 난간에 기대어 있다 잠이 들었다. 문득 서쪽으로 부터 향풍이 일어나며 한 선녀 내려와 절하고 이르기를

"나는 옥황상제의 명을 받자와 옥진성을 인도하러 왔나이다. 부인은 빨리 내 등에 오르소서."

하니, 호씨 답 왈

"나는 인간에 천한 사람이라, 어찌 선녀를 쫓으리오."

하자, 선녀가 웃으며 재삼 청하니 소저 마지못하여 등에 올랐다. 그 선녀 몸을 솟구쳐 천상에 올라 소저를 백옥 다리에 놓았다.

---

52) 재취再娶 : 정실부인이 있거나 또는 사망한 경우 새로 아내를 얻음.

소저 주위를 살펴보니 사면에 은은한 안개가 자욱하여 지척을 분별치 못하였다. 이윽고 사방에 영롱한 누각이 있으되 광채 찬란하며 무수한 선녀들이 차례로 옥황상제를 보위하더라.

그 선녀 왈

"부인이 나를 따라 들어가 먼저 옥황상제께 뵈옵고 다음 선관 선녀들을 뵈옵고 청죄請罪53)하소서."

하니, 소저 선녀를 따라 들어가 상제께 머리를 조아리고 꿇어앉으니 상제 웃으시며 이르시길

"옥진성의 자태는 인간 세상에 갔어도 변치 아니하였구나. 유진성을 만나 부부 되었도다."

하니, 호씨 아무것도 몰라 답하지 못했더니 밖으로 한 선관이 들어오거늘 상제가 한 선녀에게 이르기를

"이 여인 옥진성에게 인간의 끊어진 인연을 다시 이어주도록 하라."

하시니, 그 선녀 선관의 청삼과 옥낭자의 붉은 치마를 한데 매고 칼로 그었다. 호씨 놀라 깨어나니 한편의 꿈인지라. 다만 자신의 저고리가 아닌 선관의 청삼과 매었으니 마음이 크게 놀라 향후 타인이 알까 두려워 깊이 간수하고 생각하되 '천상의 유진성 인간이 최가를 말하는 걸까' 하고 여러 번 의구스러웠다.

---

53) 청죄請罪 : 저지른 죄에 대하여 벌을 줄 것을 청함.

이 때. 최학사 천자의 총애가 넘치고 풍채 절도가 있으니 천자 극히 사랑하사 벼슬을 돋우어 이부시랑간의 태부를 겸하시니 영총과 부귀가 일국의 으뜸이라. 재상집으로서 천금의 옥여로 재취再娶를 구하나 생은 정인이며 군자라 허락하지 아니하고 행실을 닦아 장래를 보중하며 금 쪽 같은 마음으로 기리며 좋지 않은 얼굴색을 보이지 아니하였다. 침소에 이르러 민씨 향해 불편한 색이 곧 있으면 안색을 삭이고 말씀을 엄정히 하여 그 뜻을 순하게 하니 민씨 감히 불순치 못하여 말씀을 온화하게 하고 안색을 온공溫恭히 하여 사죄하니 가히 그 인물됨을 알 것이라.

생이 하루는 부모를 뵙고 말씀을 나누는데 시녀가 급히 알리기를

"소주 절강의 숙부인 서간이 왔나이다."

하되, 받아보니 다만 유병有病함을 말하고 해성을 만나기를 원하였더라. 상서 실색失色하며 눈물을 흘리며 왈

"한번 이별한 후 소식 듣지 못하고 주야 상심하던 차에 이제 병이 났다는 말을 들으니 가슴이 아프구나. 네가 채비를 서둘러서 가도록 하라."

하니, 생이 명을 이어 천자께 숙모 유병함을 고하고 이 삼일 말미를 받아 걸음을 행하니 민씨는 기뻐아니하더라. 이윽고 길을 떠나 소주에 이르러 숙모께 뵈오니 벌써 차도를 얻었는지

라. 정회를 풀며 날을 보냈다. 이때 오월맹이란 잔 꽃이 만발하여 정히 볼 만한데 생이 마음이 동하여 생각하기를 '절강이 좋은 땅이라 하니 한번 구경하여 객회를 풀리라' 하며 숙모께 하직하고 금돈을 차고 동자를 데리고 유생의 복장을 하여 청려靑驢54)를 채찍질하며 절강 북녘에 이르렀다. 백화만발하고 맑은 물결은 문간 사이로 좇아 흐르고 시냇가엔 연연한 향기를 띄우며 송죽사이에 밝은 누각이 반공半空에 솟았고 맑은 풍류소리 행인을 머무르게 하는데 주렴55)을 반만 걷고 녹의홍상綠衣紅裳56) 차림의 여인들이 옥비녀를 바투57) 꽂고 행객을 희롱하였다. 생은 말을 타고 이리저리 구경을 다니며 술을 마시곤 취하기도 하였다. 생은 날이 저물도록 다니며 소일하다가 주인을 찾아 석식夕食58)을 구하여 기갈을 면하고 밤을 얻어 새우고 또 다음날 청려를 재촉하야 두루 다니더니, 한곳에 이르니 큰 못이 있고 아래 큰집이 있어 경어사집이라 하였거늘 생이 나아가 문을 두드리니 푸른 옷의 시녀가 나와 객에게 말하기를

"객은 무슨 일로 주인을 찾으십니까?"

하니, 생이 답하여 왈

"지나가던 객이로다. 인적이 뜸하고 앞에는 길이 그쳤으니

---

54) 청려靑驢 : 당나귀.
55) 주렴珠簾 : 구슬을 길게 꿰어 엮으나 천 등으로 만든 발.
56) 녹의홍상綠衣紅裳 : 푸른 저고리에 붉은 치마.
57) 바투 : 밭게. 무엇의 간격이 좁거나 썩 단단히 당겨 묶는 것.
58) 석식夕食 : 저녁 밥.

하룻밤 일신을 이집에 머물 수 있기를 허하라.”

하자, 시녀 들어가 나와 이르되

“하룻밤을 허하나이다.”

하거늘, 생이 들어가게 되었다. 좀 있으려니 자연 몸이 피곤하여 가서 은자를 쥐고 주인에게 답례를 드리며 인사를 청한 뒤 잠자리에 들까 하였다. 아직 때가 일러 숙소를 나와 이리저리 살펴보니 층층이 꽃이요 푸른 잎이 만발하여 기이한지라. 두루 걸어 깊이 들어가니 인적이 적적한지라 세상의 온갖 꽃이 성히 피어 있어 풍경을 구경하며 행여 사람이 볼까하여 몸을 숨겨 봤더니 안에서 여러 시녀 나와 앉아있으며 말하기를

“우리 옥낭자는 이런 경관을 보지 아니하고 규중에 들어 시름만 하시는가?”

그 때 소저 누상에서 낭랑히 소리하여 가로대

“너희는 추월춘풍을 한없이 보거니와 나는 경관을 대한 즉 부모 생각이 급하여 차라리 심규深閨59)에서 보지 아니한 것만 못하도다.”

하니, 시녀 낭랑히 아뢰기를

“조상부모弔喪父母60)하시면 경관도 보지 아니하시나이까?”

하니, 소저 이르기를

“여자는 연고도 없이 당상에서 내려가지 아니하나니 이 넓은

---

59) 심규深閨 : 여인이 거처하는 깊은 방.

60) 조상부모弔喪父母 : 부모를 일찍 여읨.

정원이 더할 나위 없으되 내 어찌 가벼이 나아가리요."

시녀 웃고 재삼 소저에게 청하니 이윽고 누상 주렴을 걷으며 향내 은은히 한 여자 홍문취삼紅文翠衫[61]을 입고 요요한 자태로 정정히 일어났다. 생이 자세히 보니 문득 꿈에 보던 옥진성이라 한편 놀라고 한편 기뻐하며 또 의심 반 믿음 반으로 몸을 숨겨 보았다. 그 여자 꽃 사이에 앉아 옥비녀를 빼어 가슴을 치며 탄식 왈

"슬프다 사람의 인생이 초목만 못하도다. 오호라, 잎과 꽃은 옛 가지에 돌아오거니와 부모는 어느 시절에 다시 볼까. 한없다 지나간 옛일을 어느 시절에 운빙이 다 말해볼까?

하며, 말을 마치자 옷섶을 적시며 눈물이 흐르니 시녀들도 소저 와 같이 흐느끼더라. 그 여자 시녀로 하여금 필묵을 내어오게 하여 섬섬옥수를 들어 글을 짓고 눈물을 흘리며 시녀와 함께 읊조리길

"오, 슬프다 움이 난 잎사귀에 꽃이 피어 빛을 자랑하는구나. 빛난 꽃이 황혼의 광풍을 만나더니 문득 흔적도 없이 되었도다. 호씨 운빙이 당초의 난리가 지난 지 여러 해나 가운이 불행하여 이 몸이 빈천하게 되었으니 어느 시절에 최호 양가의 끊어진 인연을 이을까. 칼 없는 옥장도와 색 없는 월기탄은 어느 시절에 각각 임자를 만날까. 박명하다 월영이여! 한없다 옥진성이여!

---

61) 홍문취삼紅文翠衫 : 붉고 푸른 저고리.

차라리 죽어 빈 공중에 떠서 부모님이나 만나 볼까나."

하며, 읊기를 마치니 낭인의 형색은 그 화색이 어두우니 좌우 모두 첩첩이 슬퍼하더라. 생이 들음에 어린 듯 취한 듯 생각하되 '설마 호씨일까, 여부를 직접 살펴보리라'하고, 오래 지켜보더니 그 여자 홀연히 일어나 옥수로 비단 저고리를 여미며 배회하니 그 자태가 인간세상 사람 같지 아니한데 무산의 선녀[62]요 월궁의 항아[63]라. 생이 심히 초조해 하며 있자니 그녀는 들어가 버렸다.

생이 서둘러 나와 미리 주인을 기다렸더니 이윽고 한 차환乂鬟[64]이 나오거늘 생이 청하여 묻기를 왈

"여사님은 생시에 자녀가 몇인가?"

하니, 여종이 답하기를

"본디 자녀가 없고 부인만 모셔왔더니 수년 전에 자녀를 얻어 양녀로 하였나이다."하니, 생이 말하기를

"그녀의 성은 무엇이며 나이는 몇이나 되었는가?"

시녀 답하기를

"그녀의 성은 호씨이며 나이는 바야흐로 열 아홉살이라 하더이다."

---

62) 무산선녀 : 초나라 왕이 무산에 놀다 잠이 들었는데 그 때 꿈속에서 나타난 선녀다.
63) 월궁항아 : 달나라에 산다는 항아라는 선녀. 서왕모의 복숭을 훔쳐 먹고 달나라로 달아남.
64) 차환乂鬟 : 주인을 가까이서 모시는 머리 얹은 여종.

생이 묻기를

"근본이 어떻다 하더뇨?"

하니, 시녀 답하기를

"경성 호시랑의 딸로 간신의 참화를 만나 부모 참변을 당하여 부모 상구喪具를 모시고 향을 피우며 지냈거늘 그 고을 자사 위선의 핍박함을 입어 남자의 건복을 입고 유랑하였거늘 우리 아기씨 어여삐 여기시어 거두어 귀한 집 소저같이 하시나이다."

하였다. 생이 크게 놀라 다시 묻기를

"그 여자 조실부모早失父母하고 외로운 몸으로 자사의 아내 됨을 싫어하였을꼬?"

하니, 시녀 대답하기를

"부모 생시에 경성 최상서 집과 혼인을 맹서한 몸이며 고향에 부모님을 안장하니 또한 최씨의 덕이라 어찌 자사를 허락하리까?"

생이 들으매 호씨인 줄 깨닫고 이름과 사연을 간직하며 크게 기특히 여기고 탄복하여 묻기를

"자사 용렬하였도다. 혼처를 정한 아녀자를 겁칙하려 하다니."

하자, 이어 말하기를

"그 집을 나온 후 죽었다하여 거짓 장례를 치르니 자사가 그리 알고 있을 것입니다."

하니, 생이 탄복하고 즉시 서한을 써서 시녀에게 주며 왈

"이걸 갖다가 소저께 드리라."

하니, 시녀 사양하며 왈

"낭자 요조 정숙하사 예가 아니면 행치 아니하시니 이를 가져 갔다가 소녀 죄를 면치 못할까하나이다."

하니, 생이 웃으며

"너는 의심하지 말라. 나는 최생이라."

하니, 시녀 그제야 물러나와 소저께 드리고 수말을 자세히 고하니 소저 처음은 의심하더니 받아 떼어보니 편지에 왈

'최해성은 재배再拜하고 호소저 좌하座下[65]에 고하나니 만나 기쁩니다. 최호 양가의 부모 각각 자녀로 인정하며 비록 천지가 변하나 언약을 저버리지 않으려 하였더니 가운이 불행하와 양인의 액화가 괴상하여 악운에 빙모님도 쇠하시고 소저의 소식 요원하였습니다. 우연히 사망하였다는 소식을 접하와 집안 식구들 모두 애통망극하였으니 천지간에 조물주가 훼방하였는가 굳은 언약이 뜬구름 같이 되었습니다. 허나 옛 언약은 저버리지 않는 것이 사람의 도리가 아니겠습니까. 생은 남자라 부모님 은혜를 생각하여 민씨를 취하였으나 어찌 소저를 잊으리까! 이제 천지 살피시고 지신地神이 인도하여 유진성과 옥진성의 인연이 다시 잇게 되려하니 낭자는 원래로 돌아감이 어떠하오?' 라 하였다.

소저 양 눈썹을 찡그리며 필묵을 내어와 답장을 써 최생께 보내니 생이 황망히 받아보니 이르기를

---

65) 좌하座下 : 편지에서 상대방 뒤에 붙여 높이는 말.

'박명薄命한 소첩 호씨는 두 번 절하고 감히 답서를 닦아 최군 좌하座下에 올리옵나이다. 규중 여자로 어려워함이 도리이나 무례히 말씀드리겠습니다. 만년을 돌아본다 하더라도 첩은 최 씨의 사람이라 종신토록 감축해야 함이 옳을 것입니다. 허나 이제 작심하여 군을 쫓게 되면 절행은 도리어 감추고 음행이 돌아올지도 모를 일이니 군은 아녀자의 정사를 살피시어 앞 뒤 예를 차려 사람의 시비를 없게 하소서'

하였더라. 이에 시녀 홍춘이 소저에게 왈

"이제 최생공이 와 계시니 소저 한마음으로 함이 옳거늘 새삼 다소 거절하시는 듯하심은 어찐 일입니까?"

하니, 소저 탄식하며 왈

"너의 말이 그릇되었다. 내 자사의 욕을 감당하지 아니하였다 면 정절을 잃었을 터인 즉, 내 몸이 평안치 못해 만근의 돌 같이 무거웠을 것이며 최랑이 이미 부인을 얻었으나 역시 그다 지 괴롭지만은 않은지라 나는 일신을 지키는 부인네라 한때 남자 행사를 원망치 아니하노라. 이제 최랑을 쫓아 행한 즉, 한 남자를 하늘이 나에게 맡기시고 부모 허락한 사람이나 인연 의 바탕이 육례를 기다리지 아니하고 무례함을 범한다면 비록 최랑으로 더불어 화락함이 있다하나 스스로 부끄럽지 않겠는 가. 설마 정이 없을지라도 세속의 범절 없음을 쫓지 아니할 것이며 더러운 말로 겁칙하려 한다면 진정한 남자라 할 수 있으 리오. 내 이제 돌아가길 원하노니 최랑이 돌아가 육례로 맞이한다면 위로 부모께 사은을 받들 것이며 절행을 잃지 아니하려니와 만약 인연이 아닌 즉, 옥절명심[66]을 땅에 버리랴? 또한 비록 최랑이 불안히 여겨 다시 찾지 아니하면 이 산 중에서 종신하여 몸을 더럽히지 않고 깨끗하게 사는 것이 나의 원이로다."
하니, 홍춘이 깊이 감탄하더라.

최생이 발걸음을 재촉하며 소저에게 하직을 전하니 소저 시녀에게 주찬을 보내어 사례하였다. 생은 즉시 길을 떠났다.
이어 소저가 부인에게 자초지종 일의 전말을 고하니 부인이 크게 놀라 탄식하며 왈
"그대와 인연이 참으로 진한 사람이로고."
하며, 마음을 안정치 못하더라.

한편, 상서 부부 생을 보낸 후 생이 소주 숙모께 하직하고 경성으로 오다 소식이 없으니 모두 염려하더라. 민씨 생을 이별하고 심사 불평하여 수심 만연하였다. 이윽고 생이 들어와 부모께 뵈옵고 오래 떠나 그리던 회포를 마친 후 낱낱이 호씨 만난 말씀과 전 후 사연을 고하고 글월을 드리니 상서 부처 크게 놀라고 기뻐하며 즉시 유사 최담이란 자를 보내어 호송하게 하고 시녀 십 인과 시녀 오 인을 거느려 호소저에게 다녀오라고 하였다.

---

66) 옥절명심玉節銘心 : 옥 같은 절개를 가슴에 깊이 새김.

생이 민씨 침소에 이르니 민씨 일어나 맞이하며

"오랜 길에 무사히 돌아오셨습니까?"

하며, 밤은 깊어가고 부부사이 정을 이으니 태산과 바다 같았다. 최담이 종을 거느리고 경어사집에 이르니 인가는 드물고 부인은 슬픈 심사 가누지 못하더라. 수일 후 소저 행장을 차리고 부인께 하직할 때 부인이 소저의 손을 잡고 타이르기를

"노인이 팔자 기구하여 일찍 선군을 이별하고 슬하에 일점 골육이 없어 주야를 그대에게 의탁고저 했더니 이제 너를 보내야만 하는구나. 노인은 서산에 지는 해와 같도다. 생전에 그대를 다시 못 만날까 슬퍼하나니 그대는 모녀지정의 인연을 생각하여 외로운 영혼을 위로하라."

하니, 소저 좌우를 떠나 두 번 절하고 말하기를

"소녀 팔자 기구하여 일찍 양친 두 분을 잃고 도로에서 유리流離[67]하였거늘 부인이 저의 정상을 애석히 여기시며 옥수주단玉繡綢緞[68]에 금의고당錦衣高堂[69]을 치시고 사랑하심이 하늘같이 하시고 다시 부모에게 향화香火[70]를 잇게 하시니 은정을 백골白骨에 새겼는지라. 소녀 죽어도 모친의 은혜는 잊지 못하려니 생시에 더욱 잊겠습니까!"

---

67) 유리流離 : 이리저리 떠돌아다님.

68) 옥수주단玉繡綢緞 : 옥처럼 고운 수를 놓은 질이 좋은 비단.

69) 금의고당錦衣高堂 : 비단 옷에 높고 화려한 집.

70) 향화香火 : 돌아가신 분의 제사에 향을 피움, 즉 제사를 지냄.

하니, 부인이 소저의 손을 잡고 흐르는 눈물이 오월의 강물 같았다. 운빙의 옥안에도 두 줄기 눈물이 그치질 아니하더라. 갈 길은 멀고 시간은 지체되나 하직할 때 부인이 차마 옥수를 놓지 못하였다. 좌우 시비들이 여러 번 만류하니 소저 부인을 다시 뵙고 무강함을 당부하는데 차마 이별의 발길 쉬 떼놓지 못하더라. 경어사 부인과 소저는 이별하고 자나 앉으나 오래도록 서로를 생각하였다.

한편, 호씨는 부모를 생각하고 심사 울울하여 명랑할 때면 분향하며 하늘에 부모 원수 갚기를 원하고 주류와 음식을 받드는 시녀들이 만 가지로 마음을 썼다.

모두 편안히 경성에 이르러 비워둔 호씨의 옛집을 수리하는데, 떨어진 기왓장과 임자 없는 사당은 뜬금이 자욱하고 층층 기화요초는 초목 무성하여 화초풀잎에 묻혔으니 사람의 수심을 놀라게 하더라. 소저 기둥을 어루만지며 실성통곡하는데

"지난 날 이 마루에서 부모를 뫼시고 조모와 즐겼더니 소녀를 버리시고 모두 어느 땅에 계시나이까? 소녀 월영이 왔나이다."

하며, 통곡하더라. 유모와 시비 등이 서로 붙들고 통곡하니 산천이 다 우는 듯하더라.

한편, 민씨 이 기별을 듣고 마음이 애달파 하나 본디 어진지라 수심치 아니하더라. 생이 민씨 침소에 들어가 민씨와 주고받으

며 하는 말이

"생이 호씨로 더불어 하늘이 정하신 부부라 이제 취하려하니 부인은 마음을 굳게 먹고 나를 매정히 여기지 말라. 비록 호씨를 취하나 부인을 저버리지 아니하나니 조금도 슬퍼 말라."

하였다. 민씨 몸소 예를 차려 말하기를

"오늘 호씨 말을 들으니 어찌 감격스럽지 아니하며 아름답지 아니하리오. 이는 집안의 좋은 일로 호씨를 거절함이 이미 어렵거니와 다만 낭군에게는 십 년 이상의 세월이니 어찌 하오리오. 군의 일이 중대하오며 군의 사랑하심을 바랄 뿐이라. 은혜 가득하여 의심 없이 드리는 말씀이온데 나중에 한결 같지 아니할까 두렵나이다."

생이 웃으며 왈

"내 조금도 유의留意치 아니하며 또한 두부인은 내 복이라."

하니, 민씨 웃으며 아무 답이 없더라. 생이 손을 들어 어깨함이 처음이라. 민씨 내심으로 장차 있을 구구함에 걱정스러워 기쁘지 만은 아니 한 듯하였다.

길일吉日이 다가오니 생이 예복을 갖추고 금안金鞍[71)에 위의를 거느려 호씨 문중에 이르니 좌우에 성대함이 왕후와 다름이 없더라. 해성이 기러기 예를 옥쟁반에 전하고 동방화촉의 교배를 할 때 양인의 화락한 얼굴에 옥 같은 모습은 연꽃에 봄바람을

---

71) 금안金鞍 : 말 등에 올린 가죽 안장.

만난 듯 서로 간에 손색이 없어 앉은 좌중들이 모두 칭찬하더라.

날이 저물자 생이 순금 열쇠로 문을 열고 호씨를 데려 옴에 옆에 서 있는 객들이 한결 같이 입을 모아 두 사람의 화촉에 입을 모으지 아니 하는 자 없더라. 최공이 잔치를 배설排設72)하고 종족을 청하여 좌우를 이루니 향내 공중에 사무치고 생황의 악기 소리는 향기를 머금더라. 날이 저물자 신부 흰 나삼을 높이 들어 시어른께 현알하고 물러나며 사배四拜하니 옥 같은 얼굴은 연꽃 한 가지가 달빛에 끌려가는 듯 하고 양순은 단사를 머금은 듯하고 옥빈홍안玉鬢紅顔73)과 꾸민 진주는 맑은 빛을 도와 높은 봉우리에 학 같은 적삼을 바람에 붙인 듯하고 가는 올로 된 붉은 나삼을 끌고 배례하는 거동이 어화 일시 광풍을 만난 듯하고 그 태도는 모란이 가을 이슬에 젖은 듯하고 키가 높은 몸을 가진 여오74)를 압도하는 덧 하더라. 이윽고 민씨를 부르니 서편 금수장이 열리며 한 부인이 홍상채복紅裳彩服75)에 걸음걸이로 조용히 하며 나오니 옥빈홍안과 너그럽고 단아한 기질이 유정하면서 쇄락灑落76)하더라. 명랑한 목소리 낭낭하니 이 또한 평범한 여인은 아닌 덧 하였다. 호씨도 예를 차려 정좌

---

72) 배설排設 : 의식에 쓰이는 기물을 늘여 놓음.

73) 옥빈홍안玉鬢紅顔 : 젊은 처녀의 귀밑머리와 발그레한 얼굴.

74) 여오旅獒 : 중국 서쪽 여旅라는 지방의 특산물인 오獒라는 사냥개로서 보통 개보다 키가 네 배 정도로 크다고 함.

75) 홍상채복紅裳彩服 : 문채 나는 붉은 치마.

76) 쇄락灑落 : 기분이나 몸이 개운하고 깨끗함.

한 후 백년화 한 송이 옥병에 꽂는 덧 후덕 쇄락하고 민씨는 벽도화 한 가지 가는 비에 젖은 덧 호씨와 잠간 비겨 보나 또한 빠지는 곳이 없더라. 좌우 모두 실색하며 민씨 호씨를 칭찬하며 입을 모았다. 시부모님들께서 신부의 손을 잡고 천연히 탄식 왈

"그대가 부모를 여의고 만고 험난을 겪으며 이겨내고 내 집에 이르니 어찌 장하지 아니하리오."

하고, 또 민씨를 위로하여 말하기를

"모두가 큰 며느리의 덕이라 이를 것이오."

하니, 호씨도 이를 맞이하는 마음으로 삼가 화동하였다. 민씨 재배再拜하며 명을 받들어 일이 잘 이루어짐에 안심하였다.

이윽고 빈객은 집으로 돌아가고 신부는 숙소를 취운당에 정하니 신부 돌아가 긴 단장을 벗고 밝은 촛불을 대하며 부모를 생각하더라. 생이 취운당에 들어와 소저를 대하니 기쁨을 이기지 못하여 이에 촛불을 멀리하고 술잔을 드리우고 침석에 나아가니 양인의 정이 하해河海같더라.

호씨 이로부터 인하여 시어른께 알현하고 민씨를 자모같이 섬기더라. 민씨도 호씨를 사랑하기를 아이 같이하니 시부모님의 사랑 더욱 커며 생도 못내 기뻐하더라. 최생은 정인正人 군자君子라 가정의 법도를 다스리고 두 부인을 거느려 매 한 달 중 십일은 민씨 침소에 있고, 십일은 호씨 침소에 머무르며 안팎으로 군자의 일에 충실하니 부모님께서 즐거워하고 일가

화목하며 동기간에 꽃을 피우더라.

　하루는, 생이 취운당에서 한담하더니 문득 시녀를 시켜 금함을 내어 오라하여 열어보니 청상홍상 한 폭을 내어 놓고 웃으며 왈

　"부인은 알겠는가?"

하며, 호씨 앞에 옥함을 내어 놓고 청의와 홍상을 내어 견주어 보며 하늘 옥황상제에게 불려 간 꿈 이야기로 당시 모습을 상기하였다. 두 사람 모두 탄식하며 말하기를

　"우리 양인은 하늘이 정하신 부부로다."

하니, 호씨 가만히 웃으며 왈

　"첩은 미천한 사람이라 최씨 성명을 의지하여 일신을 보존할 뿐인지라. 게다가 군자의 은총이 그치지 아니하나니 오늘 맹세 변하여 다른 날 맹세 그릇되어 집안의 수치가 되고 첩의 몸에 흠이 될까 조심스럽나이다."

생이 답하기를

　"부인은 염려말라. 내 어찌 보통사람과 같이 행동하리오."

하니, 호씨 기뻐하더라.

　이렇게 열락(悅樂)하며 생이 생각하기를 민씨는 조강별반(糟糠別伴)[77]이오. 마음이 어질고 행실이 높은지라. 가정을 정히 중대히 할 것이며 호씨는 하늘이 맡기시고 부모가 맡긴 사람이라 어느

---

77) 조강별반(糟糠別伴) : 힘들 때 같이 고생과 즐거움을 함께하던 아내를 말함.

태산도 가볍다 못할 것이니 두 부인 모두에게 하해와 같이 대하리라 마음먹었다.

한편, 이때 정국공 경한이 두 딸을 두었으니 장녀는 황후 되고 차녀는 나이 이십 오세라 얼굴이 달 아래 꽃과 같고 기질이 소담하여 매사 영민하여 부모 사랑이 지극한데 뒷날 최시랑을 보고 얼굴과 풍채가 학 같은 신선이라. 상서께 구혼하니 상서 허락지 아니하였다. 국공이 크게 노하여 왈

"우리 집 벼슬이 왕후에 거하여 천금에 버금가거늘 최현의 며느리와 해성의 아내 됨이 욕되지 아니할 진데 어찌 무례히 하는고?"

하며, 드디어 금일 황후가 황상에게 아뢰기를

"최씨 성을 이을 여인인 정씨를 맞이하도록 허하여 주옵소서."

하니, 황상이 허여하였다. 최문 일가 이를 듣고 아연하나 황제의 명을 거역하지 못하여 혼인을 허락하니 국공과 부인 황씨 크게 기뻐하여 택일하니 삼월 초순이라.

부인이 호씨를 불러 이르기를

"시운이 불행하여 현부의 일이 중하여 정씨가 이르게 되었다. 비록 그러하나 그대는 높은 행실을 잃지 말라."

하였다. 호씨 명을 따르고 물러나와 길례吉禮를 차릴 때, 조금도 어김이 없으니 일가가 칭찬하더라. 길일吉日이 되니 생이 길복 吉服[78])을 갖추어 위의威儀를 나타내어 정부인이 이르니 홍안鴻

雁[79]을 전하고 신부를 재촉하여 돌아와 합환교배合歡交拜[80]하니 신부와 운빙 호씨 밝은 얼굴이 빛나더라. 좌중의 사람들이 모두 칭찬하나 생은 관심이 없는 듯하더라. 예를 마친 후 부인 민씨와 호씨를 부르니 두 부인이 성정을 다스려 나와 신부를 서로 대면 할 때 신부가 민씨를 향하여 절을 하니 민씨 답례로 절을 하고 호씨도 예를 받고 민씨는 예악으로 온화하게 하는 태도는 완연이 틀을 이루었으며 신부의 화려한 자색은 칠보를 거느렸으나 민씨 호씨의 천연함도 어디다 비기리오. 시부모님들은 호씨를 새로이 사랑하고 정씨와 호씨를 보니 심신에 즐거움이 일어나는 듯하더라. 좌우가 탄복하며 말하기를

"호씨는 월궁선녀에 비길세라. 나이는 얼마나 되었을까?"
하니, 호씨 왈

"첩의 팔자 험하여 어린 시절 부모를 여의고 서러움을 서리서리 담아 세월을 보내다가 이제 첩의 나이 이십 삼세로소이다."
하니, 좌중의 사람들이 일시에 칭찬하는 소리 끊이지 아니하더라.

해는 저물어 좌객들이 일시에 흩어지고 숙소를 계춘당에 정하였다. 정씨는 가문을 내세워 황후의 위엄을 드러내려하며 방자함이 지극한 지라. 주야 식사를 가다듬으며 행실을 닦달하

---

78) 길복吉服 : 신랑신부가 혼례식 때 입는 옷.
79) 홍안鴻雁 : 혼례식 때 신랑이 신부 집에 가서 상위에 기러기를 얹어 놓고 서로 절을 함. 이를 전안례奠雁禮라고 함.
80) 합환교배合歡交拜 : 신랑신부 기쁨을 같이하며 서로 절을 함.

며 시종들에게 아녀자의 행실을 일러 주려하니 시어른 들은
불안해하였다. 생은 정인군자로 여자에 대한 원망을 없이하고
자 하여 초하루에서 팔일은 민씨에게 칠일은 호씨에게 오일은
정씨를 찾았다. 그러나 사랑방에서 학업을 놓지 아니하고 아침
저녁 부모님을 시봉하니 부모 모두 기뻐하며 일가 화락하였다.

정씨는 간악함이 심하여 그 중 호씨보다 서열이 아래임에
불만이 있고 민씨와 버금 됨을 한탄하더니 이때 세 부인 모두
잉태하여 열 달이 되어 각각 아들을 얻으니 온 집안이 모두
크게 기뻐하고 생도 기뻐하였다. 정씨는 더욱 유세하며 태만함
이 심하여 일가족 은총을 기대하며 혼자 모든 걸 다루고자하나
사랑이 어찌 후 부인의 마음 씀씀이에 마음을 두랴.

하루는 민씨 화류정에서 꽃을 감상하다 시녀를 시켜 두 부인
을 초청하니 두 부인이 이르렀다. 호씨의 홍안이 새로이 화락
하니 좌우 칭찬하고 세 사람이 한 가지로 배회하더니 민씨
웃으며 왈

"저 화계의 꽃이 빛을 자랑하거늘 호부인이 화심花心을 아시
니 필히 시를 한 수 하소서."

하니, 호씨 가만히 웃으며 말하기를

"첩은 무용재덕無用才德이라 노둔한데 시부모의 성은과 가장
의 은혜를 입으며 민부인께서 사랑해주시니 심히 감당하여 주
야로 몸이 깊은 연못의 흰 연꽃같이 하시는 은혜 이렇듯 위해
주시니 분주하여 어지러울 정도입니다."

하며, 말을 마치는데 봄바람 같은 말씀과 서리 같은 위풍이 눈 위의 한 송이 꽃과 같았다. 민씨도 탄복하고 정씨는 더욱 분분하여 홀연히 이르기를

"첩은 황후의 인연으로 황후의 엄명을 받자오나 어찌 조정의 태후여자와 같으리오마는 최군이 가벼이 여기고 일가 탐탁하게 여기지 않으며 도리어 음란한 계집처럼 하니 어찌 통탄치 아니하리오."

하자, 민씨 정색하며

"부인은 너무 화를 내지 말지어다. 어명을 좇아 부모의 명을 받자와 허혼하여 육례로 맞은 부인이니 모두 동등하도다."

하였다. 호씨 옥 같은 입을 열어 왈

"정부인 말씀을 들으니 미천하다함은 지나친 생각이거니와 음란하다 함은 잘못 전해 진 것 같습니다. 첩은 팔자 기구하여 양친이 세상을 버렸으니 혈연 자취 천지에 끊어지고 하늘을 우러러 망극함을 서리 담아 풀 이슬 같은 인생으로 죽었더라면 자최齊衰[81]를 차리고자 하나 위로 부모의 후사를 절사 했을 것인데 금쪽같은 신의를 지켰더니 잔명을 보전하여 최랑을 좇을 뿐인지라 자고로 음행으로 듣지 아니하는데 정부인은 진실로 그리 생각하지 마소서."

하니, 정씨 노하여 말을 잇고자 하였다. 이 때에 시랑이 들어와

---

81) 자최齊衰 : 부모 상喪을 당해 입는 상복

세 사람이 일어나 물러나 앉았다. 시랑이 왈

"삼부인은 어찌 이 곳에 왔느뇨?"

하자, 민씨 대답하기를

"마당의 꽃 경치가 좋아 모두 모여 완상하고 있었더니 상공은 어찌 오셨나이까?"

하니, 시랑이 웃으며 두 부인을 돌아보던 중 호씨에게

"그대는 어찌 안색이 불안한가?"

하니, 호씨 말하기를

"첩의 심사는 무어 알려하십니까?"

하니, 정씨 갑자기 화가 난 듯

"호씨가 좀 전 한 말에 나의 심사가 편치 않습니다."

하니, 시랑이 눈을 옆으로 흘리며 말하기를

"가소롭다 그대여 매양 권세를 자랑하고 계집이 가져야 할 뜻을 알지 못하도다. 계집은 공손하고 매사에 감축함이 큰 덕인데 그대 욕되이 나의 아내 되었도다. 천지 주인인 백성을 쫓는 것처럼 최씨 집안의 며느리 되었으면 최씨 가문을 쫓아야 할 것이라. 내 민씨 취함은 사리에 빠지지 아니할 것이오. 호씨는 천정배필이라 어찌 취하지 아니하리오. 최가에서 알지 못하는 정씨는 실로 부질없으며 남아男兒 입신양명하면 나라는 평안하고 백성이 태평해 지는 것은 자연히 있을 것이니 세상에 남부럽지 않도다. 계집이 처음 행실이 방일한 즉, 남자가 자연 박대할 것이요 그대의 덕은 아직 부족한지라 상대를 시기하니 마음을 가다듬어 돌아가 부덕을 구하소서. 내 미혹하고 용렬하나 그대에게 미혹치 않으리라."

말을 마치자. 부채를 들어 크게 웃으니 민씨 호씨는 머리를 숙이고 정씨는 발끈하며 성을 내어 말하기를

"천한 집 여인들에게 저의 두려워함이 심하옵니다."

하니, 시랑이 어이없어 다시 말을 아니 하더라.

정씨 침소에 돌아와 분함을 이기지 못하거늘 초우 혜시경 등은 다 사족 시비로 정황휘와 함께 삼인이 영민하니 궁녀 중 사랑하사 정소저 최씨 문중에 들어감에 이 삼녀를 주어 사생死生을 함께 하게 하셨다. 삼인이 정씨를 모시고 있어 한 시비가 이르기를

"부인은 염려마소서 천첩이 한 계교 있으니 알리고자 하나이다. 절색의 창기를 구하여 상공께 드려 호씨의 총애를 빼앗고 종부의 마음을 감동케하사 일가의 인심을 얻은 즉 종신토록 용납이 되리이다."

하니. 정씨 이르기를

"호씨 아니면 이리도 박명하랴."

하고, 심히 한탄하더라.

하루는 시랑이 취운당에 이르니 호씨 민씨 더불어 한담을 즐기거늘 시랑이 웃으며

"두 부인이 간격이 없어 기쁘도다."

하니, 민씨 웃으며

"우리는 군의 은혜로 간격이 없으니 기쁨을 다 이기지 못하고 있습니다."

하였다. 호씨가 탄식하며

"임금이 신하를 거느림에 한쪽으로 치우치면 소인이 자만하며 충신들은 돌아가 버려 자연히 나라가 망할 것이며 남자가 내자를 거느림에 한쪽으로 치우친 즉 끝내 어지럽고 재화가 일어나 실종할 것입니다. 그렇게 된다면 현자는 죽고 악한 자는 망할 것이며 후사가 끊어지고 은혜로움이 없어질 터이니 이렇게 되면 집이 패할 것입니다. 또한 후덕하며 성실한 자들은 미친바람에 기울어지는 잎이 되고 전일專一하던 자들은 귀하게 되나니 이것은 고진감래苦盡甘來요 흥진비래興盡悲來라 첩인들 어쩌겠습니까마는 군께서 마음을 한쪽으로 쓰신다면 집안이 시끄러워질 테니 첩이 길이 염려됩니다."

허니, 생이 웃으며

"나로 하여금 용렬한 사람으로 만드는 것 같으나 옳은 말씀이로다."

하며, 민씨에게 왈

"부인은 부모가 더 중한가 지아비가 중하던가?"

하니, 민씨 왈

"부모를 헤아려 볼진대 태산도 가벼울 것이며 하해河海도 가벼운지라 부부의 의는 죽고 사는 것을 함께하는 것이니 물어 무엇 합니까?"

하였다. 생이 호씨에게 왈

"부모가 중한가 지아비가 중한가?"

하니, 호씨 왈

"계집이 부모 혈육을 받아 어린 시절 생장하여 예의를 차리고 오륜을 정함에 부모의 은혜를 삼생三生에 갚기 어렵고 부부는 사생死生을 함께하고 침식을 함께하니 그것이 부모와 다르지는 아니하나 부모 죽으면 삼년 탈상이어니와 지아비 죽으면 일신이 절통하여 소복을 입으며 맛있는 음식을 피하고 진미를 종신토록 피하니 이로써 보건대 가부장의 은혜를 적다하리까?"

하니, 생이 탄복하더라.

이 때 춘당에 이르러 정씨를 보지도 않고 좌정한 후 생이 입을 열어 왈

"부인이 생시에 삶을 중히 여기는지라 묻나니 부부와 부모는 어느 것이 더 중한가?"

하니, 정씨 말하기를

"여자는 어려서는 부모를 의지하고 자라서는 지아비를 의지하고 늙어서는 자식을 의지하나니 부모의 은혜인들 적다하지 못하니 부부의 정에 어찌 미치리까?"

하였다. 생이 정씨에게 평소 마음에 석연찮음이 있었으나 오래 머물러 앉아 있으니 정씨 더 이상 감히 입을 열지 아니하더라.

한편, 민씨 잉태한지 여덟 달이고 호씨는 잉태한지 다섯 달이

되었다. 이 때, 천자께서 해성을 별희도에 사신으로 보내고자 하였다. 별희도는 수 천리나 멀고 인심이 모질어 흉적들이 많았다. 천자께서 해성에게 이르기를

"경은 지혜와 문무를 겸하였기에 경을 보내니 일을 무사히 마치고 돌아오라."

하시니 생이 사은숙배하고 집에 돌아와 부모께 하직하며 말하기를

"소자 부모 슬하를 오래 떠나오니 마음의 정이 경경하와 심사를 좌정치 못하겠사오나 가내 시종들이 있사오니 잘 살피소서."

하니, 공의 부부 차마 이별치 못하여 생의 손을 잡고

"아무려나 무사히 돌아와 공을 세우고 영화를 보아라."

하였다. 생이 민씨를 돌아보며 이별할 때

"부디 부모를 뫼시고 무강하시오. 부인은 덕으로는 더 말할 나위 없으니 가내를 잘 살펴 후비들을 살펴 잘 지내도록 하시오."

하고, 취운당에 들러 호씨에게 이별할 때 탄식하기를

"부인은 아무려나 일신을 잘 보전하여 뒷날 서로 반기길 바라노라. 행여 더디면 일 년이요 빨리 오게 되면 반년일 것이요."

하니, 호씨 아연하며 눈에 맑은 눈물을 머금고 이르기를

"군자는 천금 같은 몸을 보전하사 다른 날에 길이 영화를 보이소서. 첩은 군이 계시지 않은 동안 앞날이 웬지 불길한 마음 떨칠 수가 없습니다만 오시는 날까지 일신을 잘 보존하여 군을 기다리겠사옵니다."

하니, 생이 옥수를 잡고 탄식하며 말하기를

"부인은 안심하라."

하였다. 시녀가 주찬을 내어와 이별 할 때 생이 그윽한 정을 참고 다시 또 당부하고 일렀다. 다시 춘당에 가서 정씨와 이별하며 하는 말이

"내 이제 마음 씀이 간절한 것은 부인이라 부디 몸을 나직이 하고 태만하기를 피하여 남을 서럽게 하지 말라. 그대는 지금 잉태 중이니 가장을 도와 자식을 잘 보전하게 하는 것이 그대의 은혜가 될 것이니 아무려나 조심하라."

하였다. 정씨 무안하고 감사한지라 감격하여 왈

"군자는 염려마소서. 소저 군자의 말씀을 듣자오니 나이 어린 여자가 복종하지 아니하리오. 원로에 평안이 돌아오시면 우리 세 사람이 옥동 영자를 낳아 사례하리다."

하니, 생이 그 뜻을 듣고 다소 안심하며 발걸음을 옮겼다. 아하, 그러나 호씨의 일이 순탄치만은 아니하겠도다.

한편, 정씨 크게 기뻐하며 즉시 호씨 친필을 얻어 글씨를 모방하여 편지를 써서 양부인을 통하여 보이고 일을 꾀하려 하였다.

하루는 호씨 후원에 나가 꽃들을 완상하고 있었다. 마침 양부인이 우연히 취운당에 이르니 인적이 없고 뜯어진 편지와 봉한 편지가 있거늘 뜯어져 있는 편지를 보니 그 첫머리에 왈

'절강사 한림은 두 번 절하고 세 번 탄식하며 호소저 편에 글월을 올리나이다. 무수한 하늘이 생을 내시고 낭자로써 하늘이 배필을 삼게 하시니 우리 두 사람의 정이 여차여차하였더니 요기한 계집이 낭자를 내치고 하늘이 요녀를 거두었습니다. 이제 낭자의 원역함을 벗기시고 요첩妖妾을 내쳤으니 이를 글로 다져 소저를 청하니 세 번 생각하여 보아도 그대 오기를 더디 만난다면 분연한 마음에 구천에서 눈도 감지 못할 것이라.'

라 하였다. 부인이 어이없어 또, 한 서간을 보니 왈

'호씨는 돈수재배頓首再拜하고 쌍군 휘하의 글월을 올리니 첩이 일찍이 부모를 여의고 천한인생으로 천지 사방에 군자를 의탁하니 백년동락할 인연이라 여겼더니 불시에 군자의 의심쩍은 연고로 구박을 당하였나니 약한 계집이 절개를 지키고자 하나 이제는 어찌 여자의 옛정을 완절하리요. 부모 후사를 생각하고 첩의 홍안을 슬퍼 최생의 아내 되어 남의 자식이 있거니와 만일 달아난 즉 후환이 있으리니 칠월 초오일 황혼에 자객을 보내어 구고를 죽이고 다음 유자를 죽이고 첩을 데려가소서. 그 은혜 죽기로서 갚으리라. 첩이 배반함이 아니라 군자께서 분명히 하지 아니함이라 재삼 살피셔서 데려가소서. 필묵을 내어옴에 눈물이 솟아나니 삼가 볼지어다.'

라고 씌어 있었다.

부인이 읽기를 마치자 크게 노하여 편지를 공에게 보이니 공이 대로하여

"옥사가 일어날 일이로다."

하니, 부인 왈

"일이 이렇듯 전도되었으니 아직은 옥에 가두었다가 아들 해성이 돌아오면 자초지종을 밝힌 후 처리함이 옳습니다."

하였다.

호씨는 아무것도 모르고 어린 자식을 데리고 경사옥에 이르니 정황이 어이가 없는지라. 심회를 안정치 못해 다만 하늘을 우러러 통곡할 뿐이더라. 이 때 민씨 대경 차악하여 마음을 정하지 못하여 시녀 한명을 데리고 쫓아 경사옥에 나아가 호씨를 보니 연약한 몸에 큰칼을 쓰고 이기지를 못하는지라. 호씨가 민씨를 보자 땅에 거꾸러지듯 능히 일어나지도 못하였다. 민씨 창황히 나아가 옥수를 잡고 슬퍼하며

"부인이 아니십니까."

하니, 호씨 흐느끼며

"부인이 아니 이르시면 첩이 어찌 알아보오리까?"

민씨도 흐느끼며 이르기를

"간사한 사람들이 편지를 써서 시어른들께 보이니 시부모님들이 노하시어 옥중에 가두었습니다."

하며 편지의 내용을 말하니 호씨 크게 놀라 안색을 잃으며

"첩이 어찌 살기를 바라리오. 부인의 은혜는 삼생에 다 갚기 어렵소이다. 죽기는 서럽지 아니하나 최씨의 은혜를 다 갚지 못하고 부모께서 길러주신 몸에 욕을 끼쳤으니 어찌 살기를

바라리까. 부인은 첩이 죽거든 유아를 내 자식 같이 해주소서."

  말을 마치자 필묵을 마련하여 호씨 한편의 글을 지어 민씨를 주었다. 민씨 받아보니

글에 이르기를

  '하늘이 물건을 내시고 기운이 생겼으니 옳도다! 최자를 내시고 호녀를 내시니 백년 부부 변하여 최생의 소유되었도다. 군이 원로에 있어 날아가는 새에게 이 소식을 알려 나의 죄를 씻고자 하나 서로 사생을 알지 못하는 도다.'

라 하였으니, 민씨 보고서 운을 빌려 자신도 글을 짓고 황금 열 냥을 내어 옥졸에게 주어 칼을 벗기게 하고 적삼위로 손을 잡아 이별하였다.

  민씨 돌아간 후 호씨 하늘을 우러러 통곡하니 유모와 고향시녀 사연과 절강시녀 취선이 함께 죽기를 바라더라.

  한편, 이때 정씨 크게 기뻐하여 천금을 흩어 일의 정황을 엿보던 차에 갑자기 정씨의 아이가 병이 들어 죽으니 정씨 수족을 잃은 덧 서러워하며 어쩔 줄을 모르니 모두가 좋지않게 여기더라. 호씨 이 말을 듣고 심중에 헤아리길 '하늘이 무심치 아니하나 자식이 죽었으니 더욱 슬픈 일이로고' 하더라.

또 시녀가 와서 고하기를

  "절강 주부인이 별세하였습니다."

하니, 바닥에 엎어져 혼절하니 좌우 구하여 이윽고 깨어나 가슴

을 두드리며 통곡하기를

"유유한 저 푸른 하늘처럼 오호라, 주부인의 은혜를 어떻게 갚으리까. 푸른 하늘아 어찌 사람의 명을 앗아 가기를 그리 빨리 하느뇨."

하며, 통곡함을 그치지 못하여 식음을 전폐하고 죽기를 원하더라.

이때에 정씨 아이 죽으매 더욱 흉한 일이 날로 더한지라. 아이 장례에 임하여 일일이 앞으로의 계교를 꾸며 놓고 시부모께 아뢰기를

"첩이 운이 없어 자식을 죽이고 심사 불편하온지라 근신함이 좋을까 하나이다."

하니, 시부모 허락 하였다. 정씨 사례하고 국공부친이 계신 곳에 돌아가니 부모 크게 반기고 사랑하여 딸을 데리고 입궐하니 황후가 정히 반기며 묻기를

"너는 한자식을 잃었으니 설움이 오죽하겠느냐 다시 보니 얼굴에 수심이 가득한지고 몸의 질병은 없는가? 화색이 안 좋으니 어찌할까?"

하였다. 정씨 두 번 절하고 말하기를

"신첩의 나이 어리니 자식이야 낳으면 한이 없고 가부家夫도 쉬 돌아오시리니 염려 할 일 있겠습니까마는 동기간에 화목이 없사와 그것이 염려되옵니다. 헌데 같은 동기 중 호씨는 요녀로 색을 가져 가장을 차지하여 저를 용납지 못하게 하오니 자연 수척해졌사옵니다."

하니, 황후 말하기를

"적대시 하는 동기간에 화목이 없으니 마음에 상처가 생길 것이나 예의를 익히지 못하여 최가에 들어감을 깊이 염려하였나니 이제 계집으로서의 덕을 닦아 시부모를 섬기며 예를 닦아 지아비를 섬겨 적개심을 풀고 화동케 하면 이는 요조숙녀 하는 일이라 너는 가부의 은총만 바라고 원행을 염려치 아니하는 것 같구나. 마음이 분산되어 네가 투기를 할까 염려스러우니 가부 심중을 잘 돌이켜 자식을 낳음에 또 영화가 있으리라. 마음을 덕성스럽고 너그럽게 함으로 다른 날 유순해지거든 홀로 마음을 전일하게 하라. 생심 투기 말고 네 덕을 닦아 날마다 청명을 흐리게 하지 말라."

라 하였다. 정씨 모녀 편안히 삼일 후에 나오더라.

한편 이때, 최부의 집에서는 칠월 초오일에 병기를 수집하여 자객을 방비할 때 밤중에 한 장사가 안방으로 뛰어 들며 큰소리로 말하기를

"절강성 마님의 명을 받자와 최현을 죽이려하나니 빨리나오라."

하니, 상서 크게 놀라 깨어 일어나다 칼에 찔려 크게 상처를 입었는지라.

일시에 황황 분주하더니 자객이 칼을 들고 달아나더라. 부인은 칠십 여명에게 명하여 적을 잡으나 어디로 갔는지 찾질 못하고 동방이 밝아옴에 상서 마음을 진정하더라.

정씨 친정에 갔다 돌아와 일의 전말을 이미 알고 있으되 거듭 놀라는 체하였다. 이러한 사실을 사당에 총명한 사람이라 하나 능히 알 수 있으리오. 상서 상처를 동여매고 이 일로 더욱 분기 탱천하여 형벌을 갖추고 호씨와 자리할 때 더욱 반감을 가지더라. 호씨 옥중에 온지 시일이 반 달이라 주야로 통곡하며 울더라. 하루는 시녀 십인 이상이 들어와 명을 전하니 호씨 큰칼을 메고 약한 몸의 잉태까지 한 상태로서 검은 구름 같은 머릿결은 흩어지고 옥 같은 얼굴은 가리어져 흰 달이 검은 구름을 만난 듯하나 그 태도는 의연하였다. 목에 큰칼이 씌워졌으니 몸을 이기지 못하여 어찌할 수 없는 상태에서 상서 죄를 심문하였다. 상서 죄목을 이르며

"음녀는 네 죄를 아는가."

하니, 호씨 다시 일어 두 번 절하고 이르되

"첩이 유하의 부모를 함께 잃고 혈혈단신 아녀자로 일신이 의탁할 곳이 없었거늘 일월처럼 높으신 최공의 큰 은혜를 입어 부모의 시신을 거두어 고향에 안장하고 그 사이 향화를 입은 것도 최씨의 은덕인지라 몸으로 한 순간에 다 갚지 못하였고 또 나이가 들어 남의 문하에 나아가 의지하여 배운 바 없사오나 정절은 능히 아옵나니 음녀라 하시는 말씀 능히 깨닫지 못 하겠 사옵니다."

하니, 상서 소리를 높여 왈

"내 형부刑部에 알리고자하나 호형82)의 정령精靈83)이 슬퍼할

지라. 스스로 다스리려하니 사양치 말라."

하며, 죄목을 일일이 들어내며 좌우에 호령하여

　"동여매도록 하라."

하니, 호씨 망극하여 자식 보기를 청하니 상서 화를 내며 왈

　"음녀의 자식이라 최가의 자식이 아니니 무엇에 쓰리요. 유자

를 내어다가 목을 졸라 죽이라."

하니. 시녀가 명을 받들어 유아를 내어오니 호씨 여윈 몸에 마디

마디 구곡을 쓸어 내는 듯 갑자기 혼절하니 좌우가 구하고 상서

는 노기가 우레 같이 소리치며 죽이라하니 노부인이 말리며

　"옳지 못합니다. 어미도 제대로 모르는 자식이나 골육이온데

어찌 죽이리오."

상서 더욱 노하여

　"큰일에 부인은 참견치 말라."

라 하고,

노기가 추상같이 하며

　"빨리 죽이라."

하니, 호씨 유모가 아이를 차마 놓지 못하고 이제 겨우 세 살이

라 애원하며 당상을 우러러 왕모를 무수히 부르는지라. 좌우

시비와 유모 차마 보지 못하고 호씨는 이를 봄에 아직은 급급하

나 복중에 어린아이도 있고 부모후사를 생각하며 시랑이 떠날

---

82) 호형 : 호부인의 부친.
83) 정령精靈 : 죽은 영혼.

때 특별히 한 부탁을 생각하며 정신 줄을 놓지 않으려 하며 그저 소리쳐 통곡할 뿐이요 좌우가 모두 아이를 해치지 못하는지라. 정씨 시비가 나와 목을 조르니 아이 크게 모친을 부르며 죽으니 어이할까? 삼세 유아 무슨 죄 있으리오. 호씨 이것을 또 봄에 땅에 거꾸러져 혼절하니 좌우 구하여 이윽고 정신을 차려 통곡하더라.

상서가 죄 주기를 재촉하니 시종들이 차마 나아가지 아니하니 상서 대로하여 사 오인을 시켜 더욱 재촉하였다. 감히 거역하지 못하여 나아가 결박하니 호씨 비록 죄상 무고하나 죄를 입어 달리 도리가 없었다. 호씨 최가에 들어와 일신이 또한 즐거웠던 때를 생각하니 버들 잎 처럼 바람에 흘러가는 것 같았다. 걸음도 제대로 떼지 못해 겨우 업고 땅에 내림에 일신에 칼을 찬 광경을 당하니 혼비백산한 정신에 수족이 끊어질 듯 통곡할 뿐이라. 상서 엄히 재촉하니 좌우 시비 크게 소리 지르며 주리를 트니 피가 흘러 땅에 고이고 이미 사 오 차례 이르니 연연약질의 옥 같은 몸의 뼈가 산산이 깨어지는지라 괴로움을 이기지 못하며 말하기를

"아, 전생에 무슨 죄로 육세에 부모를 여의고 도로에 유랑하였거늘 최씨의 하해河海같은 덕으로 거두어 최랑에게 수렴하였더니 시어른들 사랑 친부모 같고 가장의 은혜는 해와 달 같았더니."
하고, 다시 아이를 부르며 애통망극하였다. 민씨 차마 보지 못하여 침소에 들어가 오열하며 통곡을 그치지 못하더라. 상서

재촉함이 성난 불과 같은지라 이미 물증이 드러난 이상 변명할 여지는 더욱 없어 안으로 쫓아 주리를 트니 호씨 두 번째는 혼절하여 좌우 약으로 구하였다. 호씨 몸을 가누지 못하는지라 다시 옥에 가두고 날을 기다렸다. 멀리 있던 민씨 정신을 가라앉히고 생각하되 부모 생존 하실 때 끼던 옥지환 한 쌍을 벗어 옥지기에게 주고 호씨의 칼을 벗기고 입었던 소포적삼과 청나삼을 벗어 호씨의 피 묻은 옷을 벗기고 그 옷을 입힌 후 의약을 전하니 이윽고 호씨 흐느끼며 왈

"부인은 전생에 나의 부모로다."

하고, 통곡하고 혼절하니 민씨 겨우 구함에 벌써 날이 새는지라. 민씨 놀라 황망히 인사하고 돌아가니 호씨 망극해하더라. 이럭저럭 옥중에서 해산하니 쌍태옥동이라 두 아이 얼굴이 비범하고 골격이 청수하여 부모를 닮았으니 호씨 어루만지며 왈

"어미 연고로 간사한 사람의 손에 죽지 말아야 할 터인데"

하며, 탄식하였다. 그리고 또 왈

"나의 생산함을 일체 말하지 말라 지금 내가 명을 유지 하고 있는 것은 이 아이들이 살아있기 때문이라."

하니, 유모 울며 왈

"부인, 아아 이 무슨 일이 이와 같으리오. 남의 손에 죽느니 자살함이 옳을까 하나이다."

하니, 호씨 탄식하며 왈

"내가 죄가 있다할지라도 자결하면 남이 응당 그렇게 여기리

니 차마 자결치는 못하고 최씨의 은혜 사무치니 내 차라리 국법
으로 다스려 죽으면 최씨의 은혜는 갚으리라."
하며

"나리가 돌아오면 시부모 다스림이 달라 질것이다. 시부모를
한탄하는 것이 아니고 시어른 은혜 아니 잊고자 하는 것이니
시부모님께서 원치 아니하면 서러운 내 팔자를 서러워할 뿐이라."
하였다. 그럭저럭 이후 옥중에 있은 지 삼십일이라.

한편, 민씨 생각하건대 '이 곳에 있다가 참화를 만나기 쉽겠도
다. 순순히 친정에 돌아갔다가 군이 오거든 다시 오는 것이
옳다'하고 존당에 들어가 시부모님께 고하니 쉬이 다녀옴을
허락하였다. 민씨 사례하고 친정에 돌아오니 부인 왕씨 크게
반겨 왈

"화색이 줄어듦은 어쩐 일인고?"
하니, 민씨 탄식 왈

"가부가 집에 없음이 근심이오며 이로 인해 동년배가 화를
입어 슬퍼하나이다."
하며, 호씨의 사연을 일러 말씀드리니 부인이 말하기를

"이 어찌 된 일인가. 그저께 호씨를 보니 자색은 뉘라서 쫓겠
으며 태임 태사 같은 행색이 얼굴에 나타나고 덕스러움이 더
없는 여인이었더니 이 어쩐 일인가. 내 그윽이 사모하였더니
어인 말인가."

하며, 슬퍼하더라.

친정 식구 다들 모여 슬퍼하고 부인이 어린 손주를 보고 사랑하더라. 민씨 친당에 온 후 주야로 다섯 번씩 옥중의 사람을 보내어 쌍둥이가 생산 한 줄 알고 크게 기뻐하며 의복과 음식을 맞추어 보내니 호씨 감격함을 이기지 못하더라.

한편, 최시랑은 봄 이월에 발행하여 오월에 별희도에 다다라 삼명을 전하고 천은을 입어 군사를 안정시키고 시월에 발행하여 오다가 길에서 일몽을 꾸었더니 꿈에서 호씨 머리를 풀고 발을 벗고 무릎에 어린남자 아이 둘을 안고 생을 향하여 절을 하니 시랑이 너무 반가워 붙들고 정회를 이루고저 했더니 호씨 울며 왈

"군자는 첩의 명을 구해주소서."

하며, 말을 마치자 혼절하거늘 생이 놀라 구하려하다 잠을 깨니 꿈인지라 마음에 염려스러움을 그치지 못하여 일행을 재촉하였다.

한편, 최상서 호씨 생산한 줄을 알고 이 일을 상달하니 황상이 시자로 하여금 호씨를 잡아 앞에 이르게 하였다. 용안을 한번 봄에 구름 같은 귀밑 옥안이 나직하고 백설 같은 양 볼에 키는 팔 척이라 상서로운 기운이 일었다. 마치 두 악기가 합주하면 아름다운 소리를 동시에 내듯, 해와 달 같은 정기와 산천의 배어난 기운을 모두 갖추었으며 부용화의 붉은 빛이 뺨에 가득하여 일만 태도가 머물러 있는 듯하였다.

호씨 이끌려 나와 황상을 뵙는데 백송이 연꽃이 아침 이슬을 머금어 햇살을 떨치는 듯 서러운 태도는 꽃이 시샘하며 달이 뜬 구름을 만난 듯 흑운 같은 머리를 풀어 옥 같은 귀밑을 덮었으니 명월이 구름에 잠긴 듯 옥지화주에 열매가 달린 듯, 가는 허리는 바람에 묻힌 듯하고 여러 달 옥중 고초를 격고 중죄를 입어 옥골이 묘연하여 한 점 살이 없고 혈맥조차 사라져 한 점 온전한 데 없이 던져 진 짐 같았다. 호씨 탑전榻前에 사배四拜하고 엎드리니 상이 전교하여 말하기를

"너 조그마한 계집으로 남자를 미혹케 하니 강상綱常[84]에 대변大變을 일으켰도다. 짐이 특별이 다스리게 되었으니 죄인은 바로 고할지어다."

하니, 호씨 사배하고 아뢰기를

"신첩 호씨 월영은 대장군 호태상의 증손녀요. 시랑 호원의 딸이며 어미 여씨는 경국 장군 여호장의 손녀라. 신첩의 시아버지 최현과 저의 아버지께서는 신첩을 해성에게 혼을 정한지 삼년에 아비참화阿鼻慘禍[85]를 만나 장차 죽었사오니 어미도 아버지 뒤를 따라 세상을 하직하고 신첩은 홀홀 단신 어린 나이에 고아가 되어 동서로 유리하였더니 최씨의 은혜 입어 아비 시신과 어미 썩은 뼈를 거두어 고향에 안장하고 혈혈 고신이 비복을 의지하와 부모의 사시절 향불을 받들었더니 자사 위선이 자신

84) 강상綱常 : 사람이 지켜야 할 도리.
85) 아비참화阿鼻慘禍 : 참담한 지경에 빠져 울부짖음.

의 세력을 믿고 겁칙하여 아내 심고저하였거늘 첩이 거짓으로 죽은척하여 속이고 남자로 변장하여 다니다가 어사 경연의 처 주씨가 저를 어여삐 여겨 자식 삼은 지 일 년 만에 최해성을 만나 돌아가 육례를 치렀습니다. 시부님 사랑이 일월 같았고 골육같이 해 주시는지라 첩의 복이 여여如如할까 여겼더니 의외로 천지간에 얻지 못할 죄를 당하였사옵니다. 능히 진상을 밝히지 못하고 유죄로써 여기까지 오게 되었으니 엎드려 바라건대 밝게 살피소서."

하였다. 말을 마치자 옥음이 경연하여 행운이 머무는 덧 두 눈의 맑은 눈물은 앞을 가리니 상이 침잠하여 생각에 잠기거늘

정국공이 나와 아뢰기를

"전날 호원의 죄는 이미 다스려 진 상태이며 저 신도 제대로 경계할 바 없는지라. 저 어지러운 계집의 죄를 다스리지 않으면 뒷날 좋지 못한 일이 생길지라 황상께서는 바삐 명을 내려 다스리소서."

하였다. 상이 국사를 국공의 말대로 하시는지라. 비로소 결단하니 호씨에게 사형을 명하였다. 호씨 이때를 당하여 부모 신위를 이제 잇지 못하고 어린 자식들은 어찌하고 눈을 감으리오. 청수한 가군家君을 다시 대면치 못하고 서리 같은 칼 아래 영혼 됨을 생각하니 온 몸이 촌촌 빻아지는 듯 장이 꺾여 질 것 같았다. 하늘을 우러러 실성통곡 왈

"부모의 신령께서는 이 사실을 알지 못하나이까. 소녀의 오늘

원통 참사함을 살피소서."

하며, 다시 유아를 생각하여 더욱 울며 통곡하니 유모 시비 등은 가슴을 두드려 모두 한 마음으로 눈물을 흘렸다.

무죄한 호씨를 서문 밖에 내어 참하는데 칼과 창은 서리 같고 북소리 요란하여 명령이 다시 내려오매 북을 세 번 쳐 파하는데 호씨 너무나 망극하여 크게 소리치며 왈

"인간 중에 호씨 같은 팔자 또 있는가?"

하고, 말을 채 마치지 못하여 쇠북이 세 번 울리며 무쇠 칼을 들어 베이고자 하니 갑자기 큰 바람이 불며 우레까지 쫓아 하늘색 이 희미해지며 큰비와 눈 까지 내려와 지척을 분별하지 못하였다. 하늘이 땅을 흔드니 주위 많은 사람들이 황망하여 이리저리 피하 고 황상도 놀라 일단 사형을 중지하라 하시는데 홀연히 안색이 명랑하고 낭랑한 한 선인이 은은히 황상 앞에 절하며 왈

"저는 옥황상제의 명을 받자와 인간 호씨를 구하러 왔나이다. 호씨는 천상 옥진성이라 선계에 있던 사람이라 어찌 조그마한 인간세상의 정으로 이렇게 되었으리요. 한갓 아녀자의 낮은 꾀로 황상을 속이긴 했으나 옥황상제 마저 속이리오."

하고, 문득 간데없으니 상이 크게 놀라 아래 신하들로 하여금 조사케 하여 자초지종을 아신 연후 정씨를 잡아 옥에 가두어라 하시되 정씨 이 기별을 듣고 비로소 자신의 계교가 들어나게 되었음을 알았다. 남을 해하려다 도리어 자신이 화를 당하는지 라 이때 정씨 잉태한 지 일곱 달이라 어미 죄로 복중의 자식도

참화를 당하니 전리 명명함을 어찌 알까. 정씨 나이 십오에 최가에 들어와 두 자식을 지니지 못하고 십 칠년의 화색이 가히 슬프도다. 국공 부부 통곡함을 마지아니하더라. 또 황상이 노하여 최현 등 삼인을 불러내어 문초하시고 호씨를 불러 물으시니 호씨의 자초지종을 들어보시고 상이 칭찬하여 왈

"어질다 부인이여 지금 이 시대의 열녀라 짐이 어찌 마음을 내지 아니하랴."

하시며, 황금 일 만 냥과 비단 만 필을 내리시고 연행을 보장하시니 호씨 천은이 망극하여 백배 사은하고 나올 때, 칠보채단과 시녀 삼인이 받들며 시녀들에게 보살피게 하시니 호씨 교자를 타고 최가에 이르니 일가 크게 놀라고 상서부부 부끄러움을 머금고 기쁨을 금치 못하더라. 호씨 약질이 형장을 받아 제대로 회복지 못한데 정중히 들어가 고하였다. 참화를 면하여 약한 일신이 가누지 못하여 온 몸이 혼혼함에 시부님께 그간의 여러 정황을 송구한 마음으로 알리고 바로 취운당에 들어와 누웠다. 시일이 다급하니 시부모님께서 일체 약을 다스려 쉬 회복하기를 축수하고 어린 자식은 데려다가 유모를 정하여 기르니 사랑함이 비길 데 없더라. 그전에 민씨 친정에 봉친하고 몸이 한가하나 호씨 참화 중의 소식을 듣고 식음을 전폐하고 슬퍼함이 과도하였더니 이 기별을 듣고 놀라며 부모께 하직하고 최부에 돌아와 시부모님께 인사 여쭙고 취운당에 이르러 호씨에게 가득 치하하며 말하기를

"호씨여 이게 무슨 황망한 일이었나."

하며, 눈물이 비 오듯 하며 민씨 위로하며

"부인은 잘 조리하여 다시 화락함을 바라노라."

하니, 호씨 울며 왈

"첩은 이제 억울한 죄명으로 죽고 말겠거니 시부모님께도 못할 짓이라 슬퍼했으나 천은을 입사와 참화는 면하였습니다. 그러나 자식을 먼저 앞세웠으니 차마 이 슬픔을 어찌 다하리까. 첩이 죽거든 지은 죄를 사하시고 최씨 요하에 묻어 혼백이나 버리지 말게 하소서."

하였다. 말을 마치자 혼절하니 상서 이 소식을 듣고 슬픔을 그치지 못하고 눈물을 머금었다. 약을 백방으로 쓰나 생사가 막연한지라. 민씨 옥수로 가슴을 어루만지며 오열하니 상서 더욱 심사가 혼란하고 일가가 다 슬퍼하더라. 옥 같은 귀 밑 머리로 눈물이 흐르니 형용할 수 없고 좌우가 모두 슬픔을 이기지 못하더라. 인하여 약을 먹이고 몸을 간수하며 날을 보내니 겨우 정신을 차츰 회복해 갔다.

한편, 이 때 정국공은 딸이 죽은 뒤 시신을 거두어 최씨 요하에 장사를 해야 하니 어찌하리오. 시자를 보내 최가에 아뢰니

"정씨는 내 집의 원수라 차마 어찌 내 선산에 장사할 수 있겠는가 오히려 우리 집안을 업수이 여기는 것이로다. 빨리 돌아가라."

하니, 하는 수 없어 시자 돌아가 국공께 고하니 국공이 크게 통곡하고 상구를 거느려 정가 선산에 장사하고 행장을 차려

적소로 갔다.

　한편, 호씨 병이 점점 차도가 있는지라. 모두 크게 기뻐하고 상서의 기뻐함은 더하였다. 시어른들께서 그 동안 호씨의 참화를 측은히 여기시어 친척들을 모아 호씨를 위로하고자 주찬을 장만하고 빈객을 청하여 좌우를 이루고 말씀하시기를

　"노인이 불명하여 간인의 참소를 곧게 듣고 자부의 빙옥 삼신을 참화에 마칠 뻔했으나 하늘이 도와 참 액을 면하였다. 오늘 주찬은 자부의 빙옥氷玉같은 신상에 누를 벗기는 술이외다.

하니, 좌우가 기꺼워하며 모두 축하하기를

　"호부인 신상 액 벗음을 귀히 여기나이다."

하였다. 양부인이 민씨 호씨 두 부인을 부르니 잠간 만에 이르러 민씨는 당의 올라 좌정하고 호씨는 당하의 재배 청죄 하니 좌우 칭찬하고 가내 부부 새로이 사랑함을 머금더라. 최공이 말하기를

　"우리가 불명하여 현부를 중히 여기지 못하고 참화를 만나게 하였으니 참으로 안타까운 일이로다. 현부는 지난 일을 생각지 말고 다시 화락하기를 기원하노라."

하니, 호씨 재배하며 말하기를

　"일찍이 소첩이 부모를 여의고 외로이 살아 가정의 법률을 제대로 익히지 못하오나 어찌 감히 부모님을 원망하오며 적대함이 있으리까? 머리 없는 귀신이 아니 된 것만도 천은이요 부모의 혈육을 환란 중에 잃지 아니함이 다 최부의 은혜로소이다."

하고, 안색을 나직이 하여 단정히 앉았으니 좌우에서 공경하고 하례하더라. 이윽고 호씨 좌중의 인사드리고 나감에 말하기를

"전날의 일로 몸을 생각하는지라 다시 병을 얻어 어른들께 심려를 끼칠까하여 먼저 하직하나이다."

하니, 민씨도 일어나 하직하며

"소첩도 그간 생각이 많았더니 몸이 피곤하옵니다. 방에 어린 아이 있어 먼저 하직하옵니다."

하였다. 부모님께서 말하기를

"들어가 쉬도록 하라."

하며, 허락하니 두 사람이 함께 들어가더라. 홍천의 석양이 서녘으로 떨어지니 빈객이 흩어지고 상서 취운당에 들어가 부인을 보며 탄식하기를

"한 번 나아감에 부인의 신상을 염려하였더니 부인의 명이 이렇게 다급할 줄 어찌 알았으리요."

하였다. 호씨 근심하여 아뢰기를

"첩의 지난날을 살펴보니 무상한지라 후에 좋기를 바라나이다. 다른 일은 한이 되지 아니하되 어린 자식에게는 어미 죄로 참사하게 되었으니 이것이 한이오. 첩이 비록 천하게 성장하였으나 음란은 자고로 행치 아니하였더니 한 번 쌓여진 욕은 창해수로 씻기 어렵고 약질에 형장을 당함에 육신이 다 부수어지는 듯하고 창자 마디마디 끊어지는 듯하였습니다. 사자의 위엄이 이를 때는 서러움이 철철하여 그 일을 생각하면 더욱 망극하더니

천은이 그지없어 잔명을 보존하게 되었으나 이미 자식은 죽었고 엄형을 받았으니 세속의 지혜로 그대의 비호를 받기에는 실로 부끄러운 일이라. 몸으로 대하여 어찌 군자와 흥락하리오."

하니, 상서 그 즉시 왈

"한 집안의 참담한 일로 공과 사를 분별하기는 어렵고 이제 이미 환란도 지나갔도다."

하며, 경계치 아니하고 나아가 옥수를 잡고 재삼 위로하며 처음으로 아들을 보니 두 아이는 영총이 비길 데 없고 모친의 식상 태교를 받았으니 이 어이 범상치 않으리오. 상서 어루만져 사랑함을 마지아니하더라. 호씨 눈물을 흘리며 왈

"첩이사 죄를 억울하게 당함에 뉘가 선뜻 보살펴 줄까 싶었더니 민부인은 성덕이 하늘과 같은지라 첩이 입은 은혜를 갚지 못할까 걱정입니다."

생이 마음으로 민씨의 덕성을 새기며

"민씨 은혜를 입었으니 지금 민씨께 하례하리라."

하고, 들어가 부용각에 이르니 민씨 맞이하며 좌정한 후 상서 왈

"부인의 성덕이 이렇듯 하시니 어찌 공경치 아니하리오."

부인이 왈

"비록 용렬하나 호부인의 참화는 실로 말로 전하기 다 어려운데 하늘이 다시 살렸으니 어찌 기쁘고 즐겁지 아니하리오."

하니, 상서 왈

"이 아름답게 이어진 일을 마음 깊이 간직하노라."

하며, 자식들을 어루만져 사랑함이 비길 데 없고 민씨를 중히 여김이 더하더라.

늙은 시부모 호씨 사랑함이 친 여식과 다름없더라. 상서 이후로 더욱 중히 하고 민부인이 동생 형제 같이 대해 주니 더욱 화목하더라.

한편, 이때 민부인과 호부인, 두 부인이 시부모를 모시고 즐거워하더니 두 부인이 잉태하여 민씨는 생남하고 호씨도 생녀하니 존당과 상서 모두 천금같이 여기더라. 크게 사랑하여 민씨의 아이는 이영이요 호씨 여식은 이름을 비영이라 하였다. 사내아이는 부친을 닮고 여아는 모친을 닮아 모두 주옥같으니 상서와 두 부인이 더욱 아끼더라.

하루는 민·호 두 부인이 붉은 치마에 비단 적삼을 입고 꽃 사이에 비겨 붉은 입술에 하얀 이를 열어 담소하기를

"지난 일을 생각함에 놀랍고 슬프고 황망하더니 금일에 이렇듯 즐길 줄 어찌 생각했으리요. 무쇠 칼을 들고 나올 때 심혼이 다 달아나고 몸에 구멍이 나는 듯하더니 생각함에 부모 후사와 이미 죽은 어린 것과 부인의 은혜를 다시 갚지 못하고 군도 다시 못보고 죽을까 하였더니 이제 다시 모두 여아를 얻고 화락하니 어찌 고맙지 아니하리오."

하니, 민씨 웃으며 왈

"우리 두 사람이 함께 가리로다. 이침저녁으로 문안을 같이 하다가 첩의 외로움과 질고를 생각해보니 마음이 어련하였으리요. 내가 날마다 남의 눈을 피해 옥에 나아가 본 즉 얼굴이 수척하고 의장이 더러웠으며 약질에 큰칼을 빗기고 침식을 잃고 몸을 버렸으니 내 슬픔이 측량할 길 없더니 이제 이렇듯 다시 만나니 기쁘기 한량없도다."

하니, 호씨 웃으며 왈

"이 몸이 이렇게 된 게 부인의 덕이요. 그 적에 죽었던들 원귀가 되었을 것이외다."

서로 말을 마치고 연못가의 이르러 머리의 옥비녀를 빼어 서로 웃으며 왈

"물결도 아름답고 꽃도 화사한데 어느 시절에 황천에 돌아가 부모를 반길꼬?"

하며, 옥잠을 물에 씻으며 왈

"물 밑에 귀신은 이것을 가져다가 후생 길을 용납하라."

하니, 민씨 나아가 보고 탄식 왈

"창해수는 우리 두 사람의 후생 길을 허하라."

하며, 말을 마치자 월기탄[86]을 물에 넣고 두 사람이 함께 섬섬옥수를 이끌어 부용당에 올라 꽃가지를 꺾어 희롱하며

"우리 아이들 언제 자라 꽃 같은 어진 부인을 맞이하며 딸아이

---

86) 월기탄 : 귀걸이 혹은 의복의 일종인 덧 함. 월귀탄 이라고도 표기함.

는 언제 자라 화월 같은 어진 사위를 구할까. 아득한 푸른 하늘
이여 복록을 겸비하사 우리 두 사람을 도우소서."
하며, 낭랑하게 읊으니 주위마저 동요하는 것 같았다.

세월이 여류하여 호씨와 민씨 각각 생남 생녀하니 시부모님
크게 기뻐하며 민씨 장녀의 이름이 계영이라 장자는 이영이요
차자는 삼영이다. 남자 아이는 부친을 닮고 여아는 모친을 닮아
어질며 자약하고 소담하며 영명함이 꽃 같으니 사람마다 사랑
하였다. 호씨는 삼자 일녀를 두었으니 장자는 정영이요 차자는
지영이요 삼자는 유영이요 여아는 비영이라. 삼자는 상서를
닮아 신체가 준수하고 여아는 모친을 닮았다. 호씨가 꿈에서
온갖 꽃들이 자라는 것을 보고 낳은지라 옥 같은 얼굴에 영민함
이 부모를 방불케 하니 존당과 일가가 사랑함이 간직한 보석
같이하더라.

이때 천자가 십만 장병을 이루어 흉노를 정벌하려할 때, 이부
상서 최해성을 대원수로 삼아 정벌케 하여 삼년 만에 흉노에게
항복을 받아내고 공을 세웠더니 최현을 우승상 의양후로 봉하
시고 민씨 정일비를 봉하시고 호씨는 해원정비를 봉하시니 열
녀를 포상하사 만호후 정부인을 겸하시니 영총과 부귀 일국에
진동하더라. 홍문紅門[87] 앞 최순교에 궁을 지었으니 천추만대

---

87) 홍문紅門 : 홍살문의 준말. 충신 또는 효자 열녀 등을 표창하려고 그 집
　 앞에 세우는 문.

의인이요 추후 만대 으뜸이라. 층암절벽과 푸른 하늘 긴 소나무 長松들 총총하고 옥계玉階[88]마다 심은 기화요초들은 일월처럼 환하게 피었거니 쫓아 쓰기를 '변호란승천군邊胡亂勝天軍[89]'이 라하고 만 가지로 적은 조문詔文[90]엔 정자正字로 쓰기를 '충신정 원최정순忠臣正員崔貞純[91]'이라 하였더라. 문 앞에는 호씨의 선 행을 포상하사 빛나는 위에 만조백관이 도와 문에 이르러 호씨 를 연전에 파하여 공경하니 당금의 인군이라 하더라.

한편, 이때 호부인이 억울하게 돌아가신 부모님의 원수를 갚지 못하여 주야 한탄하였더니 그때 연루된 자들을 죄를 심문 하여 참하시고 전례를 쫓아 의인 차사 호원을 악양후에 추증하 시고 부인 여씨를 현비로 봉하시니 온 나라 백성들이 다 기뻐하 고 호부인에게 천은을 기렸다. 호씨 적의 간을 내어 부모 영정에 놓고 사배를 드림에 눈물이 창해수 같더라. 호부인이 이후는 미진한 부분이 없이 복록을 누리며 추월 춘풍에 그늘 없이 잘 지냈다. 상서 이중에 노고를 더하고 시부모님 칭찬하니 그 역량 이 한이 없더라.

계영의 동생이며 장자 이영의 나이 이십삼에 장원하야 즉시

---

88) 옥계玉階 : 옥으로 만든 계단. 여기서는 잘 만들어진 층계를 말함.
89) 변호란승천군邊胡亂勝天軍 : 오랑캐의 난을 진압하여 승리한 장수라 는 뜻.
90) 조문詔文 : 황제 혹은 윗사람이 아랫사람에게 명령을 내리거나 지시 사항 을 전달하는 내용을 적은 문서.
91) 충신정원최정순忠臣正元崔貞純 : 최해성이 충신이며 순수하고 바른 덕을 가진 인물이라는 걸 문구로 만들어 주련 등에 새김.

금문金門92)에 오르는지라. 명망이 진동하여 태후 조삭연의 일
녀를 취하니 소저 안색은 금분 연화 같고 아름다운 태도는 가는
버들 같고 행실이 높은지라. 민부인 며느리 됨에 존당과 시어른
들 기뻐하고 사랑함이 친 딸같이 하니 부부 서로 관중寬重93)함
이 아교阿膠94)같더라. 호부인 장자 정영이95) 식자창방識字唱榜
하여 한림학사로 영총이 극하여 병부상서 소강의 장여를 맞이
하니 소씨 얼굴이 화려하며 덕이 넓어 그윽한 언담이 오고가며
안으로 명랑함이 옥결빙심玉潔氷心96) 같으니 집안이 모두 위하
고 시어른들 사랑하며 정영 화락하였다. 호씨 차자 지영은 나이
이십 삼세에 이부상서에 봉해져 옥당의 신부를 맞아 후사하고
유영은 공후 일녀를 맞이하니 두 신부의 옥안이 영롱한 백설
같아 절세 소담하니 민·호 두 부인과 최공이 더 없이 사랑하더
라. 호부인의 딸 비영 소저는 나이 이십 삼세라 재용과 덕이
형제 중 빼어났더니 상이 태자비로 간택하시고 삼천 여자 중
빼어 난 최소서로 간택하여 비를 봉하시니 상이 크게 사랑하사
상하로 이어 상공 궁녀와 신하들이 모두 존경하더라. 최씨 영화
끝이 없고 호부인 영복이 무궁하니 이는 흥진비래요 고진감래

---

92) 금문金門 : 대궐문. 즉 벼슬하여 나랏일에 힘씀.
93) 관중寬重 : 너그럽고 소중히 여김.
94) 아교阿膠 : 아교풀 같이 잘 떨어지지 않는다는 말로 부부 사이 애정이 돈독함.
95) 식자창방識字唱榜 : 지식을 쌓아 나라의 인재를 뽑는 시험을 통과하여
　　크게 불리어짐.
96) 옥결빙심玉潔氷心 : 옥 같이 깨끗하고 얼음처럼 순결한 마음.

라하니 호씨를 두고 이름이라 민부인 며느리 잉태하여 생자하고 호부인 며느리 잉태하여 생녀하니 무지 무궁하더라. 의양후 부처 팔십이 되도록 질병이 없어 안색이 소연하고 한결같이 자식들의 효를 극진히 받고 내외로 손자 증손자 벌였으며 금은 옥이 집안에 가득하니 무엇이 부러우리오. 최공과 두 부인은 오직 효에 힘쓰더라. 최공의 아들 이영과 유영의 나이 이십 오세에 귀화貴華[97]를 거쳐 벼슬이 육경에 거하고 지영은 좌참정 진공의 일녀를 또 맞이하고 삼영은 병부시랑 한경의 여를 맞이 하니 두 부인의 안색이 이제 무궁 솟아나니 시어른들 사랑이 넘쳐났다.

한편, 이때 민부인이 유병하니 최공과 호씨 오열하며 자녀들이 망극하여 약을 맛보며 명산대천에 기도드리며 여러 일가들이 걱정하였다. 세월은 쇠락하여 시부모님께서는 나이 구십에 졸하였는데 최공 부부의 효에 모두 탄복하고 자손이 슬퍼함이 측량이 없더라. 초종을 마침에 신주를 모시고 고향 소주로 갈 때 천자 금문 밖에 나와 이별하시니 만조백관이 다 나와 하직하며 등촉이 십리에 늘어서고 명예가 멀리까지 이르니 사람들이 집을 버리고 나와 구경하여 길에 사람들이 널렸더라. 최공이 성정을 진정하고 부모 상구를 메고 소주에 이르러 현릉峴陵[98]에

---

97) 귀화貴華 : 귀하고 화려함.
98) 현릉峴陵 : 무덤.

단장하고 애통해 하더니 세월이 여류하여 삼년이 지나도 최공 부부 새로이 슬퍼하더라.

한편, 이때 황상이 최공이 없어 수족을 잃은 듯하여 다시 명하여 부르시니 최공이 벼슬에 뜻이 없어 사양하였다. 상이 재삼 권하시니 최공이 마지못해 부인들을 거느리고 사은에 감사를 드리되 벼슬은 끝내 사양하사 상이 위로하시고 봉작을 허여하나 최공이 병을 핑계로 받지 아니하였다. 세월은 흘러 호부인이 어린 나이에 부모를 잃고 유리하였으며 젊은 시절 약한 몸에 엄형을 당하여 심신이 많이 상한 탓에 일찍 유병하여 하늘의 부름이 있었는가 하니 이를 어찌 어기리오. 임종에 최공을 향하여 흐느끼며 왈

"첩이 생전에 은혜를 다 갚지 못하고 돌아가니 한이 있거니와 자식들이 모두 제 갈 길을 찾아갔으니 다행입니다."

또 이어 말하기를

"군자께서 첩의 혼신을 위해 주신다면 자식 중 하나는 호씨 후사를 잇게 하시고 경어사부인이 주신 은혜를 갚지 못하였으니 제가 죽고 난 뒤 자식 중 한 명이 한 잔 술로 경어사 부인을 위로하라 해주소서."

하고, 말을 마치고 운명하였다.

슬프다! 최공과 민부인이 실성하며 신체를 붙들고 심히 통곡

하나 어쩔 수 없더라. 인하여 시신을 거두어 선산에 안장하고 상서부부와 자녀들 망극 애통해 함이 측량할 수 없더라. 최공 부부 자녀를 거느려 복록이 만세 무궁하더니 육십 칠세에 거세 하니 자녀들이 망극 애통하여 영산에 안장하였다. 최공의 후손 들은 이후로도 만당에 연연이 이어 옥당에 오르니 국록이 그치 지 아니하더라.

Ⅲ. 〈최호양문록〉 원문

p.1

딕송시절의 이부상서 최현은 소쥐인이라 이시로붓텀 문장학힝
이 쎄여나 얼골리 관옥갓고 셩졍이 졍딕ᄒ여 십 오의 등용하여
이십젼의 학사간의 틱부를 겸하여시니 영총과 부귀 일국의 진
동ᄒ더라 부인양씨 영공후샹초의 여ᄌ라 용모쎄여나고 직덕이
겸젼ᄒ니 숭셔 공경 즁딕ᄒᄂ 이ᄉ십이로딕 일졈혈육이업스니
후ᄉ를 싣을가 염려ᄒ던이 일이른 샹셔 일몽을 어든니 은ᄒ슈
의 벼리 쩌러지거날 바다 부인을 쥬어보니더니 과연 그달----

p.2

날가 딕희ᄒ고 숭숭부부 깃거ᄒ날----더라 십숙만의 싱남ᄒ니
붓쳐 딕경딕희ᄒ여 하날씌 사례ᄒ더라 그아히 비상ᄒ여 일일청
유 아히거동이나 이틱빅을 졍ᄒ미라 부모과의관즁ᄒ여 명을희
셩이라ᄒ고 ᄌᄂ 쳥운이라ᄒ고 걸음옴기니 부모담명홀가 근심
ᄒ더라 희셩 졈졈ᄌ라미 삼셰예 글을 비오지 아니ᄒ더라 희셩
오육셰에 경셔를 뇌도희넉이니 공이 글가ᄅ치니 입을 닷고 소
를 머무니 공이 딕로ᄒ여 엄희 경계ᄒ니 히셩이 엿ᄌ오딕---이
난디 뉵연의 쳔시ᄒ직숭들거시셔 - 이---------

p.3

열ᄒ오나 반다시 관중의 나아가 화젼분계ᄒ고 부즐 썰치연한퇴
디 쇼ᄉ쳡을 압두ᄒᄆ이오 근시난반득시------넉이오 난싱 반다
시 벼살의거ᄒ와 뉵경졔상이 되어 타일 큰ᄉ름미 되오리라 이
후부텀 글을 가라치기를 긋치고 슬ᄒ의과 이ᄒ이 현마디 아이
ᄒ더라 이젹의 병부시랑 호원이현싱 일여을 두어시다 깃-썩
여씨진 희환이란 구ᄉ을 슘기고 인ᄒ여 잉퇴ᄒ니 졀싴이라 호
공부부ᄉ랑ᄒ고 졈졈ᄌ라며 ᄉ셰예 시셔을--고인ᄒ여 예법을
차여 시랑 더ᄉ랑ᄒ------

p.4

을 월영닉라ᄒ고 ᄌ를 운빙이라ᄒ더------셰예 달라셔 모을거
시업고 효셩이 반히의--날거시라 ᄉ셔부부 슈즁보옥갓치 역이
라 어시의 최부에 나아가 양인이 반기고 환훤을 파ᄒ훗 슐을바
다 즐길시 슐의 췌ᄒᄆ이 공ᄌ희셩을 부라니 슈뉴의 희셩이 부명
을 이어 들어오되 빅ᄉ 당건을 졍희ᄒ여 안션당의 올나 호공씨
뵈옵고 말셕의 안지니 호공니 눈을 드다러보니 얼골은 힌빅을
갓까치싴을 ᄆ이운 듯 츄파ᄉ셩을 가을물결릐 금풍을흉치난 듯
냥미난 강산의 그이ᄒ졍긔을 아ᄉ시이 묘연ᄒ 풍칙와 딘즁

p.5

ᄒ거동이 좌옥산이 암니 압픠 님ᄒ듯 두팔을 무릅희지뇌고구각

이 안연ᄒᆞ지인니라 겸ᄒᆞ여 흉듕의 경현위리할 굣츌을 잠초와시
이 엇지 십셰젼 소공ᄌᆞ로 보리요 호공이 흠신의 경ᄒᆞ여 공자알
라오라ᄒᆞ여 손을줍고 싱각ᄒᆞ되 이ᄉᆞ람을 받다시 소여 운빙곳아
니면 인시예 뭇쌍이라 밍셔ᄒᆞ더라 드다여 옥믹알나와 즐긴ᄉᆞᆯ
승셔히셩의 오장도을 아사호공을쥬어 왈 니카가져다가 영여를
쥬어 신(信)을삼으라 호공이 바다 낭즁의 엿코 손의원----을희
셩을 쥬어 왈 그되 난 일노신(信)을 삼으라 이----거시니 급히
간슈ᄒᆞ라 희셩이 공경즁되ᄒᆞ----다 낭즁의 엿코 양공이 환히
쾨락하여 종일토록 한화ᄒᆞ다가 도라가니라 차셜 호공이 도라

<p.6>

와 부인엿씨다려 희셩의 굣특------쵸젼ᄒᆞ고 혼졍ᄒᆞ문니라 이
엿씨 크게깃------빙자라믈기다라더라 슬푸다 운빙소졔 의-----
오셰예 모란금문이 향풍의 쓰엿----연 흐승이 쳥엽의빗겨시며
아리싸온---난안이 그이ᄒᆞᆫ 곳업ᄉᆞ며 부모사랑 ᄒᆞ미쟝어 보옥
갓치 여기고 소졔 효셩이 돈돈촉촉ᄒᆞ여 좌우을 쩌나지아니ᄒᆞ더
라 이젹의 간신여화 난 도졔츙신으로 조졍을 기우리나 올노호
공은 졍직군ᄌᆞ라 희심히 아쳐ᄒᆞ니 이예 참소왈 신이 듯ᄌᆞ오니
시상 호원니 우ᄒᆞ로 셩상죵을 끼드려 원이 국ᄒᆞ고 쏘ᄒᆞᆫ 기믹과
인ᄒᆞ여 조졍을 촘집ᄒᆞ고 쳔ᄒᆞ을 다사려 묘ᄒᆞᆫ쇠

로셔 사람을 거두어 쟝찻깁흔소견이 닌난거시니 복원승샹을
엄문ᄒ소셔 쥬군의 노귀지졍 갓흔지라 승샹이 묵연양구의 졔신
다려 무라사되 호원의일니진젹ᄒ냐 졔무무분언ᄒ고 춍신연죄
쥬활이말삼니 극히올ᄉ오니 젼ᄒ난 군문ᄒ소셔 샹이비로소두
간신의쥬ᄉᄅ드라시고 진노ᄒᄉ 량호원을 ᄒ옥ᄒ라ᄒ시고 여
화연쾨등으로 다사리가ᄒ시다 어시예 호공이 니긔별을듯고 부
인다려왈뇌오날 드러가면 싱사을이지모ᄒ지라 쥭기ᄂ드렵지
아니ᄒᄂ 부인과--ᄋ이인싱이츈풍낙엽과갓튼지라 뇌뇌 이흔빅
이 구원이 도라가 눈을감으리오 언파의 소져나와야야의오슬붓
들고 오열통곡ᄒ이

시랑이 소졔이 옥슈ᄅ잡고 실셩----ᄒ여 왈아부뉴언을 져바리
지말고 최가의연약을 잇지말나 언파이 필연을뇌여뉴셔ᄅ써 운
빙을쥬니 소졔밧고 말을일우지못ᄒ난지라 시랑이 어라만져 늣
기물마지 아니ᄒ던이 부인이 졍칙왈 남ᄌ입신양면ᄒ여 부모ᄅ
현담ᄒ물 도휘라 이졔 군이 원너히 쥭으ᄂ 타일일홈이 이시니
엇지 쾌치아니리오 쏘흔 그되의 뒤을 조추리니 셜이 도라갈지
어날 되장뷔 쥭기의 다다라 오열을 이별ᄒ며 붓그럽디 아니ᄒ
리오 시랑이 눈물을 거두고 손ᄉ왈 부인이 쥬졍ᄒ물드ᄅ니 참
괴토다 셜파 익가련히사민을 썰치고 나가니

소제는 실성통곡의 혼졀ᄒ고 부인은 마을이기지못하여 비복으
로 옥즁허실을 탐졍ᄒ더라 ᄎ셜연쾌등이 시랑을가두고 엄형국
문ᄒ이 시랑은졍인군ᄌ라 엇지위엽을 두려무죄ᄒ거살유죄ᄒ리
오슬수로 불복ᄒ고 쟝야의쥬ᄀ이 일국인인니 안어울이업더라
여부인과 운빙소졔 황왕망극ᄒ여 혼졀ᄒ이 모든시여등 이겨뉴
구ᄒ니 소져난워훤홀분이오 여부인은 셔녁 비복을 거나려 옥문
의나아가 시랑시신을 거두어도라와 염습ᄒ여 초상을 맛ᄎᄆᆡ 최
상셔 친히 와쟝사를 다사리ᄆᆡ시여로부인과 소졔을 위로ᄒ이 엿
씨모녀감격ᄒ여ᄒ더라 부인이 향당의모욕ᄒ고 상복을입고 소
졔의등을 어라만져---왈 뇌이졔 도라가이 너의평싱이 광풍낙엽

갓흔지라 우리무삼 팔ᄌ가 자식ᄒ야을바리고 유유창쳔아여 아
ᄋᆡ젼졍이어이되리오 소졔난 부인가삼을 어라만져 머리를 두다
려왈 모친이 마자 셰상을바라시면소여어되를의지ᄒ릿가 부인
이더옥망극ᄒ여 모녀붓들고 통곡ᄒ이 초목금ᄉ라 슬허ᄒ난듯
ᄒ더라 부인이 모든비복을 불너 왈 군이 츙졀노셰상을바리시고
뇌 졀븨되고져ᄒ난이 너ᄒᆡ난 쳔궁소졔를 보호ᄒ여 타일현션최
낭을마자 호씨긋쳐진후ᄉ를 다시이으라 비복이 실셩 통곡ᄒ더
라 부인이 소졔 옥슈을잡고 마을일우지못ᄒ고 소졔난 오뇌촌촌
망극ᄒ야 인사를 모르이 무인이 이를보ᄆᆡ심담이

써러디난지라 부인이 비로소 머리랄 풀고 최복을 씌어절문밧긔
가자사ᄒᆞ이 황상과 만좌빅관이다 추악히녁긔더라 호소졔 슈다
비복을 거나려 절문밧게가 부인신쳬랄 거두어 도라와 실셩통곡
ᄒᆞ니 --슈목이다슬허ᄒᆞ난 듯 원니차악발비ᄒᆞ더라 소졔 슬푼눈
물 과년ᄒᆞ여 염십입관ᄒᆞ야 셩복을 이루미 최복씌을 고영직암히
가 ᄒᆞ번 모친과 부친을 부라고 혼졀ᄒᆞ니 비복이ᄒᆞ날을 우러러
앙쳔음탕ᄒᆞ고 밧비 안아 구ᄒᆞ니 소졔 비로소 심신을 거두어
손으로 부모관을 어라만져 이이이통곡ᄒᆞ니 부모의신영이 슬허
안이리요 시비 드이셜워ᄒᆞ미간이업더라 최상셔 이라니사여를
젼어왈 시운이 불힝ᄒᆞ여니 호형니

인식를 바리시나 쇽졀엄시 옥신을 싱히오디말고타일의원슈감
기을 싱각ᄒᆞ라 쇼졔감은 스릐ᄒᆞ고드다여 부모 ᄉᆞ구랄 뫼셔 발
힝홀식 최공이시여로젼어왈 소졔난 약질을 보호ᄒᆞ여 타일 최씨
랄져바리지말나 운빙소졔 직빅ᄒᆞ여 듯고젼어왈 시운이 불힝ᄒᆞ
읍고 소쳡이 팔직혐악ᄒᆞ와양친이귀셰ᄒᆞ시니 쳔지랄 흔드러 쳡
이 셜움물 디쳑기어렵도소이다 뒤인은혜일월갓ᄒᆞ시니 타일이
죽기로쎠 갑스오리라 상셔듯고탄식ᄒᆞ더라 소졔 발힝홀식 상셔
시랑영귀압픠나아가 통곡비별ᄒᆞ고 소졔랄 위로ᄒᆞ여 보즁ᄒᆞ물
당부ᄒᆞ더라 소졔 슈다비복을 거나려 겨우둑달ᄒᆞ여 영구을 션산

p.13

이 안쟝하고 셜우미흉회랄흔드난지라 여막삼연이동동촉촉한 효성이싱시나다르디안인지라 시비등이 탄복칭찬ᄒᆞ더라 광음이 신속ᄒᆞ여 삼상을 적은 듯 지뇌이소졔싀로 이망극이회ᄒᆞ고 비복이더옥셜워ᄒᆞ더라 워령의연익구싀라 빗난얼골과 아리따온틱되난 금분모란이 남풍을딕한 듯 빅연일디 츈우을먹음어 녹파의 소사시며 옥갓흔이마난 흥흥ᄒᆞ고 츄파자미ᄂᆞᆫ 완연히강산졍긔를 거두어 신이빅틱요조ᄒᆞ여 갓초사랑흔지라 인인이 칭찬ᄒᆞ믈 마지안ᄒᆞ더라 호시랑은 일족친척이 엄난지라 소졔홀노쳐ᄒᆞ여가산이 탕진ᄒᆞ이 소졔흑비단도 싸며 슈도노ᄒᆞ디사람극진히ᄒᆞ더라---상츈화

p.14

류시라 소졔 향을피우고 부모의규겨를뇌어보니 ᄒᆞ여시되 노부명이박ᄒᆞ여 세상을바리니 엇지 슬푸지아니리오 너난타일최씨를빅반치말고 기리마자화락ᄒᆞ면 구원의가눈을쌈으리라ᄒᆞ엿더라 부인뉴셔의왈 노모 엿씨난 월영의긔붓치노라여ᄋ 난 타일최랑을 좃ᄎ 빅슈히로ᄒᆞ여 죽인난 효여와 열여의 두가지힝실되리니 삼가봉슌ᄒᆞ라 은혜와 신을 욕지말나 경계ᄒᆞ고 계집의힝실을여러가디라 우ᄒᆞ로구고을공경ᄒᆞ고 아뢰로가부를어지리알고 가부쳔쳡을싀긔(멸시)말며 졔슈되답ᄒᆞ믹 안식을 화슌히ᄒᆞ고 말삼을삼가ᄒᆞ여 구가친척을

p.15

되졉ᄒ며 구가노비를 혹엄슉ᄒ며 은혜로거나리고 두려ᄒ게ᄒ
며 사랑ᄋ게ᄒ라ᄒ엿고그즁의월긔탄복ᄒ쌍이 이신이이ᄂ 시
랑의납빙ᄒ거시라 ᄒ엿더라 소졔슬피통곡ᄒ고 ᄯᅩ부친밍셔ᄒ
거살펴 여보니 ᄒ엿씨되 모월모일의상셔최현과 시랑호원은 상
우씨고ᄒ나이 최랑호여ᄂ 결혼ᄒ여타일최호양가의 후사를이
ᄂ니쳐디신명을 명츌ᄒ소셔ᄒ엿더라 소졔 미리탄복ᄒ고 후로
최씨빈반홀쓰디더옥 업더라 아리다온 일홈이 원근의 들이ᄂ지
라 화셜 그고을자사 위션이 심히 픠례ᄒ여일작그 안히 형씨를
뇌치고 지취를 구ᄒ더이 호소졔 만고졀싁이라 ᄒ물듯고 즁미로

p.16

뉴모의게 구혼ᄒ라 유모아랏답다아니ᄒ미 지셰 뉴모을 불너
명을 젼ᄒ니 유뫼 엇지 퇴만ᄒ리오 승명ᄒ여 즈사 부즁의 이른
이 즈ᄉ엄식을 풍비히뇌 여되졉ᄒ고 구혼ᄒ니 뉴뫼지빈왈션노
야와쥬미긔셰ᄒ시고 ᄒ낫소졔긔시이 혼사엇지밧부지아니리
요 마난 션노야게실젹 경셩최상셔집과결혼ᄒ여 게신이 엇지
빈반ᄒ리요 소졔요요쳥졍ᄒ여 빈례난힝치아이시나이다 자사
아연ᄒ여 도라보닐싀 유뫼도라가 소졔 다려 문답을 젼ᄒ되 소
졔 되경변싀ᄒᄃ라 문득보ᄒ되 자사 뉴모경션온다ᄒ거늘 소졔
옥안화틔을 다사리고 최복을 쳥히ᄒ여

p.17

눈을 드러쇼졔룰보니 빅튀찰난ᄒ여 발근달이 광치을 일흔지라
츄파양목은 나작이ᄒ고 안ᄌ시이 경씨심혼이 놀나와 말을 일우
지못ᄒ고 소졔 단슌을여러 문왈이사람을 ᄒ인씨왈되펴사이긱
닛ᄒ신잇가 경씨 공경되왈 노쳡은 위ᄌᄉ의 명을밧자와낭ᄌ룰
구혼ᄒ이소졔난허ᄒ소셔 소졔아미룰징그고가로되 존가 슈고
로리오시다 혼인은 일륜즁신라 부뫼써셔시즁미을 부리며 종족
을 청하고 뉵예룰맛기시면 게집이 상종을좃ᄎ건을 밧드런니와
부모을조상ᄒ고 약ᄒ간양의 셜우미밋쳐신이 엇디혼사룰 의논
ᄒ리오마난 규즁여ᄌ혼자 눌지못ᄒ난

p.18

디라 임의부모싱시이 결혼ᄒ 고디이시니 엇디휘질ᄒ며 월긔탄
이 최가의이신이 최씨며나리로써분명ᄒ디라 츙신은 불사이군
이오열여난불경이부라 션비벼살을아라시나 그나라신히오 게
갑은비례을바다시면 그집며나리니 엇지무례ᄒ리요 존가난도
라가 회보ᄒ라 경씨답왈 소졩의말삼이그라다 이계낭자부뫼업
고 친척이업사니 최씨의평부룰 드룰길이업고 거즛신을 직히여
일싱을굴ᄉᄒ리니 규슈당속의 온안화퇴룰 닷ᄉ려 공ᄌ 왕손을
마자 츄월츈풍을 그음업심차미 엇지아람답지아이리오 이계고
집히신을 직히여 무심ᄒ 셰월의 빅

p.19

발이 쌔아지면 어나지도라보리오 자사난 영총부지일국의진동혼
이 이졔결혼ᄒᆞ여 금슈장속의아람다온 부인이되여 빅슈히로ᄒᆞ고
유자싱여ᄒᆞ시면 우흐로보모씌효을일치아니고 버거평싱이평안
ᄒᆞ시련이와 이졔천신만고ᄒᆞ여최씨를ᄎᆞ디면 발셔아람다온부인
을 어더유자싱여ᄒᆞ여화락ᄒᆞ면 엇디익답지아리니오 소졔ᄂᆞᆫ살펴
히ᄒᆞ소셔 불련즉 되홰맛ᄎᆞ리다 언필의 소졔되로 왈 비록금홈의
어린여ᄌᆞ나눈아픽만 젼시셔와일윤되례ᄂᆞ 뇌능히알거늘 이사름
은 말을경히ᄒᆞᄂᆞ요ᄌᆞᄉᆞ라 뉴시ᄒᆞᄂᆞ나도ᄉᆞ족이어늘 비례로 노류
댱화ᄀᆞᆺ치 의논ᄒᆞ리오 셜파의 소졔되로 ᄒᆞ여좌우로

p.20

ᄒᆞ여곰 등을미러뇌치라 ᄒᆞ이 경씨무류ᄒᆞ여 도라와 호씨용모거동
과히 다셜화를ᄌᆞ사고ᄒᆞ고 몬뇌칭찬ᄒᆞ니 ᄌᆞᄉᆞ듯고 셔안을쳐–이
여ᄌᆞᄂᆞᆫ딘실노소딘종이라도금홈을ᄃᆞᆼ치못ᄒᆞ리로다 드ᄃᆞ여 쇠를
졍ᄒᆞ고 일봉셔간과 교ᄌᆞ를보뇌여 왈겁칙호소졔경씨
보뇐 심여일만의 시비급보왈 경셩최ᄉᆡᆼ셔부즁의셔노지셔간을가
져왓ᄂᆞ이ᄃᆞᄒᆞ거늘 소졔비소부답이런니 이욱고 셔간의금홈을드
리니 소졔시여로금홈을 연니 명쥬십여필과황금칇단일러라 소졔
낭낭이 웃고 셔간을 일그니 셔왈경셩최희셩은 두 번졀ᄒᆞ고 소졔
금옥난간의히ᄒᆞ나니 이졔발셔시랑디뇌엿고 시월니

p.21

오뢴디라 젼빙약ᄒᆞᆯ물딕히여취쳐아니문호씨를져바리지말미라 이졔노ᄌᆞ십인과 약간보물을 보뇌니일노 힝ᄌᆞᆼ을ᄎᆞ려 도라와인 연을이루하ᄋᆞ엿거늘 소졔쳥파의ᄌᆞ약히우어왈가소롭다 이셔 간이여시여 문왈최ᄉᆞᆼ공의셔간을보고 이러문엇진이릿가 소졔 왈 최랑이나을다려갈던되 쳘이원노의 노ᄌᆞ만보뇌미의심ᄒᆞᄂ 이오 셔간의마리허소ᄒᆞ니의심이둘이오 치랑은시ᄉᆞᆼ문장이라 글시혈마이러ᄒᆞ랴의심이셔이오 셔간이앗가봉ᄒᆞᆫᄃᆞᆺᄒᆞ니의심이 너이오 최랑이노댜을보뉠던되 엇디이러ᄒᆞ리오 이ᄂ븐다시젹 뉘일노 봉친ᄒᆞ미라 뇌엇디경히블힝ᄒᆞ리오 시여의뉴뫼탄복ᄒᆞ 믈 마디아니ᄒᆞ더ᄅ 소소졔필연을 나와봉

p.22

셔를쎠 노ᄌᆞ를 쥬고금을가져와 당의여히보뇌니 노직거즛ᄒᆞ고 딕고도라가다 이젹의 ᄌᆞ사 묘한쇠을 빗풀고 괴로이 괴다리던이 공환ᄒᆞ니바을쌀이며연고를무른딕 노직셔간과 금흠을드리니 ᄌᆞᄉ연망히펴여보니 ᄀᆞ로와사딕 무식ᄒᆞᆫ 도적이 규즁여자를 쏙 기ᄂᆞᆺ 금흠의 어린식이나족히위ᄌᆞᄉ의소견을가히알이로다 간인이쳔방빅게로쏙기고 쳔자의위염과 소딘즁의 구변가장쟈 방의 묘술로 쏙기디못하여시이 자사견필의되로ᄒᆞ여 건장ᄒᆞ여 인오십을 이ᄂᆞᆯ황혼의드러가 일가을쥭이고 소졔를겁칙ᄒᆞ여도 라오라ᄒᆞ여 어시의호소졔노ᄌᆞ를------

p.23

ᄒ여갈오되 금일황혼의 올신이비복과 뉴뫼를불러이로되 피ᄒ
ᄅ유모와 시비등이 갈오되 우리는피ᄒ련이와 낭자는 즁ᄒ신몸
을엇디ᄒ려ᄒ시ᄂ요 소계잠소왈 죄몸은 스사로보젼ᄒ리라 드
드여모든사름을 뇌보뇌고 날뇐칼을속젹삼고름의차고 이밤의
비겨누워 예긔를 둘고보러니 반야삼경의 여인오십인이 드러와
사람을 차디되사람이업시니 비슈를 벗득ᄒ여 압픠나아가 거즛
히하려ᄒ니 소계셔안을 의시ᄒ여 낭낭잉울샏이라 자긱이 달여
드러 겁칙ᄒ여다라가고져ᄒᄂ 차마붓쓰지못ᄒ여 칼을둘고 나
아여히ᄒ려ᄒ거늘 소계되칙왈 뇌비록규즁소여나 너히비슈난
두렵지아니

p.24

ᄒ나 뇌발셔쥭어ᄒᄂ을씨살거시로되 뇌몸을더러이지아니ᄒ여ᄒ
ᄂ 날믈피ᄒ니 소소ᄒ거살 도라보랴 언파에 오식칼을 바혀도젹
사오인을쥭이고 긔운이엄정식식ᄒ니 자긱두려몸을겨유버셔다
라나니 소계모든비복을 불너 쥭엄을거두어 자사부즁의 바리니
잇쒸 도젹이 노라가고ᄒ니 자사아연ᄒ여 십여일후 친히가겁칙
ᄒ려ᄒ더라 차셜호소졔스사로싱각하여자사의쓰즐알고남복을
디어쥰비ᄒ여후환이이실가 두려힝장을찰이고 시녀와노목을
다상복지어입히고 온갖거살다쥰비ᄒ고젼쳐로왈호소졔유병ᄒ
다니 자사듯고되경ᄒ여 자로허실을듯보더라 시비소졔변복ᄒ

고시여스인과 뉴모홍츈만다리고 나문비복을가라쳐이되라ᄒ
라ᄒ고 각각이별ᄒ고월야타다라나다ᄎ셜ᄌᄀ호씨허실을탐지
ᄒ더니 문득곡성이진동ᄒ며 소제의긴젹습을늬여쵸혼ᄒ며 시
여들른염습ᄒ고이회ᄒᄂ듯쵸상을 맛ᄎ니ᄌᄉ듯고 아연ᄒ여
그딥비복을불너실ᄉ랄무르라니 허다비복이몸의승복을 입고
거즛울며말을못ᄒ여 ᄌᄉ탐졍ᄒ며 참담히넉이나 오히려의심
ᄒ여셔 모경씨란가보라ᄒ니 경씨시랑부즁의 와보니 너란대쳥
가운ᄃᆡ거문관이은은ᄒ고생쵹소쟝이ᄌ옥ᄒ고 불근명젼을바람
의붓치엿고 영ᄒ의졔상을 노ᄒ졔물을 의구히노엿시며

목향뇌도을비ᄒ고 슈다비복은승복을입고통곡ᄒ니 죠곰도의심
된고지업산다라 경씨탄식ᄒ고 도라와젼ᄒ니 ᄌᄉ아연히 즉시안
히형씨를다려오라 소제 모든신여로더러십이난힝ᄒ니 동방이발
가오니 힝식이슈승ᄒ디라인가를 차자금돈을쥬고셕식을구ᄒ여
긔갈를졍ᄒ고 다시흥ᄒ야 십여일후젼강소쥐현의 이라려난몸이
피곤ᄒ고 금돈이딘ᄒ지라 비쥐두로단이며 빌어먹더니 일일은한
곳되다다른이 초립이이시되 경어스집이라ᄒ아 날심ᄒ의 깃거이
나가 문을두ᄃ리니 이윽고 홍ᄉ시여나와문왈 슈지난엇진고로ᄒ
되 예니라렷나뇨소졔졀ᄒ고 갈오되 나ᄂ이만ᄉ람

p.27

이라 쇼졔친쳑을차자가라가셔 일이긋쳐지이이야고랄어더밤
을시오물쳥ᄒ나 다시여드러가더니 나와초당의쳥ᄒ거날 소졔
드러가비쥐물을어더혀고 셔안의척을취ᄒ여글을보던이 이젹
의경어사부인이맛참문틈으로 엿보고더니 일위초연이 평풍의
의지ᄒ여글을 보니온안하틱월ᄒ의 요조ᄒ여월식은 아사신이
왕모반도의 좌ᄒ듯남자의틱업산디라 보기슈상히넉여시여로
탐지ᄒ니 시여홍션이나와갈오되뭇잡나니 손님의셩명을알고
져ᄒ나이다 되왈 빈직의셩명을아라무익ᄒ건이와 쥬인틱셩명
은 뉘시며 자여기시야홍쳔이 츄연탄왈 팔연견의어사 계셰ᄒ시
고 다만쥬모를 뫼셔셰

p.28

월을 보뇌오나 ᄒ낫여자도업사오 이라호씨호씨심ᄒ의깃거 문황
친쳑의도후사를 젼ᄒ길이엄나야홍션왈 경어사팔되독자로어사
도고륙이업사오니 부인이쥬야슬허ᄒ나이다 소졔잠소알부모업
산여자을어더후ᄉ를 우실가홍션이되왈 아람다온여자라도이시
면 후사룰의탁고져ᄒ나이다 소졔잠시듯고오열왈쳔되살피시도
다 드ᄅ여슈말을 자시일은이홍션이 되경되희ᄒ여밧비드러가 부
인씌고ᄒ나니 무인이셔안을쳐왈 ᄒ날이보뇌시도다 드ᄅ여좌우
룰 치고소직남장으로 부인을뵈오니 부인이친히나려 붓쓰려올여
안치고 젼후실사를자시물으니 소졔문물을 부려슈말을

p.29

일일이고ᄒ니 부인이되경되희ᄒ여 즉시향을피우고 소졔팔비
을ᄒ여 모여되난예을 밧고금의를나여입히고 남쟝을벗기시니
화안월틱ᄉ로이황홀ᄒ디라 일가탄복ᄒ고 소졔깃거ᄒ더라 후
ᄂ소졔부인을 뫼셔 셩기리친모갓고 부인이사랑ᄋ미친여갓치
ᄒ더라 화셜졍셩최샹셔집의셔 홋씨사싱존망을몰나 샹심ᄒ미
가이업사나 아자의혼사쳐연홀가슴심ᄒ더니 희셩의연이십사
ᄉ라 쳔ᄌ인지랎비실시싱이나아가장원을ᄒ디라 쳔자그문장
과풍치를 사랑ᄒ사 즉시한림학사룰ᄒ이시니 영총이 무궁ᄒ나
마쟝 이심ᄒ여 혼사쳔연ᄒ물 민망ᄒ여

p.30

ᄒ더니 젼젼으로나간 소식을드라여 호소졔쥭은디일연이라 최
공부부되경 차악ᄒ며 싱의심사난무어살일흔 듯 불역ᄒ여침식
이다지아니더라 공이싱각ᄒ되 호씨임의쥭근지랴 할 일업셔 일
일은싱다려왈 이졔호씨쥭고남자일싱을 헛쏘이못홀거시니 다
란되졍ᄒ미엇더ᄂ뇨싱이 갈오되 호씨팔자괴구ᄒ여 쥭그니 그경
상가련ᄒ올디라희의그신을직키고져ᄒ오나 부모슬ᄒ의 다만
소자쑌이라 후사롤싱각ᄒ리니 쥭은호씨를 위ᄒ여 불효을깃칠
잇가 샹셔즉시 허혼ᄒ니 샹셔깃거호ᄒ나희셩은호씨를싱각고
심시불열ᄒ더라 퇴일ᄒ여 신부을마자

p.31

도라오니 민씨용모미려흔틱월흐여 빅연흔슝이 후억이웃난닷
풍퇴민쳡흐며 양미슉미은은히 비취니 구괴사랑흐며 싱이즁되
흐더라 희셩은졍직군직라 창녀을멸이흐고 힝실을졍도로흐니
조졍이두려흐며 공경ᄋ더라 일일은 민씨로더부러시겨룰 칭화
흐더니 자연몸이피곤흐여 잠간ᄌ오더니 문득흔 션싱이압희와
읍흐고 갈오되 나난 옥졔명을밧자와 그되을쳥흐나이다 싱이눈
을드러보니 창안학발을 부쳐 얼골거동이 상여롭디아니커날 싱
이공경왈 나ᄂ 인간무지흔슉비라 쳔상길을모르거날 가리요 그
션인이 입으로진언을 일그니 문득사면으로

p.32

오ᄉᆨ구름이이러나며 싱의몸이쳔상의 오라니션인 이인도흐여
슈십보난가더니 불근곳치어리고 오운이자옥흐고 빗난누각이
반공의어리고 그소옥의풍유소릭들이며 인간의모을거시무궁
흔더라 션싱이 갈오듸 이난옥졔조회밧난고디라 뇌면져드러 가
진언을밧거든 션군이소릭을 조차드러셔보면 황금교위예안
디니난옥졔라가되 몸을콩슌히흐여사빅흐라드러가더니 이윽
고여진언을밧거날싱이날호여드러가 눈을드러보니 슈빅션관
이 ᄎ뢰로업더렷고 칠보단장흔 션여슈빅이시--

p.33

싱이심신 이황홀ᄒ여 계유드러가사비ᄒ니 옥졔졍교알유진셩
풍ᄎᆡ인간의가도변치아냐도 다닌간의나려가셔 옥진셩을어더
부뷔되엿나야 싱이복디쥬왈 신은닌간무지ᄒᆞᆫ필부라옥진셩을
어이아릿가 민씨여자를 어더부뷔되엿나이다 상졔소왈 민씨나
쳔졍빅필이라 젼일옥진셩과유진셩으로 더부러유딘셔의조상
이되엿더니 남희영의졍의 자식을민가의댜식되미 비록자식은
호씨만갓디못ᄒ나 덕이웃듬이라 조상위로쥬시니임의유진셩
의 안히되엿도다 드다여옥진셩을부라시니 이윽고옥진셩이 왓
난디라 싱이눈을

p.34

용모 찰난ᄒ여 션여즁쌔여난지라 옥졔우으시고 유진셩과옥진
셩으로 인간긋쳐진인연을 다시이우라ᄒ시니 흔션여 홍상가싱
의쳥삼을 흔되미고 칼을드러버히니 싱이놀나씻치니 남가일몽
이라비록 몽사나쳥의예홍상이의구히미여거날 힝혀민씨불가
도라보니 민씨도셔안을비겨자오거날 입은옷과홍상일복을 깁
히간슈ᄒ고 오뢰의혹ᄒ여 싱각ᄒ되 호씨가옥진셩이 아닌가의
심ᄒ다가 민씨를 흔드러씨오니 민씨이러한자이로되 앗까쳡이
잠을드니 군자몸의자금포을 입고쳡으로 더부러잔을날이더니
셔까흐로셔 일위션여나려와

p.35

첩의 잡은잔을 아사군과논화먹어보니 반다시근간의지취ᄒ실
소이다 싱이잠소왈남자두안히고이(사랑)ᄒ리오ᄒ더라 이후싱
은무어살일흔닷심식불평ᄒ더라 화셜호소졔졀강온 디사오삭
의몸이 평안ᄒ니화식이 더옥식로와츄미영영흔싴광이 찬난ᄒ
니 부인이사랑ᄋ여쥼듸ᄒ더니 일일은소졔됫난간의지혀잠산
자오더니문득서싸ᄒ로향풍이이러나며흔 션여나려와졀ᄒ고일
오되나ᄂ 옥졔명을밧자와옥딘셩을인도ᄒ랴왓나이다부인이쌜
이뇌등의오르소셔호씨답왈나난인간쳔흔사람이라엇디션여를
조츠리오션여웃고직삼쳥ᄒ니소졔마디못ᄒ여등의오르니

p.36

그션여몸을 소솟쳐쳔상의올 나빅옥다리의노ᄒ니 소졔살펴보
니사면 의은은흔안기자옥ᄒ며 지쳑을분별치못ᄒ더니 이윽고
사면니 명낭흔누각이이시되 광치찰난ᄒ여 바로보디못ᄒ며 무
슈흔션여차뢰로옥황씨뵈ᄋᆸ고 션관션녀왈 부인이날을조차드
러가 먼져옥황씨뵈ᄋᆸ고 션관션넛기뵈ᄋᆸ고 쳥죄ᄒ소셔 소졔션
여을싸라드러가 상졔씨고두쳥죄흔듸 상졔우으시고 갈오사듸
옥딘셩의 풍듸인간의가도변치아냐도다 네유딘셩을 만나부뷔
되엿난다 호씨아모란쥴몰나 답디못ᄒ더니 밧그로션관이드러
오거날 상졔가르쳐왈 이거시유딘셩이라ᄒ시고흔 션

p.37

여롤명ᄒ여 인간의ᄭᅵ쳐딘인연을 다시이우라ᄒ시니 그션여션
관의 쳥삼과옥낭자의황상을 ᄒ되ᄆᆡ고칼로긋차니 호씨놀뇌ᄭᅵ
치니남가일몽이라다만 나상일복이엄고쳥삼이ᄆᆡ여시니 마음
의ᄃᆡ경ᄒ여향혀타인이알가 두려깁히간슈ᄒ고싱각ᄒ되 션상
유진셩닌간의최가의낫난가 여렴의이십ᄒ더라어시의최흑사
(최학사)튱회과인ᄒ고 풍치졀쇠ᄒ니쳔자극히사랑ᄒ사 벼살을
도도와이부시랑간의 틱후를겸ᄒ시니영총과 부귀일국의읏듬
이라 ᄌᆡ상집을의셔쳔금옥여로ᄌᆡ취랄구ᄒ나 싱은졍인군ᄌᆡ라
허치아니ᄒ고 힝실을닷가챵여을본쥬

p.38

금션을가리와 사식을보이디안이ᄒ고 침소의이러민씨향혀불
평ᄒ식곳이 시면안식을식식이ᄒ고 말삼을엄졍이ᄒ여 그ᄯᅳᆺ줄
슌케ᄒ니민씨감히불슌치못ᄒ여 말삼을화히ᄒ고안식을 온공
이ᄒ여사죄ᄒ니가히 그인물을알녀라싱이일일은 부모를뵈와
말삼ᄒ더니 션여급보왈소쥐슉부인셔간이 왓나이다 ᄒ되바다
보고 상셔실식오열왈ᄒ번이별ᄒ후 소식듯디못ᄒ고 쥬야상심
ᄒ더니 유병ᄒ물드라니현ᄆᆡ지졍평안ᄒ리요 네쌀이가라ᄒ니
싱이명을이어쳔자ᄭᅵ슉모유병ᄒ물고ᄒ고 이삭말ᄆᆡ을바다발힝

p.39

ᄒ니민씨 깃거아니ᄒ더라 졍연간의길ᄶ나소쥐이라려슉모씨
뵈오니 발셔싱도랄어던난디라 슉질이셔로반기고 졍회랄이라
며소일ᄒ더라 잇ᄶ오월빙이란이라 느잔곳치만발ᄒ여경히보
ᄋᆷ작흔지라싱이 슉모씨ᄒ딕ᄒ고금돈을ᄎᆞ고 동자를다리고유
싱의복식을ᄒ여 두로만물을구경ᄒ더니 싱각ᄒ니졀강이 조흔
ᄶ이라ᄒ니흔번구경ᄒ여 긔회을풀이라 셜파의쳥여을치쳐졀
강 북역의이라니 빅화만발ᄒ고말근물결은 문간ᄊᆞ이로조ᄎᆞ흐
르난 시뇌가의연엽하향긔를ᄶ엿고 송쥭사이예발근누간이반
공의소삿고 말근풍유소뢰힝운을더무라삼쥬

p.40

렴을 반만것고녹의홍상 시여를옥잠을ᄶ혀 힝긱을희롱ᄒ니 공
작와손을빅마금젼을쏘와 구경ᄒ며혹금돈을쥬고 술을사취ᄒ
나ᄉᆞ은날이딘토록단여 소일ᄒ다가쥬인을 차자셕식을구ᄒ여
긔갈을면ᄒ고밤을어더시우고 ᄯᅩ명일의쳥여을직쵹ᄒ야 두로
단이더니흔고딕큰모시잇고 그아릭큰집이시딕써시되경 어사
집이라 ᄒ엿니날ᄉᆞ이나아가 문을ᄯᅮ다리니쳥의시여 나와긱은
엇디쥬인을 ᄎᆞ나요싱이답왈 디닉난긱이다셔일리딩ᄒ고 앞히
난길리긋쳐스니일야일당을허ᄒ실가ᄒ노라 시여드러가더니나
와이로딕 일야알허ᄒ나이다ᄒ거날싱

p.41

이드라가 보더니즈연몸이피곤ㅎ여-----굿치고쥬인게 일일을졍
ㅎ고 잇더니싱이슬피보니 화계층층변벽기ᄉᄒᆫ디라 두로거려
깁히드러가니인적이젹젹ᄒᆫ디라 ᄉ승화게의웃갓곳치셩히피엿
고 풍경을구경ㅎ며 행혀ᄉ람이볼가ᄒ여 몸을슘겨보더니안ᄒ
로셔여려시여나와 ᄯᅶ슌문사이예안즈며불너왈 우리옥낭즈난
이런경을보디아니시 고규즁의드러시람만ᄒᆫ신잇가 쇼계누상
의셔낭낭이 소ᄅᆡㅎ여가로ᄃᆡ 너희난츄월츈풍을 흠업시잇거니
와 나난츈경을ᄃᆡᄒᆫ즉부모싱각이급ㅎ여 ᄎ라리심규의셔보디
의 임만갓지못ㅎ도다 시여낭낭쇼왈죠상부모하

p.42

시면 경도보디아니시려ㅎ난잇가 소졔왈여즈난연고업시당의
나리디아니ㅎ니 이광월이현쇼ᄒᆫ지라뇌엇디경히나아가리요
시여웃고직슘쳥ㅎ니이윽고 누상쥬렴을거드며 향뇌은은ㅎ더
니ㅎ여직 홍문취슘을붓치고 요요졍졍히이라니 싱이즈시보니
문득 쑴의보던옥딘셩이라 차경차히ㅎ고 장신즁의ㅎ여몸을슘
겨보더니 그 여자곳사이예안즈옥잠을 ᄲᅢ혀잉모을치며 탄식왈
슬푸다사람의인싱이초목만 못ㅎ도다 오희라 입과곳쳔옛가디
예 도라오거이와 부모난어나시졀의 다시볼고ᄒᆞ흡다간젹의고
기을어나시졀의 운빙이쎠ᄒᆞᆯ고 언필외일쌍옷압흘 다젹시여

p.43

시여로필연을 나와옥슈셩디를드러글을 디어읍푸시니 시여와
슬푸다웅난입싸니 예곳치피여빗--ᄌ랑ᄒ난쏘다빗난곳치황혼
의 광풍을만나미여문득흙과 갓치되난쏘다홋씨 운빙이당초난
디 여러히나가운이불힝ᄒ여 이몸이빈쳔ᄒ도다어나시졀의 최
호양가의긋쳐진인연을 니을고 만업산옥장도와싁업산월긔탄
을 어나시졀의 각각임자를만날고 박명하다월영이여ᄒ홉다 옥
진셩이여찰아리쥭어반공의 쎠부모을만나볼가 다읍기을마차
미냥인의쳥뉘환난ᄒ여화싁으즘으니 좌위쳡쳡이슬허ᄒ고 싱
니드르미어린닷취ᄒ듯 싱각ᄒ되이아-----

p.44

홋씬가슈연이나순싴을살피리라ᄒ고----기리보던니 그여ᄌ호
련이러러나 옥슈로 나상을어라만져빈회ᄒ니빅틱인간사람갓
디아니ᄒ여 무슨션여와월궁항의라 싱이 아연히심히불안ᄒ더
니 그여ᄌ드러가니 싱이션호와긔리쥬인을 기다리어 사싱시예
ᄌ여몃치나ᄒ뇨 기예답왈 본딕자여업고부인만뫼셔잇쎠니슈
연젼의우리여ᄌ을 어더양여ᄒ엿나이다 싱이답왈 그여ᄌ셩은
무어시며 나흔몃치나ᄒ뇨 시여답왈그여ᄌ셩은호씨로다ᄒ고
연이바야흐로십셰라ᄒ더이다 싱이문왈근본니엇더타ᄒ더뇨
딕왈경셩호시랑의일여ᄌ로

p.45

고향의―안의왓더니 그고을ᄌᄉ위션――――입어남자의건복을 입고유리ᄒ거날 우리아가씨어엿비녁이ᄉ거두어 긔츌갓치ᄒ시나이다 싱이딕경문왈 그여ᄌ조상부모ᄒ고 외로온몸으로 ᄌᄉ의안히되물염ᄒ랴시여되 왈원부모싱시예경셩최상셔집과 결흔ᄒ여ᄎ마몸으로써 고향의안즁ᄒ여쏘흔최씨의덕이라ᄒ더니이다 승이드라미호씨쥴씨닷고일홈과 시연이긴젹ᄒ디라 크게기특이녁이고탄복ᄒ여 문왈 ᄌᄉ용열흔듯아여ᄌ씨쏙으랴딕왈 나온후쥭엇다ᄒ여쏙앗다ᄒ더이다 싱이탄복ᄒ고즉시셔간을 닷싸시여을쥬며왈 이걸갓싸가소졔씨드리라 기예사양왈 낭ᄌ요요졍시ᄒ

p.46

사비례을힝치아니ᄒ시니이틀가져갓다가 소비죄틀면치못홀가ᄒ나이다 승이잠소왈 너넌의심말나나ᄂ최싱이라 기예그죄야물너나와소졔씨드리고 슈말을자셔히고ᄒ니 소졔쳐엄은의심ᄒ더니 날호여쎠여보니기셔왈 최희셩을직비ᄒ고호소졔좌ᄒ의고ᄒ나니 차희라최호양가의 부모각각ᄌ여로언약ᄒ시니 비록쳔디변ᄒ나 언약을져바리디아니려ᄒ엿더니 가운이불힝ᄒ여양닌의익히괴상ᄒ여악부와빙뫼기셰ᄒ시고 소졔고향으로도라가시니 도로요원ᄒ여이사 사망연ᄒ나 옛언약을져바리디아니 말밍셔ᄒ더니 즁간의조물이히은디어구든 언약이부운갓치된디

p.47

ᄒ여시나 엇디소졔을이디리이졔쳔디살피시고 지신이인도ᄒ
여유딘셩과옥진셩의 인연이다시ᄒᅠᇰ나이 낭쟈난한가디로도
라가미엇써ᄒ뇨 소졔견필의쌍미을씽그리고 필연을나와 답셔
을쎠최싱게보뇌니싱이연망히 바다보니답셔왈 박명소쳡호씨
난 두번졀ᄒ고 감히답셔을닷싸최군좌ᄒ의올니ᄋᆸᄂ니 규즁여
ᄌ로여러워ᄒ미 도로혀무례ᄒ뇨다만일만연을도릭보디아니ᄒ
나 쳡은최씨의사람이라 죵신토록감츅ᄒ온디 언졍이졔군을마
자ᄒ가디로힝이도라오리니 군은 아여ᄌ의졍ᄉ를슬피사타일
ᄉ름의시비을업게ᄒ쇼셔 ᄒ엿더라 어시의시

p.48

여홍츈이 소졔달여왈 이졔최싱공이와게시이 소졔흔가디로가
미올커날거졀ᄒ심은 엇딘이릿고 소졔탄식왈 너의말이그릇다
뇌ᄌᄉ의욕을 감심치아니아니문 졍젼을딕히미라뇌 몸이평안
ᄒ미만셕갓고 최낭이 님의부인을어더시니 역시괴롭디안인디
라 나난신을딕히난부인이라 남ᄌ의통을구치아이ᄒ노릭 이졔
최랑을 좃츠도힝흔즉허랑흔남ᄌᄒ날이 맛기시고 부모허ᄒ신
인연을방탕이육예로 기다리디아니ᄒ고 무례ᄒ미이시면 비록
최랑으로더부러 화락ᄒ미이시나 스스로붓그럽디아니면혈마
졍이업ᄉ나 시쇽이소쇠ᄒ니 더러온말노겁칙ᄒ면가마지ᄌᄋᆼ
을 어이알이오 뇌이졔도라가디아니면

p.49

밧들미오 절힝을일치아니련니와 불연인--옥절빙심을싸히바라
미라 비록최랑이불란히넉여 다시츳디아니면 이산즁의셔즁신
ᄒ여 뇌몸이누명이업ᄉ면뇌이원이라 홍츈이심문탄식ᄒ더라
최싱입라힝홀시 소졔씨ᄒ딕젼어ᄒ니 소졔시여로줏춘을보뇌
여 ᄉ례ᄒ더라싱이즉시발힝ᄒ다 소졔부인씨슈말을고ᄒ니 부
인이되경탄식왈 그되와이연이진ᄒ도다차후마음을졍치못하더
라 츠셜싱이소쥬슉모씨ᄒ딕ᄒ고 경ᄉ로오다어시이상셔부쳐--
을보뇐후의 소식이업스니 조모의우러ᄒ더라 민씨싱을이별ᄒ
고 심ᄉ불평ᄒ며 슈식말안하더라 졍언간의싱이 드러와부모씨
뵈옵고 오릭써나 그리던회포

p.50

맛츤후날호여홋씨 맛뇐말삼과 젼후굿씨던사연고ᄒ고 글월을
드리니 상셔부뷔츠경츠희ᄒ여 즉시셔계최담을 보뇌여호송ᄒ
라ᄒ고 시노십인과 시여오인을거날여 호소졔을달여오라ᄒ다
싱이민씨침소의이라니 민씨이러마즈도로의무ᄉ이 희환ᄒ싯
잇가야심ᄒ미상요의 나아가이인졍이디즁ᄒ니뒤산하히갓더라
최담이츄종을거나리고 젼강경어ᄉ딥의이라니일긔아연ᄒ고
부인언 슬푼심ᄉ졍치못ᄒ더라 슈일후소졔힝즁을ᄎ리고 부인
씨ᄒ딕홀되 부인이소졔으손을줍고 타루왈 노인이팔즈긔구ᄒ
여일즉 션군을이별ᄒ고슬ᄒ의 일졈골뇩이업사니쥬야을

p.51

그되으게 의탁고져ᄒ더니 이졔도라가니노인은 셔산낙일갓한
지라 싱견이그되을 다시못만난닐가슬허ᄒ나니 그되 난인연모
여디졍을싱각ᄒ여 외로온영혼을위로ᄒ라 소졔좌우을써나 두
번졀ᄒ고읍왈 아히팔ᄌ귀구ᄒ와 일즉양친얼 쌍망ᄒ고 도로의
유리ᄒ거날부인니아히경승을 가셕히여기ᄉ옥슈금진이 금의
고당을치시고ᄉ랑ᄒ심이 긔츌갓치ᄒ시고 다시부모향화을잇
계ᄒ시니 은졍을빅골에 속인지라 소여 죽어도 못친의은혜난잇
지못ᄒ려던더 옥싱시예 잇ᄌ오릿가 부인이소져이손을줍고 누
슈오월중슈갓ᄒ디라 운빙 옥안이쌍누ᄅ치아니ᄒ더라 임의 날
이느즈미ᄒ딕홀시 부인이

p.52

ᄎᄆ 옥슈을놋치못ᄒ고 좌우시비누슈여류ᄒ더라 마디못ᄒ여
소졔부인을 뫼와무강흠을 당부ᄒ고 ᄎᄆ이별치못ᄒ더라 경어
ᄉ부인과 소졔은이별ᄒ고 침과이ᄎ마잇디못ᄒ더라 ᄎ셜홋씨
부모을싱각ᄒ고 심시울울ᄒ여 명낭흔쒸면분향ᄒ고 흔날씬부
모원슈갑기을원ᄒ고 쥬뤼음ᄎ니뫼신시여드리만단위로ᄒ더라
계유득달ᄒ여 경ᄉ의일으러 고틱을 슈리홀시 층층기ᄒ이난초
목무셩ᄒ여 홧초풀입히뭇쳐시니 ᄉ름이슈심을놀나난디라 ᄎ
견을쑤다리며 신셩통곡왈 명일의이당즁의셔 부모을뫼시고 조
모의 즐기더니 부모ᄂ소여룰바리시고

통곡ᄒ더라 유모와시비등이 셔로붓들고 통곡ᄒ니 산쳔이다우
난듯ᄒ더라 ᄎ셜민씨 이긔별을듯고ᄆᆞ음이 이달ᄒ와ᄒᄂᆞ 본되
어딘다라 ᄉᆞ식디ᄋᆞ니ᄒ더라 싱이 민씨침소이드러가 민씨로더
부러희롱왈 혹싱이홋씨로 더부러 ᄒ날이졍ᄒ신부뷔라 이졔취
ᄒ야ᄒ나이 부인은단심ᄒ고 날을미무물이여기디마나 비록 홋
씨를취ᄒ나 부인은조금도져바리이디아니ᄂᆞ니 조금도슬허믈
나 민씨쥼소ᄉᆞ례왈 오날홋씨말을드ᄅᆞ니 엇디감격디아니며아
람답디ᄋᆞ니리오 ᄎ호라임이 홋씨거졀이어렵거이와 다만싱ᄋᆞ
십칠연이라 군이쥼되흠과 구고이ᄉ랑ᄒ심이 바람이너분다라
은혜만만ᄒ오되 의심이업ᄉᆞ오되 두리건되나죵이흔갈갓디아
닐가 두리나이다 싱이쥼소왈뇌

ᄒᆼ여도 뉴이치아니히 부인뇌복이 아라민씨소이부답일러라 싱
이 손을드러 견전ᄒ미쳐엄이라 민씨뇌렴이 즁부이구구흠을긧
거아니ᄒ더라 길일이 다다르니 혹싱이길복을갓츄우고 금안이
위의은거날여 홋씨부즁의이라니 긔구이무셩ᄒ미왕후나 다름
미업더라 혹싱이그려 길례을옥ᄉᆼ의견ᄒ고동방화쵹의 교비홀
싀양인의화안옥모연화양풍을믄나ᄂᆞᆫ듯 셔로ᄎ등이업더라 만
좌쳐쳐츙츤ᄒ더ᄅ 나리ᄂᆞᄌᆞ미 싱이슌금쇠약으로 뎡 문을쥼가
도로오ᄆᆡ관광ᄌᆡ칙 이츙츤ᄋᆞ니리업더ᄅ최부의셔준칙 을빅셜

호고 종족을청호여좌을이루니 향뇌반공이스못초고 싱솔악은
향운을머물다라 날이으즈민신부의빅을 놉피드러 구고긔현알
호고 물너스비호니옥안은홍연화흔가지월식을씌엿난닷 아시
난월즌갓고

p.55
고 쥬슈은단스을 먹은닷 옥빙홍안과 쑤딘쥬는말근빗철도와 고
봉학치상은 바람이붓치며고셰요이 홍느슴읇그을고 빌예호난
거동이 이화이화 일지광풍을 만너는닷 틱도난모란니 가을이살
을즘가는닷 틱딘이스도가 기을우으며상고여으이 키크기를읍
두호고 빈연이괴젹기를 면호며 민씨을부르니 이윽고셔편금슈
즁이렬이며 흔부인이홍승치복이 연보를가바야이나오니 옥빈
홍안과주약호긔딜이 유정쇠락호고명낭흔픽옥소리낭낭호니
이쏘흔범인이아닐너라 호씨로예필좌정후홋씨난빅연화 흔숑
이옥빙이쇠즌는닷후덕식락호고 민씨난벽도화흔가디 셰우럴
쓰엿난닷 호씨로 비긴되즘간느리나 쏘흔긔이호더라 좌우 실식
호고 그즁이 일식의독

p.56
보흔부인뇌도 팔식호여 즌치예춤여흔균한호더라 구고신부의
손을줍고 츄연탄식왈 그되부모을여희고 만고험난을갓초디 뇌
고뇌딥이이라 니엇디즌잉치아니리오 쏘민씨을위로왈 그되이

덕으로이랄빈아니는 호씨난 무디못ᄒ여취훔이르ᄉ가 화동ᄒ
라 민씨직비슈명ᄒ고 일모도원ᄒ미빈긱이훗터디고 신부슉소
을취운당이졍ᄒ니 신부도라가 긴단쟝을벗고 촉명을되ᄒ여 부
모을싱각고 실허ᄒ더라 싱이취운당이 드러와 소졔얼되ᄒ니 깃
붐얼졍치못ᄒ여 이예촉을멸이ᄒ고 슈죵을디우고침셕이 나아
가양인이인졍이ᄒ히갓더라 호씨인ᄒ여머무러구고 ᄱᅵ현알ᄒ
고민씨을 ᄌ모갓치셤기더라민씨호씨을 ᄉ랑ᄒ기을아아갓차
ᄒ니 구고ᄉ랑ᄒ(고싱이깃거ᄒ더라학졍은졍직군직라가법을
다사리고)

p.57
리고두부인을거나리미 일삭이십일은 민씨침소이 잇이ᄉ십일
은 호씨침소이잇고 셔당이머무니부뫼두웃겁고 일가화목ᄒ고
젹국이화ᄒ미동귀도엿더라 일일은싱이취운당이셔 한담ᄒ더
니문득ᄲᅵ다라시여로금훔을뇌여오라ᄒ여 여러보니쳥승홍승일
폭을 뇌여놋코우어왈 부인이능히알소냐 호씨침음양구이옥훔
을뇌여 놋코쳥승과 홍승을뇌여 견쥬우니의구이만난디라 양닌
이되경탄식왈 우리양인을ᄒ날이졍ᄒ신부부ᄅ 호씨줍소왈 쳡
은밋쳔ᄒᆫ스름이라 최씨이셩명을의디ᄒ여 일신보젼홀ᄲᅮᆫ이리
군ᄌ이춍을 구치아니ᄒᆫ니 오날밍셔변ᄒ냐타일밍셔글너당
ᄒ의슈치되고 쳡이골육에흔과갓치될가ᄒ나이다 셜파 이싱이
소이답왈

p.58

부인은 염여말나 뇌엇디범인갓ᄒ리오 호씨깃거아니더라이럿
탓련락홀싀 싱이민씨난죠강별발이오 마음이어딜고 힝실이노
푼디라 가젼을졍ᄒ여줌되ᄒ고 호씨ᄂᆞᆫᄒ날막기시고 부모허ᄒ
신비라은의퇴산도경ᄋ며 하히ᄂᆞᆫ엿틀너라 ᄎ셜졍국고졍ᄒ니
이여을두어시니 즁여난황후되고 ᄎ여연이십오라얼골이 화월
갓고긔딜이셔담ᄒ여민싀영오ᄒ니 부모ᄉ랑ᄒ여 가셰을갈희
더니 후뢰예최시랑을보민 얼골풍치학우신션이라 승셔씨구혼
ᄒ니 승셔허치아이ᄒ되 국공이되로ᄒ여구디셔왈 뇌벼살이왕
후의거ᄒ고 쳔금안여쎠최현의며나리 와희셩의안히됨이 욕되
디아니거날 질부엇디 무례ᄒ리요드듸여그월을다가황후기쥬
ᄒ여쳔자기알외)

p.59

여 셩지를 나려와 졍시을 최시랑으로마ᄌ라ᄒ니 최문일긔아연
ᄒᄂᆞᆫ황명을 거역디못ᄒ여 허혼ᄒ니국공과부인황씨ᄃ희하여
퇵일ᄒ니졍히삼월초슌일너라 ᄉ오일을격ᄒ엿더라 부인이호
씨을불너일오되 시운이불힝ᄒ여 현부의익이즁ᄒ여 졍씨이ᄅ
니슈연이나 그되난놉흔힝실을일치말나 호씨슈명ᄒ고 물너나
와길예을ᄎ일싀 족곰도어긔미업산이 일가층츤ᄒ더라 길이리
가가르니 싱이길복을갓초와 위의을거나려 졍부의이라니 홍안
을젼ᄒ고 신부의샹공을지촉ᄒ여 도라와합혼교빈ᄒ니신부 의

운빙화안이빈난디라 좌즁이층춘ᄒ나 싱은불관히넉기더라 예
랄파ᄒ흔후 부인민씨호씨을불르니민

p.60
호 두부인이 셩즁을다ᄉ려나와 신부로셔로볼ᄉᆡ 신부민씨로향
ᄒ여 직비ᄒ니민씨졍양답읍ᄒ고호씨로 예을맛고 민씨이악으
로온 틱도난와연이틀을 일워시며 신부이홀난ᄌ식은칠보을 ᄭᅳ
으려시니 민호으쳔연ᄒ멀 비기리오 구고호씨을ᄉᆡ로이ᄉ랑ᄒ
고 졍씨호씨을보민심신이 ᄶᅱ놀ᄉᆡ 심히불이니러나ᄂᆞᆫ듯ᄒ더라
좌우탄복왈 호부인은월궁션여라뭇즙나니 춘광이엇마나ᄒ신잇
가 호씨왈쳡이 팔직험악ᄒ와 유ᄒ이부모을 여희고셔름을 셔리
담아셰월을보뇌읍다가 쳔흔나이십삼이로소이다ᄒ니 좌긱이일
시예 층춘ᄒ난소리ᄭᅵ치디아니ᄒ더ᄅ 셔일이셔영이다ᄒ니 좌
긱이일(훗터지니슉소을계춘당의졍ᄒ나이후졍시구가의머)

p.61
무러우으로 황후으위염을ᄌ랑ᄒ고 부지을골--ᄒ야방ᄌᄒ미극
흔다라 쥬야식을가다듬아 츙여으힝실을효측(쥬)ᄒ며여힝을젼
피ᄒ니 구고불안ᄒ여ᄒ고싱은 젼인군직라 여ᄌ원망을업씨고
져ᄒ여일속을 팔일인민씨씨잇고 칠일은호씨씨잇고 오일은졍
씨츳고 그여난셔랑이셔학업을 노치아니ᄒ고 조셕이부모을 시
봉ᄒ니부모두웃기고 일기화락ᄒ다 졍씨ᄂᆞᆫ간약ᄒ미틱심ᄒ여

그즁 호씨아뢰되멀볼노ᄒ고 민씨비금됨얼흔ᄒ더니 잇되삼인
이잉티ᄒ여 십식이츠니슴인이다 각각싱ᄌᄒ니존당이뒤희ᄒ
고 싱이깃거ᄒ더라 졍씨-----더옥뉴싀ᄒ고티만ᄒ미심ᄒ여일가

p.62

ᄒ을츙심ᄒ고 훗부려졔어고져 ᄒ나 시랑이엇디 후부의젼식을
두리리요 일일은 민씨화류졍의셔화싁을 승완ᄒ더니시여로 두
부인을쳥ᄒ니 두부인이오니 호씨의운빙홍안이싀로이화락ᄒ
니 좌우츙츤ᄒ고슴인이흔가디로 빈회ᄒ더니 민씨소왈져화계
의꼿치빗츨ᄉ랑ᄒ거날 호부인이 화싑을아ᄉ시니---시람ᄒ니
로소이다 호씨줌소왈 쳡은무용ᄌ식이라노둔ᄒ고 거칠노구고
의셩은과가부의은혜을 이류며부인의ᄉ랑ᄒ시니 감당ᄒ여 쥬
야몸이심연빅빙---갓트신은혜을 츙복ᄒ거날 이럿탓위ᄌᄒ시
니부란ᄒ여이다 언피의츈풍갓흔 말슴과 셔리갓흔위풍이 셜승
우의흔거하미

p.63

화갓ᄒ니 민씨도탄복ᄒ고 졍씨언더옥분분ᄒ여호련이르되 쳡
은황후으일여지로 황후의엄명을밧ᄌ와시니 엇디죠졍ᄉ티후
여ᄌ와갓ᄒ리요 마난 최군이겸히너기고 일긔암독ᄒ니 도로혀
음난흔게딕의마릭되니 엇지통흔치아니리요 셜파의 민씨넝쇼
왈부인은 너모 홋부리지말지어다------부모의명을맛ᄌ와 현혼

을육예로마츠니 부인으로동등엄도다 호씨날호여옥치를 여러
왈 정부인말솜을드라니 밋쳔함을감심ᄒ려니와 유난타흠을아
지못ᄒ노이다 쳡은팔즈괴구ᄒ여 양친니인셰바리시니 혈혈여
즈 죵천지통의 호젼망극을 서리담아 쵸로갓흔인싱이 죽어부모
의ᄉ최

p.64

을달아 고저ᄒ노우흐로 부모의후ᄉ을졀ᄉ홀거시오 버금신을
직히미라 준명을보젼ᄒ여 최랑을좃찰쑨이요 즈고로음힝을둣
지아니ᄒ니 진실로감심키어렷돗다 졍씨ᄂᄒ여마를ᄒ고져ᄒ
더니 어시예시랑이 드러오니 숨인이이러마조퇴위왈 숨부인은
엇지이고ᄃᆡ왓노요 민씨ᄃᆡ왈경히호보아기--하거를보다 ᄉ완ᄒ
여뇌니상공을엇지오신니가 시랑이ᄃᆡ소ᄒ고두부인을도라보아
왈 그ᄃᆡᄂ엇지안싘이부란ᄒ뇨 호씨ᄃᆡ왈쳡의심ᄉᄂ무러아리
요 졍씨알연노왈 죽은지언졍ᄒ여ᄂ 용츔지아니려니시랑이양
안을

p.65

흘겨 양구왈가소롭다 그ᄃᆡ여 마양젼세를조함ᄒ고 제집의듯젼
아지못게다 제집의공슌ᄒ고 가족ᄒ미큰덕이라 그듸욕되미뇌
안회되도 다최공쥐빅졍을좃도시며 흔졍쓸치회취즁ᄉ의며 나
리되여스랴 뇌민씨취호을ᄉ리예도비치못홀거시오 홋씨ᄂ천

정비월이라엇지취지아니리요 최가의서아지못ᄒᄂᆫ 정씨ᄂᆫ식
노부지럽ᄉᆞ며남--------------------------

p.66

용열ᄒᄂᆫ ᄌᆞ--미혹지아니외라 언파의금--션을드러소ᄒᆞ니 민씨
호씨ᄂᆫ머리을슉기고 정씨발연노왈쳔한딥필뷔두려홈이심ᄒᆫ요
시랑이어히업서 다시말을아니터라 정씨침소에도라와 분홈을
이기디못ᄒᆞ거날 초우혜디경등을 다ᄉᆞ족디비로 졍황휘슝인이
혜일연민ᄒᆞ니 궁여즁 ᄉᆞ랑ᄒᆞ소 소졔졍씨최문이 드러가민히슘
여을 쥬어ᄉᆞ싱을한가로ᄒᆞ시니 슘인이졍씨을 뫼셔 최부의인난
디라 이비이로되 부인을용여마르소셔 쳔쳡이ᄒᆞ게교이시이뵈
푸고져ᄒᆞ나이다 졀식튱기을 구ᄒᆞ여 승공씨드려호씨 익초을앗
고 즁부의마음을감도케ᄒᆞᄉᆞ 일가인인심을 어든즉종신토록용
납ᄒᆞ시리다 졍씨

p.67

슈호씨곳ᄋᆞ면이리빙밍ᄒᆞ랴ᄒᆞ고 심히흔ᄒᄂᆫ디라시랑이되로ᄒᆞ
여 의당의나ᄋᆞ가육튱을 즙아뇌야게ᄒᆞ익쑬이고되쥴왈 ᄒᆞᄇᆡᄋᆞ
튱기감히호부인을원망ᄒᆞ니타 일익변이이스리라 뉵튱이황급
급ᄒᆞ여 ᄋᆞ모리할쥴모ᄅᆞ더니 시랑이오튱을ᄉᆞ십즁깃쳐뇌치고
화션을뇌여버히니 가즁이슬ᄂᆫᄒᆞ고 졍씨노홈을이긔디못ᄒᆞ더
ᄅᆞ 시랑이취운당이이라니 호씨민씨더부러한담ᄒᆞ거늘 시랑이

144 최호양문록

소왈부인은 간젹을업씨ᄒᆞ니깃붐을이기디못ᄒᆞ리로다 호씨탄
식왈 임군이신을거나리미 편벽ᄒᆞᆫ즉 소인이ᄌᆞ즉ᄒᆞ고츙신이도
라가니 ᄌᆞ연리나라히망ᄒᆞ고 남ᄌᆞ가뇌을거나리미 이편된즉득
죵ᄌᆞ난화락ᄒᆞ고실

p.68

즁ᄌᆞ난 함원ᄒᆞ니비연즉불안ᄒᆞ고 이연즉현ᄌᆞ난ᄉᆞᄒᆞ고 악ᄌᆞ난
망ᄒᆞ니 그만ᄒᆞ여후ᄉᆞ을ᄯᆞᆫ코은혜을업ᄂᆞ니 이런즉 집이픡ᄒᆞ고
후의젼일ᄒᆞ던ᄌᆞ난밋친바람의 이운입피되고 젼일셔러ᄒᆞ던 ᄌᆞ
ᄂᆞ 귀히되ᄂᆞ니이 난고진감뇌오훙진비리라 쳡니엇지리오군니
일편된딘니스니 쳡니기리염여ᄒᆞᄂᆞ니 아싱니초왈 날노요(쵸)
곰용셜ᄒᆞᆫ ᄉᆞ람으로 아말을거시올고도다 민씨다려왈 부인은부
뫼더즁터 야아비더즁턴야민씨줌소왈 부인은부모은혜랄일알
진되 틱산도경ᄒᆞ고 ᄒᆞ히도여뉼지라 부부의익ᄂᆞᆫᄉᆞ싱이동ᄒᆞᆫ이
라 물어아리오싱이웃고 호씨다려왈 부뫼큰야지아비큰야호씨
왈 게집이부모혈육을 바다유ᄒᆞ익싱즁ᄒᆞ여비의을

p.69

고오윤을 졍ᄒᆞ미부모이은혜을 상싱익갑기어렵고 부부난ᄉᆞ싱
을ᄒᆞᆫ가지로ᄒᆞ고 침식을 ᄒᆞᆫ가디로ᄒᆞ니 그익부모익다르디아니
ᄒᆞ니 부모쥭으면슘연탈상이어니와 디아비쥭으면일신이 쳘로
ᄒᆞ야 몸익소복을 이부며맛인ᄂᆞᆫ엄식을피ᄒᆞ고 딘미을죵신토록

피ᄒ니 일노보건디 가부의은혜들젇다ᄒ릿가시 ᅀᅵ이마음이 탄
복ᄒ더라 이러게춘당이이라니 졍씨무안이안ᄌ좌졍후싱이양
구왈 부인이싱식학싱을즁히여기난지라 문난이부부와 부모와
더뉘즁ᄒ던요 졍씨양구왈 여ᄌ어려서난부모을의지ᄒ고 ᄌ라
셔난아비랄의의지ᄒ고는 거셔난ᄌ식을의지ᄒ나니 부모으은
혜들 젹으며부부의졍이야엇지밋치릿가 싱이마음이불열ᄒ야
심심히좌ᄒ니 졍씨간히입을

p.70

여지못ᄒ더라 ᄎ셜 민씨잉틱팔삭이오호시난오 쉭일너라 잇ᄶᅬ
쳔지희셩을별희도의ᄉ신을 보널ᄉ별히도는지방이 슈쳘이니
인심이 강ᄒ흉젹이만흐니 경은지역과문의겸젼ᄒ니 경을보뇌
난이 무ᄉ히득달ᄒ라ᄒ시니 싱이ᄉ은슉비ᄒ고집의도라와 부
모기ᄒ딕왈소ᄌ부모슬ᄒ을 오뢰써나오니ᄒ졍이경경ᄒ와 심
ᄉ을졍치못ᄒ오며 가뇌후비읍비잇ᄉ오니 야야와틱퇴난쌀니
살피소셔 공이부부춤아이별치못ᄒ여 싱의손을잡고 이로딕아
모여나무ᄉ이도라와 공을셔우고영화을보이라 민씨을도라이
별홀ᄉ 아모려ᄂ부모을뫼셔무강ᄒ라 부인은덕으로이랄빅아
니 ᄂ가뇌을살펴후비이스니화롱ᄒ라

p.71

부인은 아모려나빙신을보젼ᄒ여 셔로반기멀바라노라 힝뢰더
디면일년이오 쉬오면반연이라 호씨아연ᄒ여 봉안의말근눈물

을머금고 일오되군ᄌᆞᄂᆞ쳔궁갓흔몸을보젼ᄒᆞᄉᆞ 타일이기리영
화을 보이소셔 쳡은발힝ᄒᆞ시난날이라도 목슘을붓치기을 졍
치못흘가ᄒᆞ노이다 싱이옥슈을줍고탄식왈 부인은안심ᄒᆞ라 시
여쥬쵼을뇌여빈별흘ᄉᆡ싱이 그득흔졍을춤고다시곰당부ᄒᆞ고
이러긔츈당이가졍씨로이별흘ᄉᆡ 비러와뇌임황이간졀홈은 부
인이라 몸을ᄂᆞ즉이ᄒᆞ고 틱만ᄒᆞ기을폐ᄒᆞ고 남이ᄌᆞ식을셜게말
나 호씨잉틱ᄒᆞ엿나니 그되ᄂᆞ가부를보와 복즁ᄌᆞ식을보젼케ᄒᆞ
면 그되으은혜라 아모려나조심ᄒᆞ라 졍씨무안ᄒᆞ나간싸흔디라
강잉

p.72

하여왈 군ᄌᆞᄂᆞ당부마라쇼셔군ᄌᆞ의말슴을듯ᄌᆞ오니--연소여ᄌᆞ
ᄂᆞ항복지아리오 원노이평안이도라오시면우리슴인이옥동영ᄌᆞ
을나ᄒᆞᄉᆞ례ᄒᆞ리다 싱이그ᄯᆞ졀을고발힝ᄒᆞ오니 ᄎᆞ회라 호씨이
익이ᄎᆞ딘치못ᄒᆞ얏도다 어시예졍씨되회ᄒᆞ여 즉시호씨친필을
어더셔간을지어 양부인을보기ᄒᆞ다 일일은호씨후원이가시람
을ᄒᆞ더니 양부인이맛춤할일업셔취운당이 이르니인젹이업고
쎠인셔간과봉흔셔간이잇거날 쎠인셔간을 보니기셔이왈졀강
쌍흘임을 두 번졀ᄒᆞ고 셰번탄식ᄒᆞ여 호소졔차ᄒᆞ의글월을올이
나니슬ᄒᆞ나리싱을 뇌시고 낭ᄌᆞᄒᆞ나리와 빈월을슴으니 우리 양
인이

p.73

낭즈을 노치고요여을머무더니ᄒ나리 능즈의원역흠을벗기시
고 요쳡을닉치고구고우이쳐 일면글월노도쳐 소졔을쳥ᄒ니 셰
번싱각ᄒ여오기랄더듸 만나 분연즉구쳔의눈을쌈디못흔에라
ᄒ엿더라 부인이 어히엄셔쓰흔셔간을보닉 여왈방명호씨난돈
슈지비ᄒ고 쌍군휘ᄒ의글월을올이니 쳡이죠상부모ᄒ고쳔흔
인싱으로 쳔되스지스군즈을의탁ᄒ니 빅연동쥬랄나비어기더
니 부릐예군즈의시쳡의연고로 구박ᄒ니약흔계집이졀을딕히
고져ᄒ나 약흔여즈의의 옛졍을완졀ᄒ리요 부모후스을싱각고
쳡의 홍안을슬허최싱의안히되여 남의즈식이이스여---이다리
난즉환이이스리니치 월쵸오일황혼의즈긱을보뇌여 구고을쥭
이고 다음유즈쥭이고 쳡을다려가

p.74

쇼셔 은혜쥭기로써갑흐리라 쳡이빅반ᄒ미야--니라군즈이불명
이라 직슴살피스다려가소셔 필연을나오믹 눈물이쇼스나니 삼
가볼디어라부인이 언필이듸로ᄒ여나와ᄒ셔올뵈이고 슈말을
고ᄒ고셔간을드 리니공아듸로ᄒ여옥스을일우리라ᄒ니 부인
왈일니이럿탓젼도ᄒ니 아즉스옥익가도왓다가이리맛거던 스
사로져쥬어실스을 안후국스로쳐치함미올토다ᄒ니 호씨아모
란쥴모로고 유즈을다리고경 산옥익이라니경쇡이츠담ᄒ더라
심회을졍치못ᄒ여다만ᄒ늘을 우러러통곡ᄒ더라 이젹의민씨

딕경추악ᄒ여 마음을정치못ᄒ야시여 일인을다리고---

좃ᄎ경슈옥이 나아가호씨-----칼을쓰고 용납지못ᄒ난디라민씨
을 보고쌍이ᄶ구러져 능히이러나디못ᄒ난디라 민씨충황이구
ᄒ여나아가 옥슈을줍고슬허왈 부인이아시니잇가 호씨늣겨왈
부인이아니이르시면 첩이엇디아리잇가 민씨늣겨왈 간인이셔
간을지어구고ᄭᅴ뵈니 이구고노ᄒ스 옥즁이가도와시미라인ᄒ
여 셔간ᄉ연을 다이라니 호씨딕경실식왈첩이엇디슬기를미드
리요 부인이은혜ᄂᆫ 슘싱이다갑기어렵도소이다 죽기ᄂᆫ셜디아
니ᄒ되 최씨의은혜을다갑지못ᄒ고 부모의싱휵ᄒ신몸이 누욕
을드러스니 엇디셜움을바리잇고 부인은 첩이죽거던 유아을긔
츌갓치ᄒ소셔 말을맛고필연을나와 호씨일편을지어 민씨을쥬
니 민씨바다보니

셔이왈 ᄒ나리물을ᄂᆡ시고고기을 삼겨스니셰--의올 토다최ᄌ을
ᄂᆡ시고 호여을ᄂᆡ시니 빅연부부변ᄒ여 최싱이소유되리로다 월
이양상ᄒ미금즉청지영ᄉᄒ여셔 로사싱을아디못ᄒ도다ᄒ여스
니 민씨보고 필연을나와ᄎ운ᄒ고 황금십만양을나여 옥졸을쥬
어싸럴벗기 소직삼위로ᄒ야 손을줍아이멸ᄒ니 양인의구슈강
슈을봇틸너라 민씨도라간후호씨 ᄒ날을불너통곡ᄒ니 유모와

고향시여 수연과결강시여쉬선이 혼가로죽기을바릭더라 추설
졍씨되히ᄒ여쳔금을 훗터즁수을듯보더니 문득유주병드러죽
으니 졍씨슈족을이른닷셜워ᄒ미과도ᄒ니 존당이잔잉히여기
더라 호씨이말을 듯고심즁이혜오되

p.77

ᄒ날이 무심치안니홀야 주식을쥭이고더옥셜워ᄒ난도다ᄒ더
라 쏘시여고왈졀강쥬부인이 별시ᄒ다ᄒ나이다 쳥자이업써져
혼졀ᄒ니 좌우구ᄒ여이윽고ᄶ야가슴을두다리고 통곡활유유
충쳔아아쥬씨은혜을엇지ᄒ난요 충쳔아 엇디스람이명영앗기
을쌀이ᄒ난요 통곡함을금치못ᄒ여 식음을젼피ᄒ고 쥭기을원
ᄒ더라 어시예 졍씨아직죽으믹더 옥흉흔익시날노더ᄒ디라 즁
수이분이업서 주식을쥭기고 심수불평ᄒ온지라 근친흠얼고ᄒ
나이다 구고허락ᄒ니 졍씨수례ᄒ고 국공부친익도라가니 부믹
크게반기고 ᄒ향ᄒ여 황씨쌀를다리고 입졀ᄒ니졍휘반기수문
왈 너난흔주식얼굿---

p.78

기니셜음이잇난야 가뷔나아가디시람이 잇난야몸이질병이잇
난야 화식감흠언엇진일고 졍씨직비왈신제으나 히어리니주식
이야나흐면흔이업고 가부슈이회졍ᄒ시라 열ᄒ리잇가마는 적
국이이만하온되 동열즁호씨난요지로 온식을가져가부을줌가

첩을용납지못ᄒ기ᄒ오니 ᄌ연슈척ᄒ오이다 황후되왈 적국을
ᄊ리미야너ᄻ되 조겁ᄒ고예의을 아디못ᄒ여셔최가이드러가
니 김히염여ᄒ나니게집이 ᄊ젼덕을싹 가구고을셤기며예랄싹
가적국을 화동ᄒ면 이난슉여이ᄒ난일이니 너난가부이총만바
뢰고 원힝을염여치아니ᄒ니 엇지마음이 금셕갓ᄒ며 네투긔홀
딘되가 부심규의

p.79

드리쳐본쳬아니ᄒ면 ᄌ식을나ᄒ며쏘ᄌ식이잇시리이요 싁덕
관으로타월유슌ᄒ거던 네혼ᄌ젼총ᄒ랴-싱심도투긔말고 네덕
을싹가 날노청명을흘으게라 졍씨모여무안히숨일후나오다 ᄎ
셜 최부의치월초오일에병길을 슈집ᄒ여ᄌ조긱을방비ᄒ시 발
중연ᄒ여장싀둘러와위여왈 결강쌍ᄒ님을 밧ᄌ와최현을듁기
려ᄒᄂ니 ᄲᆯ니ᄂ오라상셔---여니다--ᄒ니칼의질너듁ᄂ즤미 갓
드라일지황황분듀ᄒ니 ᄌ긱--칼얼들고다라ᄂ니라 동방니발그
미상셔시호씨듁음을거두어 후일칠십여인을 명ᄒ여적을줌으
나 어듸가이드리요 졍씨 친ᄒ고도라와 거즛놀ᄂᆝ난쳬ᄒ니 ᄉ당
의총명힌들능히 ᄻ다르리요 상셔형벌을갓추고 호씨을자--ᄒ싀
호씨옥즁의온지사

p.80

삭이라쥬야호읍ᄒ더니 문득시여십인이 상셔명을젼ᄒ니 호씨

큰칼을뫼고 약흔몸 이임퇴ᄒ엿나나디라 흑운갓한머리을 헛틀
어옥면을가리와씨니 소월이흑운을 만딘닷 그이흔틱되시롭더
라 목이큰칼을쎠시니 이긔디못ᄒ여 불을어라ㅇᄒ이 청죄ᄒ니
상셔딜목딜노왈 음여난네죄을아난다 호씨다시일어 두 번결ᄒ
고 가로되 쳡이유ᄒ이부모을쌍망ᄒ고 혈혈흔안여ᄌ일신이 무
탁ᄒᆸ거날 존구의일월갓ᄒ신 홍은을입ᄉ와 아부시시다업구
히곤을거두워 고향의안장ᄒ고 ᄉ이향화을 이음도최씨으덕이
라 몸이일각의쌔--아도다갑디못ᄒᆸ고 십계예남의문ᄒ이나아

p.81

가의지ᄒ영비홀비업스오니 정졀을능히압난니 음예라ᄒ시
니 능히씌닷지못ᄒ리로소이다 상셔고성즐왈 뇌형부이고코져
ᄒ나 호형이정영이슬허할디라 스스로다사리나니사양치말나
드다여죄목으일일일너들이니 좌우로호령ᄒ여 동혀져쥬라ᄒ
니 호씨망극ᄒ여ᄌ식보기을 쳥ᄒ니 상셔되로왈음여영으ᄌ식
무어싀스리요 유ᄌ을ᄂ여다가목졸나쥭기라ᄒ니 시여스영ᄒ
여 유아을늬여오니 호씨이랄보믜심즁이 쵼쵼ᄒ고구곡을 싸핫
난닷ᄒ여 크게부라고혼졀ᄒ니 좌우구ᄒ고 상셔난 노긔뉘졍갓
ᄒ여쌜이쥭이라ᄒ니 부인이말여 왈가치아니타어미슴모라오
나 ᄌ식은골육이라 엇지싱즌ᄒ리요 상셔노왈 되사난부인뇌알
비아니라ᄒ고

p.82

노긔 뉘졍갓ᄒ여 ᄲ알이쥭이라ᄒ니 호씨유모아ᄒ이을춤아노치못
ᄒ고 유지게유삼시라 모친은 이원히불아고 당상을우러러왕보
을무슈히부라난디라 좌우시비와 유모ᄎ마보디못ᄒ고 호씨난
이랄보미 넉시아아ᄌ은짜로고져 급급ᄒ나 복즁유아은잔멸치
못ᄒ고 부모후ᄉ와시랑이 임힝부탁ᄒ미질어ᄲ치못ᄒ고 아ᄌ
을부라디져 통곡홀ᄯ뿐이로 좌우유아을히치못하난디라 졍씨 시
비벽히나아드러목졸라쥭이니 아히크게모친을부라고쥭으니
가히여엿부다 삼시유아무슴죄이스리요 호씨이거셜보미 ᄶ앙잇
걱구려져 혼졀ᄒ미 좌우구ᄒ니 이윽고인사을 ᄎ려통곡ᄒ더라
상셔죄쥬기을 죄쵹ᄒ니---

p.83

이 ᄎ마나아드디아니ᄒ니 상셔되호 ᄒ여 ᄉ오인을 됴염형탐을
죄쵹ᄒ니 감히거역지못ᄒ여 나아가결박ᄋ니 호씨비쇽죠상부
모ᄒ나 죄상일여호겹겹즁슉베시장ᄒ여최가의 드러와금슈즁
속이일신역ᄒ먼버들갓고 연보을ᄶ앙아뢰나리미업고 일신익금
의을수거욀다가 근일이광경을당ᄒ니 혼비빅산ᄒ고 슈족이여
단만ᄒ여 통곡할ᄯ뿐이라 상셔엄히직쵹ᄒ니 좌우시비크게소ᄅ
딜러죄쥬니 피흘너당이고이고 임이사오장이이르러 연연약달
이옥각이 ᄊ아산산이ᄶ여젼지라 괴로옴을 이긔지못ᄒ여 칼머
리을어로만져왈 쥬쥬츙쳔아젼싱무삼죄로 육시예부모을여히
고 도로익유리ᄒ거날 최씨이ᄒ히갓한덕으로

거두워 최랑으걸줄을슈림ᄒ니 구고스랑흠언친여갓고 가부의
은혜난일월갓도다 다시아ᄌ을부르지져통곡ᄒ니 민씨ᄎ마보
디못ᄒ여 침소의드러가 오열비읍함을 마디아니ᄒ더라 상셔지
촉함이 성화갓한디라 임의시심장의이르러난 일상몽안으로 조
ᄎ쥬리활난ᄒ여 옷기시젓고 두 번늣기다가혼졀ᄒ니 좌우약술
노구ᄒ니 호씨인수을 졍ᄒ여싱각ᄒ되 부모의싱육ᄒ실죄쪄던
옥지환한쌍버셔 옥조울불너쥬고 칼을벗기고 입던소포적삼과
청나상을 버셔호씨의피무든의장을벗기고 그오셜입은후의 약
을젼ᄒ니 이윽고호씨늣겨왈 부인언젼싱황죄로다ᄒ고 통곡ᄒ
고혼졀

ᄒ니 민씨계오구ᄒ믜 발셔날이싀여난디라 민씨놀뇌여총망이
ᄒ즉고 도라가니 호씨망극ᄒ여ᄒ더라 이러그러옥즁이 셔희산
ᄒ니쌍틱옥동이라 두아ᄒᆡ얼골이비범ᄒ고골격이 쳥슈기이ᄒ
여 부모--습ᄒ여시니 호씨어로만져왈 돌아의어미연고로 간인
의손의쥭으리로다ᄒ며 탄식왈 뇌의싱 산흠얼누셜치말나 지금
스라심은 잉틱흔연괴라 유모우러왈 부인아아이무삼일이 이갓
ᄎ라리 남의손의 쥭난니 ᄌ사ᄒ미가홀가ᄒ나이다 호씨탄식왈
뇌유죄할지라도 ᄌ결ᄒ면 남이응당 그러히여기리니 ᄎ마결치
못ᄒ고 최씨으은혜ᄉ못ᄎ시니 ᄎ라릭국법으로 쥭그면최씨의

은혜을갑흐리라 며나리스모하오면 시부모다사리미여시라 구고을흔

p.86

아니코져 젹국을원치아니면셔뇌ᄒ온뇌잘죄--을서러ᄒ도다 니러그러 옥듕에이슨지삼슉니라장처짐심ᄂ오나 팔경을슬허ᄒ더라 츠셜 민씨싱각ᄒ되 닉니곳에잇다가 춤화을만ᄂ괴쉬되리로다 순히도라갓다가 군이오거던 오미올타ᄒ고 존당이드러가 구고게지령함얼쳥ᄒ니 구고슈이옴을이라고허락ᄒ니 민씨스례ᄒ고 친당이도라오니 부인왕씨크게반겨왈 화싴이감함은엇진이리요 민씨탄식왈 가부의히도랄금심ᄒ오며 동열굿기물슬허ᄒ나이다 드드여호씨을춤경고ᄒ니 부인이논외왈이엇진일고 그젹외회예호씨을보니 조쇠은이라도말고임스갓한 힝싱이얼골에나타나고 덕되그이ᄒ니엇지이련이리요 뇌그윽이ᄒ보ᄒ더니어

p.87

다른야모여슬허ᄒ고부인양아을나와사랑ᄒ더라민씨친당이온후일야이다엿번식옥즁이사람부리고싱산쌍틱흔줄알고크게깃거ᄒ며이복엄식을장단이맛초ᄒ여보뇌니호씨감격흠을이긔지못ᄒ더라죄셜최시랑츈이월이발힝ᄒ야ᄒ오월이별희도익다다라샤영을젼ᄒ고쳔은을입어군스랄안졍ᄒ고일삭만이발힝ᄒ여오다가길이

셔일몽을어드니호씨머리을풀고발을벗고유하이어린남즈를둘얼
줍고싱을향ᄒ야졀ᄒ니시랑이ᄒ만겨붓들고졍회을이라고겨ᄒ더
니호씨울며왈군즈난첩이잔명을구ᄒ소셔언질이혼졀ᄒ거날싱이
놀뇌구ᄒ려ᄒ다가ᄭᅵ다라니힝즁일몽이라심ᄒ

p.88

이염여ᄒᄒ여 일힝을죄쵹하니라 이젹이최상셔호씨싱산흔줄알
고 샹달ᄒ니 상이되로ᄒᄉᄉᄌ로호씨을 즈바젼이이라 니용안
이흔번보시ᄆ 구람갓한지밋티옥안이나즉ᄒ고빅셜갓흔양안이
팔치아활은 상셔이긔운이이럿고 츄자ᄶ셩은일월졍긔와 산쳔
슈기을 모도왓고 부용홍협이일만퇴도은 머무러스니 빅연흔승
이아춤 이슬먹음어 조양을셜치난닷 셜워ᄒ난퇴도난 곳치시람
ᄒ며 달이부운을만넛닷 흑운갓흔머리을 두러옥갓한지밋털덥
허쓰니 명월이구름이잠겨ᄂᆞᆫ닷 옥뉘화쥬이얼미자스니업고가
난허리난바람이붓친닷ᄒ고 여러달옥즁고초를격고 즁즁을입
어옥골이

p.89

즌흘긔션짐갓ᄒ니 상이탄목ᄒ시고 좌우즈탄ᄒ더니 호씨탑젼
에사빅ᄒ고부복ᄒ니 샹이젼교왈 너조고만한게집으로남즈을
미혹게ᄒ니 강상되변을 일워스니짐이특별이다사리나니 바로
고ᄒ라 호씨사빅ᄒ고 쥬왈신첩호씨월영은되장군호퇴상이증손

예오시랑호원이짜리오어미 엿씨난경국쟝군여호쟝으손여라 정
흔지삼연이아비창화을만나 쟝하이쥭스오니 어미아부뒤얼짤르
니 육셰아여ᄌ동서로유리ᄒ옵더니 최현이은혜로 아비시신과
어미써근쎽을거두어 고향이안쟝ᄒ고 혈혈고신이비복을의지ᄒ
와 부모의사시향화을밧쓰압더니 ᄌᄉ위션이 전시을밋고겁

p.90

칙ᄒ여 안히삼고져ᄒ거늘 첩이졀을쥭혀위션을 이리리ᄒ와쏘
기고 여화위남ᄒ여일연이 어사경연이쳐쥬씨 어엿비여겨ᄌ식
삼은지 일연이최희셩을만나 도라가현혼을머물고 육예로구라
이오와 구고ᄉ랑이일월갓고 고육을깃치오니 첩으복이여현ᄒ
올가녁여더니 의이예쳔지간 뇌엇지못할죄을당ᄒ오니 능히발
명치못ᄒ와 유죄로써고ᄒ오니 복원졔ᄒ난 명찰ᄒ소셔 언질이
옥음이경연ᄒ여힁운을 머무난닷 쳔향누슈난압혈가되와시니
샹이침음유의ᄒ거날 졍국공이츙반쥬왈 젼일호원이죄ㅣ을최
다사리지못ᄒ고로 죄신은경게치못ᄒ옵고 도로 요지로온 긔집
이 죄을다사리시나

----

p.91

지라 셩샹쌜이다사리로셔 국공황후의------상이국스을 국공이
말되로ᄒ시난지라 비로소견노ᄒ여 부모신위을 임직엄난퇴즁
이그리치 고유ᄌ치아을호구이여희고 쳥슈흔부무을 다시영결
치못ᄒ고 셔리갓흔 칼아뇌영혼되멀싱각ᄒ니 오뇌쵼쌔아질 듯

쟝위쩍거질닷다만 흔날을우러리 시셩통곡왈 부모의신영이 알음이엄난잇가 소여오날원녁참사함을살피소셔 다시유아을싱각고 부라지쳐통곡흐니 유모시비등을가상을쑤다려한가지로 결흐려흐더라 무쇠호씨을 셔문밧긔뇌여 참흐기을달흐여 충검이셔리갓고 북소릐요란흐여 죠명이다시나리민 북을셰번쳐 파하고 호씨흐망극흐여크게소릐흐여왈 인간의 호씨갓흔팔죄인난가 말

p.92

이맛지못흐여셔 북이셰번울이며 무쇠칼을드러버히고겨흐더니 문득큰바람이우뢰좃ᄎ쳔싴이 희미흐며 큰비와눈이와 지쳑을분별치못흐고 흐날이쌍얼흔드니 국민이황황흐고 쳔ᄌ 놀뇌사 죽이기울노흐라흐시니 문득쳔싴이 명낭흐고 남당흐로셔 일위션인이 은은이쳔ᄌ압히읍흐고왈 나난옥졔명을밧ᄌ와 인간호씨을구랴왓난이 호씨난 쳔상옥진셩이라 션예이엇지조고만 은졍예와갓흐되요졍예요지로온죄로 쳔자을쏘기나상졔조ᄎ속기랴흐고 문득간되업스니 상이되경흐ᄉ ᄉ자로흐여곰 졍씨을 잡아옥의가두라흐시되 졍씨이긔별을듯고 계교되흔쥴알고 즉시ᄌᄉ흐라

p.93

잘삭이라 엄이죄로복즁 ᄌ식이참ᄉ흐니 쳔되명--물가이알너라

정씨연이십오의   최가의드러와---쥬의두즈식을즁기지못ᄒ고
십칠연광연이 화식이가이어엿부도다 국공부부통곡함을 마지
아니ᄒ더라 ᄯᅩ쳔즈노ᄒᄉ 최운등삼인을뇌여 츔ᄒ시고 국공을
자연ᄒ시고 호씨을불으시니 호씨단게이산호직물ᄒ되상이 층
찬왈 어질ᄉ부인이여 당금의열비라짐이 엇지항복지아니리오
드다여 황궁일만양과 최단심만질을 즁ᄉᄒ시고 연힝을보장ᄒ
시니 호씨쳔은이망극ᄒ여 빅빈사은ᄒ고 나아올식 질보최등과
시여삼인을 상ᄉᄒ시고 시여을경게ᄒ시니 오씨최교을 타고최
부의이라니 일기되경ᄒ고 상셔부부 뭇그러옴을머금고 깃쑴을
금치못ᄒ더라 호씨 약진이 형장을바다되

p.94

복지못ᄒ되 절즁이드러가 당ᄒ고참화을 면ᄒ여 약ᄒ간장이 말
나스니 일신이혼혼ᄒᄆᆡ 구고셰쳥죄을 알의고 바로취운당이 드
러와누을다시이디못ᄒ니 구고와 일기약을 다스려 슈히ᄎ복ᄒ
기을츅슈ᄒ고 양아을다려다가 뮤모을졍ᄒ여 ᄉ랑흠을비긴되
업더라 이젹의 민씨친졍이봉친ᄒ고 몸이한가ᄒ나 호씨참화즁
의이심을듯고 식음을젼픠ᄒ고 슬허함이과도ᄒ더라 이긔별을
듯고 되경ᄒ여 부모셰ᄒ직고 최부의도라와 구고기뵈읍고취운
당이 이라려호씨기치ᄒ할식 호씨시여으게붓들여마ᄌ눈물이
비오닷ᄒ니 민씨위로왈 부인은 잘조셥ᄒ여 다시화락을 바릭노
라 호씨울며 왈--------

지못홀가슬허ᄒ더니 셩은을입ᄉ와----ᄒ여스나 ᄌ식 을먼져업
시ᄒ니 ᄎ마셜움을다ᄒ리잇가 첩이쥭거던젼 죄을ᄉᄒ시고 최
씨요ᄒᄋᆨ 무더혼빅이나 바리지말게ᄒ소셔 말을맛고 혼졀ᄒ니
샹셔슬프을 졍치못ᄒ여 눈물을먹음고 약을줄어여흐니 싱되망
연ᄒ지라 민씨 옥슈로 가샹을 어로만지며 온열ᄒ니 샹셔심신이
혼난ᄒ고 일기다슬허ᄒ더라 인ᄒ여약을여흐니 반향후슘은뇌
쉬고 졍신을ᄎ려 다만옥갓ᄒ지밋퇴 쌍뉘흘으니 형용이 잠잉ᄒ
디라 좌우슬품을 졍치못ᄒ더라 차셜졍국공이 쌀이쥭은직 시신
을거두어 최씨요ᄒᄋᆨ쟝ᄒ라ᄒ니 엇지ᄒ리요 강뇌졍싴왈 졍씨
난뇌집원슈라ᄎᆷ아   엇지뇌션산이즁ᄒ게할이업슈히너져난요
셜이도라가라 할 일업셔도라가 국공씌고ᄒ니국되통곡

ᄒ고 샹구을거나려 졍가션산이즁ᄒ고힝장을 ᄎ려 젹소로가니
라 이젹이 호씨병이 졈졈향ᄎᄒ지라 합기크게깃거ᄒ고 샹셔의
희열함은츙야업더라 존당구괴호씨 ᄎᆷ익지냄을 측은희 여기ᄉ
약간친쳑을 모ᄒ호씨을위로코져ᄒ여 구괴이예쥬춘을즁만ᄒ
고 빈긱을쳥ᄒ여 좌우을이루고가로되 노인이불명ᄒ여 간인의
ᄎᆷ소을고지듯고 아부의 빙옥삼신을 감ᄒ의맛칠너니 ᄒ나리도
으ᄉ ᄎᆷ익을면ᄒ미 오날쥬춘으로셔 아부와 빙옥갓ᄒ 신샹누욕
을 벗기난슈리오소이다 좌위긔용츙션왈 호부인신샹ᄎᆷ익버숭

을 아등이ᄒ려ᄒ나이다 양부인이 민호두부인을불으니 슈유이
이인이 이러민씨난당이 올나좌졍ᄒ고 호씨난당ᄒ이지비쳥죄
ᄒ니 좌위층찬ᄒ고 강뇌부부시

p.97

로이ᄉ항흠을먹음 고사죄왈 우리불명ᄒ여현부---이즁ᄒ여 츔
화을만나미 무이치나밋지못ᄒ리로다 현부난셕ᄉ을싱각지말
고 다시화락기원이로다 호씨지비지셕되왈 소쳡이 일즉부모을
여희고외로이쳔여가엄이경계을몰나오나 엇지감히구고을원ᄒ
오며 젹국을원ᄒ리잇가 머리업산귀신아니됨이 쳔은이오 부모
이혈육을 노노즁이아니발이미 구가이은혜로소이다 언자이안
식이즈약ᄒ고 단졍이 안즈스니 좌우즈여공경ᄒ고 시랑을ᄒ례
ᄒ더라 이윽고호씨좌즁이 ᄒ직왈 쳔일이촉상ᄒ여다시.. 을어
더 구고이심여을 기치온가 먼져ᄒ직ᄒ나이다 쏘민씨이러ᄒ직
왈 소쳡도즁한이상ᄒ와몸이지곤ᄒ읍고 방즁이 유아히잇스오
니 먼져ᄒ직ᄒ나이다 강노왈부인이 머무츰괴무

p.98

안ᄒ여허락ᄒ니 양인이항긔드러가니라 홍안이셔영이쩌러지
니 빈긱이홋터지고 상셔취운당이 드러가 부인을볼시 탄식왈
흔번나아가미 부인이신상을 염여ᄒ더니 부인이명이 도보아뢰
급흘쥴엇지아리요 호씨쳑여쥬왈 쳡이잘지초이무상ᄒ니 후이

조키을바뢰리오 다른일을한치아이ᄒ되 유아히 어미죄로 춤ᄉ
ᄒ니 이러시유ᄒ이오 첩이비록쳔히싱장ᄒ여스나 음난은ᄌ고
로 힝치아니ᄒ여더니 ᄒ번누옥을 츙히슈로쏫기어렵고 약질이
형장을당ᄒᄆᆡ 혈육이쎼아질변ᄒ고 노비으게봇들어 욕을당ᄒ
여 촌즁이쎼아지난닷 ᄉᄌ이위염을 이라ᄆᆡ 셜음이쳘쳔ᄒ여 그
일을싱각ᄒᄆᆡ 더옥망극ᄒ더니 쳔은이망극ᄒ여 쥰명

p.99

을보젼ᄒ오나 임의ᄌ식이 쥭엇고--------지예로ᄌ 상이 졍비위
을 밧ᄌ왓ᄌ로 붓그러온다---로ᄉ람을 되ᄒ여 군ᄌ와홍낙ᄒ
리오 샹셔그셕왈일----ᄒ멀미흡히 여기나 졔임이 활난을갓초격
건난다라 졍계치아이ᄒ고 나아가 옥슈얼이어죄삼위로ᄒ고 쳥
음으로아ᄌ을보니 두아히난영즁이 비길되업고 모친으식상퇴
교을 바다시니이 어이범연ᄒ리오 샹셔어로만져 사랑흠을마지
아니ᄒ더라 호씨 슈루왈 첩이ᄉ죄을당ᄒᄆᆡ 뉘무르리요마난 민
부인 셩덕이 여쳔ᄒ온다라 첩이몸이ᄉ희을 갑삽지못ᄒ온가ᄒ
나이다 싱이심ᄒ익항복흠멀 마지아이로되 민씨은혜을입어시
니 금일뇌민씨씌ᄒ례ᄒ리라 드다여 부용각익이라니 민씨마자
좌졍ᄒ후 샹셔손ᄉ왈 부인익 셩덕이이럿탓ᄒ시니 엇지공경치
아니리요 부인이층--

p.100

 왈 첩이비록용열ᄒᄂ 호부인이 춤화을------쬐크쳐ᄒ나밋지
못ᄒ여ᄒ더니 젼되살지ᄉ 다시모드어지깃부고즐겁지 아니
리요 상셔알 이답고통달흠얼 심사항복ᄒ더라 양아ᄅ 나와어라
만져 ᄉ랑ᄒ미 비길되업더라 민씨즁되함이다ᄒ더라 강노부부
호씨ᄉ랑흠이친여이다람업더라 상셔 일노붓팀 더옥즁되ᄒ고
민부인이동싱형지갓ᄒ니 일가화목ᄒ더라 ᄎ셜민부인이바야
흐로 십구쇠오 흡인방연이니 잘이라 두부인이 구고랄뫼셔 열낙
ᄒ더니 두부인이 잉틱ᄒ여 민씨난 싱남ᄒ고 호씨난싱여ᄒ니
존당과상셔 여아ᄅ쳔금으로 본지라 크게ᄉ랑ᄒ여 명을비연이
라 ᄒ다남은붓친을담고 여난모친을 습ᄒ여ᄀᄀ이이쥬옥갓ᄒ니
상셔와두부인---이관즁ᄒ더라일

p.101

일 민호두부인이-----------겨단슈호치ᄅ여러 줌소왈 셕ᄉ은싱
각ᄒ미논납고--ᄒ더니 금일이럿탓주길줄 엇지싱각ᄒ리요 부쇠
칼을들고 나아들식심혼이다라나고 구영이몸이붓터더니 싱각
ᄒ미 부모후ᄉ와 어미쥭 은무아와 부인의 은혜ᄅ다시갑지못ᄒ
고 군을다시못보고 쥭을가 셜어ᄒ더니 이직다시모다여 아ᄅ엇
고 화락ᄒ니 엇지그이치아니리오 민씨소이답왈 무리양인이 봉
관ᄒ리로다 션젼문안을갓치ᄒ다가 첩이외로옴과 질경을염여
ᄒᄆ 마암이아여ᄒ리오 첩의일월을 쏙여 옥이나아가본쥭 옥용

이슈쳑ᄒ고 의장이더러워시며 약질이큰칼을빗기고 침셕이몸
을바려시니 쳡이슬푸기를층양업더니 이직이러탓열심ᄒ물싱
각ᄒ리오 호씨우어왈 이럼도부인이덕이요그

p.102

쳐이쥭션들 원귀되리이다 언질이 연못가이이르러 옥줌을ᄲᅢ혀
희롱왈물셜도아람답고 꼿도빗난듸어나 시졀이황쳔희도라가
부모를반길고 옥즁도을믈이드리쳐왈 믈밋희귀신은 이칼을가
져다가후싱길을용납ᄒ라 민씨나아가 보고탄식왈 충희슈난무
리양인후 싱길을허ᄒ라 언자이 월기탄을불이엿코 양인이한가
질옥슈을잇그러 부용당이올나 꼿가지을썻거희롱왈 우리아즈
로언즈즈라 꼿갓탄현부를 마조며여 아난언즈즈라 화월갓ᄒ현
셔를구ᄒ고 유유충쳔아봉녹을 겸비ᄒᄉ셔 셜자이양인이 낭낭
이우으니 일싁이조요ᄒ더라 시월이열유ᄒ여 민호두부인이잉
틱ᄒ여 호씨난싱남ᄒ고민씨난쌍여ᄒ니 구고와상셔크게깃거
ᄒ며 즁여이명을게연이라ᄒ

p.103

이요 ᄎᄌ난 이영이요 슘자는슘영이요- -남아난부친을습ᄒ고
여아난모친을달마ᄒ요즈약ᄒ고 소담ᄒ여 영오ᄒ미꼿갓ᄒ니
인인이ᄉ랑ᄒ고 호씨삼즈일여랄두엇스니 즁즈난졍영이요 ᄎ
자난지영이요슘즈난뉴영이요 여안비연이니 슘즈난상셔랄달

마즁신이 쥰ᄒ고여ᄋ난모친을담고 호씨ᄶ의쳔화랄ᄿᄎ슴기
고ᄂ흔고로 옥안영ᄌ최부인과 방불ᄒ니 존당과일가사랑ᄒ미
즁어보옥갓더라이젹의 쳔직봉ᄒ시고 심만졍병을 이루허흉노
랄졍벌ᄒ실ᄉᆡ 이부샹셔최희셩을 득이ᄃᆡ원수을슴ᄋ졍벌ᄒ고
슴연만의흉노랄 항복밧고 공을셔워라탐다 이덕이ᄉ최현을후
승상의양후랄봉ᄒ시고 이름으로 돗조계양후을 봉ᄒ시고 민씨
졍일비를봉ᄒ시고 호씨로회원졍비랄봉ᄒ시니열여은효측

p.104

ᄒᄉ안후호졍부인을겸ᄒ시니 영춍과부귀일국ᄋᆡ진동ᄒ더라
홍문앞최슌교의궁을 디어시니츈츄만되여인이요 츄휘만연즁
이인층맘젼벽과 녹즁즁숑이칭칭ᄒ니 옥비예괴화요쵸을심괏
스며 분딩화월일되디와 츳ᄒᄂ디라변호란승쳔궁이라ᄒ고 반
조문의즘ᄌ로셔스ᄃᆡ충신졍원회쳥슌이라ᄒ엿더라 슌악히호셔
외젼힝은 쵸즁ᄒᄉ비란셔우ᄋᆡ만쵸빅관이도문의이라셔 호씨
랄연젼회파ᄒ여치ᄒᄒ며 공경ᄒ니양금의인궁이라ᄒ더라 ᄎ
셜 호부인이부ᄌᆡ영춍이 국공아부모의원슈랄감디못ᄒ여 쥬야
ᄒ탄ᄒ더니 이젹의여화연쾨등 으원즁아쳐춤ᄒ시고 젼혜이은
의운ᄎᄉ호원을 앙양후랄츄딩ᄒ시고 부인여씨랄 쳔비랄봉ᄒ
시여국----------------------

p.105

리고 젹의간운뇌여부모----------------------이츙희슈을 봇될너
라 호부인이이후는 미진흔이----봉란ㅎ리로 츄월츈풍을그음업
시 지뇌며 상셔즁---ㅎ고구고츙츈ㅎ니 그영랑이흔업더라 계---
쟝ᄌ퇴영이연이십슘의즁원ㅎ야 즉시금문즉ᄉᄅㅎ이시니 명
망이진동ㅎ여 퇴후조속연이 일여롤취ㅎ니 소졔-식은금분연화
갓고 아리짜온퇴도ᄂ셰류갓고 힝실이놉흔디라 민부인며나리
되미온터라 존당과구고긋거ㅎ며 사랑ㅎ미친여갓고 부뷔관즁
ㅎ미교칠갓더라 호부인장ᄌ졍영이식ᄌ츙방ㅎ여 할님젼후로
영춍이극ㅎ여 병부상셔 소강의장여ᄅ마ᄌ오니 소씨얼굴이화
려ㅎ며덕---갓고 그이흔언당이승활ᄋ나안ㅎ로 넝담ㅎ----갓ㅎ
니 존당이과이ㅎ고 구고ᄉ랑ㅎ며졉-----

p.106

이오호씨 ᄎᄌ 지영이연이십슘이라 이부상셔을ㅎ이시니 지영
은옥당후ᄉㅎ이시고 이영을공ㅎ일여롤마ᄌ오니 양신부이옥
안영최빅셜갓흔졀셰 소담ㅎ니 민호두부인과 최공이 졔부즁ᄉ
랑ㅎ더라호부인비연소졔연이십삼쇠라 ᄌ용과덕이형졔즁ᄴ여
난최소졔로간퇴ㅎᄉ 비롤ㅂㅇㅎ시니 상이크게ᄉ랑ㅎᄉ 송--것
과상공궁여동분궁의이여시니 최씨영화부지와 호부인영복이
부궁ㅎ니이 난흥진비ᄅ리오 고진감뇌라 ㅎ미호씨로이라미라 민
부인잉퇴ㅎ여싱ᄌㅎ고 호부인이잉퇴ㅎ여 싱여ㅎ니 부지무궁

ᄒ고 의양후붓체잘십이오--도록질병이업셔안싴이 소영영즁은
업슈히녁이며 일ᄌᆼᄒ를극진히밧고------

p.107

금온옥지------------ᄒ리오 최공과두부인 효셩은힘씨더라 최공
습ᄌ---ᄉᄌ유영이 연이십오 싀예긔화를것거벼살이육경이거
ᄒ고 지영은좌츔졍진공이일여를마ᄌ오니- -영은병부시랑한 경
이여를마조오니 양인이안싴---부즁송ᄌ나니 구고존당이과 이
ᄒ더라 민부인께 연소제 이츈광이십오싀예간노즁후이ᄌ부되
니 구고시랑ᄒ고--공경즁되ᄒ더라 미부인ᄉᄌ경흠이 연이십이
세예 시랑허담이일여랄마ᄌ오니 허씨얼골이우흐로존고를밧
치디봇ᄒ고 아뢰로제--슉마ㅣ을밋디못ᄒ여니다나디라 구고와
쉥이놀외나드여사난웃듬이라 힝실놉흐되 빔이디덕을가조시
니 구고ᄉ랑ᄒ고---즁되ᄒ라호부인제ᄉ--장연이-----

p.108

걱거 부모랄ᄉᆼ각고슬퍼ᄒ더라------ᄒ시니 일국이되경ᄒ여 나
라이상ᄉ랄 나리오시다--부인이뉴병ᄒ니 구즁이슈란ᄒ고 최공
과민씨오랄--시며ᄌ여로리망극ᄒ여 약을맛보며 명산되쳔이기
도되려어러일기ᄉ랑ᄒ고 가부즁되ᄒ더라 민호두부인이잉퇴
ᄒ여 민씨난싱ᄌᄒ고 호씨ᄂᆫ싱여ᄒ니ᄌ난화영이오 영난조연
이라ᄌᄂᆫ영오쇠락ᄒ여 경싀비경ᄒ여 옥누긍당의셔양후이붓

ᄒ고 최공이금관금즈로 앙직뫼섯고 어러군즈부봉관ᄒ리로 셩
열ᄒ엿고 잘최금관홍--로어리시니 샹여봉관ᄒ리로시위ᄒ엿시
니 날빗치현황ᄒ고 두부인옥그영최싀로 이소연이화싀은 아스
시니 인인이충츤아니리업스며 다만즐기난가 온되퇴즈비졀즁
이 드러형죄항열이 좌셕이비술ᄎ셕ᄒ더라-----

p.109

연이구십이 존ᄒ니 최공부뷔이-----이그효의론탄복ᄒ고 죄손이
슬허ᄒ미 츙양업더---맛초미샹구를거나려 고향소쥬로갈쇠쳔
즈금화--별ᄒ실싀만조빅관이 다진왕이십이젼도의나와 하직ᄒ
시니등촉이 심이이버럿고 공셕--원쳔ᄒ니---스람이집을바리고
나와 구경ᄒ나니 길이버럿더라 치공이셩졍을 진졍ᄒ고 부모샹
구를 뫼셔 소쥬이라려 현은이안장ᄒ고싀로이이통ᄒ더라 시월
이여류ᄒ여 삼연이지뇌니 치공부부싀로이 슬퍼ᄒ더라 츤셜쳔
즈최공이업서 수족을이른듯ᄒᄉ명ᄒ여 부라시니 치공이환노
이쓰디업서 사양ᄒ니 샹이구디권ᄒ시니 최공이마디못ᄒ여 인
기알거나려 스은---ᄒ시고디로이즁되ᄒᄉ인되랄--------

p.110

ᄒ어시니 이러그러열낙ᄒ나 최공은부모을---달ᄒ고 미겨왕이
군쥬을마조오니 안싀은급분스란--을 먹음은 듯 명오츈우을--거
시니 소담즈약ᄒ나인물이 영먹ᄒ고 인약ᄒ니 구고와 가부랄존

즁할쥴나 엇지일호나으미이스리오 아시이부머러신히거---엄
형이환은만나심긔샹ᄒ엿고 구괴긔쇠ᄒ시니과--히 셜언ᄒ여장
심이 훗쪄유병ᄒ니 엇지싱도를 어드리오 임죵이최공을 향ᄒ여
늣겨왈 첩이샹공이은혜알다갑지못ᄒ고 도라가니 유혼이어이
와 연니나 자여을 거나쪄준기시다가딘ᄒ의반기ᄉ미라 ᄯ최공
은행--디군ᄌ난쳑의혼신을위ᄒ여 졔ᄌ즁ᄒᄂ혼ᄒ시----시고ᄒ
ᄂ혼경어ᄉ부인 쥬시은혜를 갑흐ᄉ쳔인보젼이--------------------

영인ᄌ식진싀라최공-----신쳬를 븟들고ᄒ나를보라디져------ᄒ
더라 인존여시신은 거두어션손의 안즘ᄒ고 샹셔부부와슈라ᄌ
여망국이--ᄒ미충만업더라 최공부부ᄌ여으로거다려 봉녹이만
싀부궁ᄒ더니 샹셔부부뉵십칠싀예게서싀ᄒ시니슈다 ᄌ디리
막국이 통ᄒᄒ여 영손의 안장ᄒ고이후로부터 마당ᄎ여 면
--------------뷔디아니ᄒ더라

옹고집젼

I. 〈옹고집전〉 해제

〈옹고집전〉은 풍자소설의 하
나로 창작 연대와 작자 미상의
작품이다. 영조시대 이후 창극의
발생을 계기로 처음엔 광대들의
각본으로 사용하기 위하여 제작
된 것이 소설로 발달한 괴기소설
혹은 풍자소설의 경우라고 하겠
다. 남아 있는 이본들로는 인민
대학습지에 있는 책과 19세기 신
재효가 남긴 이본 그리고 그 밖

〈옹고집전〉

에 또 하나의 이본이 알려지고 있는 정도이다. 인민당 학습당에
있던 옹고집전은 선장본으로 정사각형의 책인데 26장본으로
된 수사본이다. 1810년경에 지은 송만재의 「관우희」는 옹고집
전에 관한 최고의 기록으로 알려져 있다. 거기에는 〈옹고집전〉
의 존재를 알 수 있는 구절이 있어 주목된다.

〈옹고집전〉은 각 이본들에 따라 다소 차이는 있으나 모두
시·공간을 획득하여 구체성을 확보하고 있다. 시간성은 '조선조'
로 공간성은 '영남땅 안동'으로 정해져 있다. 이본에 따라 '옹당
촌'이란 공간의 설정은 매우 주목되는 사실인데, '옹당촌', '맹낭

촌'등의 지명이 사용되고 있는데, 그것도 '안동'에 속하는 자연부락이라 생각된다.

옹고집전은 김삼불金三不 교주校注의 활자본 이외에도 최래옥본, 강전섭본, 김동욱본, 김광순본, 박순호본, 여태명본, 김종철본, 이명택본, 미도민속관본 등의 필사본이 있는 것으로 알려져 있다.

여기서는 김광순소장 필사본 고소설474종 가운데 100종을 선정하여 〈김광순소장 필사본 고설 100선〉에 선정된 옹고집전을 대본으로 하였다. 이 작품은 한지에 붓으로 쓴 필사본으로 가로 22cm 세로 29cm의 크기에 총 59면 본인데, 각 면 10행 각 행 17자로 된 필사본이다. 김광순 소장 필사본 30장본은 기존의 옹고집전과는 다르게 필사자의 독특한 사고와 주장을 작품 말미에 첨부하고 있는 점이 특이하다고 할 수 있다.

따라서 작품 말미에 필사자의 당시 처한 상황과 이에 따른 자신의 생각을 길게 부연하고 있어 기존에 알려져 있는 옹고집전에서, 보다 필사자의 사상과 세계관을 첨부하고 있어 여타의 옹고집전보다 사설이 길고 당시의 사고와 시대상을 잘 보여주고 있는 점이 특징이라 할 수 있다. 이는 앞으로의 이본연구에도 좋은 단서를 줄 것이라 사료된다.

먼저 옹고집전을 읽으려는 독자들을 위해 줄거리를 요약해 보면 다음과 같다.

옹당촌이란 마을에 옹고집이란 사람이 있어 심보가 사납고 옹졸하며 남을 위해서는 일전도 주는 법이 없는 위인이었다. 또한 걸인이나 도승이 와서 구걸을 하면 주기는커녕 가진 욕설을 하고 심지어는 후려갈겨 골병을 들려 보내기가 일쑤였다. 모친이 병이 들어 냉방에 누워 있으나 약 한 첩은 고사하고 추운 겨울에도 장작을 지펴 방을 따뜻하게 하는 법이 없다.

게다가 옹좌수 장모가 먹을거리가 없어 참다 못 해 사위에게 도움을 청했으나 아랑곳없이 좌수 처가 모친 거동을 보고 탄식하며 가만히 불러 쌀 한 말 모르게 주다가 옹고집에게 두 주먹으로 뒤통수를 잡히고는 이런 식으로 살림을 살 바엔 차라리 집을 나가라며 자기 아내마저 친정으로 내 쫓는다.

옹고집 불효한 줄 부처님이 감응하사 이때에 강원도 금강산 유점사 남악에 있는 철관도사라는 중이 있으되 불법에 능통하여 옹고집이 불효한 줄 부처님 전에 온 사람들의 이야기를 전해 듣고는 그 진위를 알고자하여 행장을 차려 부처님 앞에 인사드리고 바쁜 걸음 급히 내려 안동땅 옹달촌 옹좌수 집에 찾아가 대문 밖에 붙어 서서 동냥을 청하였다. 옹고집 대문앞에서 목탁을 치며 염불을 하고 있으니 옹고집이 내다보고 호령하여 하인을 시켜 철관도사를 무수히 매를 때려 쫓아냈다.

도사는 옹고집을 한 번 단단히 혼내주기로 하였다. 이에 볏짚 한 단을 꺼내어 인형을 만들어 놓고 부적을 써서 붙이니 영락없는 옹고집이 되었다. 가옹고집이 진옹가 집으로 찾아가서 천연스럽게 들어가서 방에 앉아 있다가, 진짜 옹고집이 들어오는 것을 보고는 호령하여 하인으로 하여금 내쫓으라 하니 여기에 진짜와 가짜의 시비가 벌어졌다.

그의 하인들이 당황하여 진가를 구별하지 못하고 마침내 관가로 가서 판별을 요하게 되었다. 가짜 옹고집은 자기 집 전답과 노비 숫자와 기물 등을 자세히 아뢰나 진짜 옹고집은 창고에 있는 세세한 기물 까지는 기억을 하지 못해 결국 가짜 옹고집을 진짜 옹고집으로 판결한다. 진짜 옹고집은 하는 수 없이 집에서 쫓겨나 가슴을 치며 이를 갈면서 남북촌으로 빌어먹는 거지 신세가 되었다.

승소하고 돌아온 가짜 옹가는 진짜 옹가의 처자와 하인들을 데리고 살아가면서 천 냥 줄 데 만 냥 주면서 인심을 얻는다. 진짜 옹고집은 갖은 고생을 다하던 중 철관도사를 꿈에 만나 부모봉양과 본처를 돌아보라는 말을 듣고 편지 한 장을 주면서 주인을 주라한다. 참 옹생원 급히 집으로 돌아가 편지를 올리니 집에 있던 가짜 옹생원 그 서신을 보고 크게 한 바탕 웃었다. 참옹생원 깜짝 놀라 돌아보니 방 안에 짚 한 단만 남겨져 있다. 참옹생원 일시에 개과천선하고 집안 가솔들도 모두 황공해한다. 그 날부터 부모께 봉양하고 본처를 데려오고 부처님을 공경하며 선인이 된다는 내용이다.

〈옹고집전〉은 작품이 크게 두 부분으로 나누어져 있다. 첫 부분은 옹고집이 갖은 못된 짓을 하며, 도사를 욕보이다가 그 보복을 받아 가짜 옹가에게 쫓겨나는 이야기며, 둘째 부분은 그가 제 집에서 쫓겨난 이후 유랑걸식하며 갖은 멸시와 천대를 받던 끝에 도사의 용서를 받고 집으로 돌아오는 과정을 그리고 있다.

〈옹고집전〉은 참과 거짓이 서로 다투며 주장해 나가는 민간 설화를 적극적으로 변용해서 수용하고, 다시 교화, 교훈적 성격을 갖는 불교설화의 서사구조를 수용하고 접합시켜서, 인간 존재의 삶의 양식에 대한 깊은 통찰에서 비롯된 문제의식을 화해지향으로 형상화한 작품이라 생각된다. 또한 〈옹고집전〉은 부정인물 옹고집의 형상을 통하여 인색하고 고집 세고 인륜 도덕에 어긋나게 행동하는 지방토호들의 착취적 본성과 수전노 패덕한으로서의 추악한 진면모를 풍자하였다. 반인륜적 행위를 자행하는 인물을 통해 유교관념의 나약상과 권선징악의 의미를 강조하였다. 〈옹고집전〉의 인물구성을 보면, 주제적 의미 실현에 기여하는 인물로 옹고집과 도사가 등장하여 실질적으로 그의 상대역인 진옹의 성격변화를 이끌어낸다. 일차적, 기본적인 대립관계를 성립시킨 노모와 탁발승이 절대적인 힘의 열세로 인해 사건을 역동적으로 전개시키지 못한 채 일방적으로 진옹의 악행에 희생이 되는 데 반해, 작자의 작중 개입에 효과적으로 기여하는 중간자 인물로서 도사가 등장하고 다시 그의 비현실성으로 인해 보다 현실적 인물인 학대사가 사건 전개에 직접 개입하게 됨으로써 비로소 최초 상황에 대한 역전극이 가능해진다.

〈옹고집전〉에서 갈등의 발단은 삶의 양식을 각기 달리하는 인물들 사이에서 어쩔 수 없이 야기되는 필연적 상황이다. 노모와 탁발승이 수평적 사고의 삶의 존재 양식을 대변하는 데 반해, 진옹은 수직적 사고의 삶의 소유 양식을 대변해 주고 있다. 전자는 자아와 세계를 대등한 관계로 생각하고 진실 된 만남을 통한 자아실현에 인생의 진정한 가치를 부여하는 것이라면, 후자는 힘의 우위를 통한 소유와 지배를 최고의 행복으로 추구하는 삶의 양식이다.

〈옹고집전〉은 중간자 인물의 역할과 성격을 통해 작가의식을 효과적으로 살필 수 있다. 작중에서 도사는 삶의 존재양식을 적극 옹호하고 삶의 소유양식을 부정하는 한편, 화해지향의 인본주의적 인물로 행동한다. 따라서 다분히 교훈적, 교화적 성격의 인물이다. 그리하여 아무리 규범성 내지는 당위성을 일탈해 있는 파괴적 인물이라고 하더라도 질적 변화를 통해 다시 세계의 질서 안으로 수용함으로써 구원을 받을 수 있다는 작가 의식을 대변하고 있는 것으로 생각된다. 그러므로 〈옹고집전〉에서의 풍자적 요소는 어디까지나 부분적인 형상화에 지나지 않으며, 작품 전체를 두고 풍자성 운운하는 것은 불합리한 일이다. 오히려 근원적인 융합을 추구하기에 스스로의 깨달음에 그치는 세계관적 골계라고 보는 것이 옳을 것이다.

일변, 옹고집이 집으로 돌아와서 부적을 던지니 가짜 옹고집은 간 곳 없이 사라지고 사랑방에 허수아비 하나가 누워 있었다. 큰방에 가짜 옹가와 옹고집의 마누라 사이에서 태어난 아이들이 놀고 있다가 역시 허수아비로 변하였다. 이때에야 비로소 도사의 도술에 속은 줄 알게 된 옹고집 부부는 제 잘못을 허심히 뉘우쳤다. 이상에서 보는 바와 같이 〈옹고집전〉은 기존의 판소리 전승론을 반영할 수 있는 계기를 마련해 주는 작품이다. 설화들의 결합에 의해 판소리가 형성되고 그것이 소설화되었다는 점의 재고를 요한다. 설화의 결합으로 이루어진

〈옹고집전〉

것은 판소리보다 선행단계의 모본이며, 이 모본이 시대상을 덧입고 판소리 사설 혹은 소설로 된 것이기 때문이다. 또 〈옹고집전〉은 시대적 산물이란 점에서 정신사적·사회사적 의미를 갖는 작품이다. 불교적 색채를 띠고 등장하는 인물이 유교적 가치관에 입각한 도덕률을 회복하는 역할을 수행하고 있다는 점에서 조선조 후기의 사회구조와 긴밀한 유대관계를 맺고 있음을 확인할 수 있다.

〈옹고집진〉은 조선의 배불 정책에 대한 반항문학이라고 할
수 있다. 특히 양반계급 가운데서도 학자들은 철저히 불교를
배척하였는데, 불교를 반대하고 승려를 능욕하는 인사에 대한
일대경종을 울린 작품이라 할 수 있다. 본전(한자로)의 소재가
되었을만한 전설이나 설화를 찾지 못하였는데, 찾는다면 불교
설화에서 찾아야 할 것이다. 왜냐하면, 본전이 불교적인 주제성
을 띠고 있기 때문이다.

〈옹고집전〉은 열두 판소리의 하나로서 창극의 각본으로 풍
자문학의 백미의 하나라 할 수 있으며, 근대 서민문학의 또
하나의 대표작이라 할 수 있다. 그리고 묘사에 있어서도 사실적
인 수법을 다한 것 같은 고대소설로 봐서는 드물게 보는 사실주
의적 문학이라 할 수 있다. 아울러 옹고집전은 18세기 풍자
문학발전에 이바지한 특색 있는 작품으로서의 문학사적 의의를
가지고 있다.

II. 〈옹고집전〉현대어역

옛날 경상좌도 안동땅 옹남면 옹달촌에 옹진년 옹진월 옹진
시에 태어난 옹생원 옹고집이라하는 양반이 있어 문필이 대대
로 청족[1]이라. 이 양반이 풍채 비범하고 용기와 담력이 보통
사람을 능가 한 중에, 아들 삼형제를 두었으니 맏아들은 한림학
사 둘째아들은 진사 셋째 아들은 선전관宣傳官[2]에 이르렀다.

옹고집이 온갖 호강 하며 집 치례 하였으니 백옥 난간에 산호
박 주련, 유리기둥, 산호 주련 야광주로 담을 싸고 산호로 들보
받쳐 정하게 지은 집이라. 좋은 기운 층층하여 온갖 화초 많기도
하며, 그 속에 상등 명경초[3]는 산중 억새처럼 잘 키워져 있고
삼월이라 이른 두견화 불여귀不如歸[4]는 노래하고 구월 구일
당국화는 오류추풍五柳秋風[5] 기뻐하고 네 계절 봄바람 같은 시
절 꽃들은 때를 정정히 갖추었네. 반가울사 매화는 맹호연[6]을

---

1) 청족淸族 : 대대로 절의를 숭상해 온 집안. 여기서는 그만큼 뛰어난 가문을
   의미함.
2) 참상선전관 : 임금에게 하장賀狀을 올릴 때 또는 임금이 궤장几杖을 하사
   할 때 전문箋文을 읽는 간원. 정3품에서 종 9품까지 있음.
3) 명경초 : 갈대의 일종. 두영이라고도 함.
4) 불여귀不如歸 : 두견화를 달리 부르는 말.
5) 오류추풍五柳秋風 : 오류五柳는 버드나무로 봄에 성하며 추풍秋風은 가을
   바람으로, 봄 같이 따스하고 가을바람처럼 시원한 풍광을 말하고 있음.
   흔히 오류춘풍五柳春風이라고도 함.
6) 맹호연 : 중국 당대의 시인. 특히 꽃을 좋아한 맹호연이 이 매화를 보면
   탐복 할 정도로 더욱 아름답게 피어 있다는 의미.

비웃는 듯, 임자 없는 철쑥화는 소리 없이 피어있고 이화梨花
도화桃花 봉선화는 고운 중에 더 아름답고 오색가지 당국화는
색색이 향기롭고 명사십리 해당화는 어부사7)를 화답하고 백화
百花 중 작약은 광천명월廣天明月8) 희롱하고 계단에 층층이 버들
개비는 위성조우渭城朝雨9) 같이 떨어지고 무릉도원 복숭 같이
줄줄이 떨어진다. 집안의 연못 폭포 못 안의 금붕어는 굽이굽이
헤엄쳐 놀고 그 위에 상오리는 덤벙 출렁 목욕하니 구경도 좋고
보기도 좋다. 멀리 건너 아래인가, 방안 치레 볼라치면 입춘이
라 사방 벽엔 온갖 그림 다 붙여 놓았는데 촉한의 웅장雄壯
관운장10)이 적토마를 타고 긴 창에 천 리 행을 떠나는 듯한
그림이 동녘에 역력히 걸려있고 시중詩中 천재天才 이태백11)은

7) 어부사漁父詞 : 초나라 굴원 작품. 굴원이 참소를 당해 상강의 지류인 멱라
수를 거닐다 억울한 마음을 이기지 못하여 강에 빠져 죽음. 물가 해당화가
굴원이 쓴 어부사에 화답함.
8) 광천명월廣天明月 : 넓은 하늘에 뜬 밝은 달.
9) 위성조우渭城朝雨 : 당나라 시인 왕유의 송원이사안서送元二使安西 시에
위성조우읍경진渭城朝雨浥輕塵하니 객사청청유색신客舍靑靑柳色新이
라 '위성의 아침 이슬비는 가벼이 티끌 적시는데, 객사에 청청한 버들은
오늘따라 더욱 푸르구나'하는 시의 한 대목. 버드나무 잎이 위성에 떨어지
는 비처럼 떨어짐과 같다는 뜻.
10) 관운장 : 중국 후한 말의 무장으로, 자는 운장雲長이며 의제義弟 장비와
더불어 유비를 오랫동안 섬기며 촉한蜀漢 건국에 지대한 공로를 세웠다.
충성심과 의리, 당당한 성품으로 인해 동아시아에서 가장 잘 알려진 장수
로 손꼽힌다. 관운장이 타던 말이 적토마赤兎馬다. 붉은 빛이 도는 털에
토끼처럼 이리 저리 빠른 속도를 자랑해 이름이 붙게 되었다.
11) 이태백李太白 : 중국 당나라의 시인, 701~762. 이름은 백白이며 호는 청련
거사靑蓮居士이다. 시선詩仙으로 일컬어진다. 현종玄宗의 궁정 시인, 호
탕하여 세속의 생활에 매이지 않고 자유분방한 상상력으로 시를 읊었다.

일일수경삼백배一日須傾三百盃12) 홀홀이 잔을 잡아 하늘 위 달을
보는 기상이 역력히 걸려있고 악양루13) 고소대14)와 황학루15)
봉황되어 소자첨16)이 적벽강에 몸을 맡겨 노는 양을 역력히
붙여 놓았다. 옹장풍장 가께수17)며 자개 함농 반다지18)며 오죽
자죽 고비19)와 쌍용 그려진 비첨20) 처마 용두머리21) 장목비22)

시중 천자라는 말은 시인 묵객 중 가장 으뜸이라는 말.

12) 일일수경삼백배一日須傾三百盃 : 이태백李太白의 주량을 비유한 것으로
하루 삼백 잔의 술잔을 기울일 정도라 함.

13) 악양루岳陽樓 : 호남성 악양시岳陽市 서문의 성루城樓. 노숙이란 자가
동정호洞庭湖에서 수군을 훈련시킬 때, 산을 등지고 호수에 접해 있는
서문 위에 열병대閱兵臺를 세워 열군루라고도 불린다. 남조南朝 시기 이
누각을 보수, 당나라 때 장열張說이란 자가 악주岳州를 지키면서 성루를
확장한 후에야 비로소 악양루岳陽樓라는 이름이 붙었다.

14) 고소대姑蘇臺 : 춘추 시대, 오나라의 왕 부차夫差가 고소산姑蘇山에 쌓은
대. 부차는 월나라를 무찌르고 얻은 미인 서시西施 등 천여 명의 미녀를
이곳에 살게 하였다고 한다.

15) 황학루黃鶴樓 : 삼국 시대에 오나라 왕 손권孫权이 촉나라 유비와의 전쟁
을 대비해서 세운 망루였다. '촉천극목楚天极目'이라 적힌 편액은 초나라
의 하늘을 끝까지 보겠다는 손권의 의지가 담겨있다. 군사들이 망을 보던
장소에서 지금은 아름다운 경치를 관망하는 누각으로 변하였으며 당송
시대 문인들이 황학루를 예찬하는 작품을 남겼는데, 그 중 최호崔顥가
쓴 황학루가 최고의 걸작으로 꼽힌다. 이백도 그의 작품을 보고 더 훌륭한
시를 쓸 수 없다며 붓을 내려놓았다는 일화가 전해 온다.

16) 소자첨蘇子瞻 : 송나라 시대를 대표하는 시인으로, 시문서화詩文書畵에
능했으며 당송팔대가 중 한 사람. 자는 자첨子瞻, 본명은 식軾, 호는 동파
거사東坡居士로 흔히 소동파蘇東坡라고도 불린다.

17) 가께수 : 괘석경대掛碩鏡臺 혹은 가께수리경대라 하는데 기께수리는 일
본 발음인 듯 함. 조그만 왜궤 모양으로 만든 경대. 위 뚜껑 안쪽에 거울이
달려 있어 뚜껑을 세워서 사용한다.

18) 함농반다지 : 설함이나 미닫이 문이 달린 농.

19) 고비 : 편지 따위를 꽂아 두는 주머니나 상자. 오죽이나 자색의 대나무
색깔을 띄우고 있음.

가 제 자리에 놓여 있고 비단 옷에 옥 자리로, 포식하며 주야로 호강하되 심술이 불량하여 무죄한 동네 백성 마루에 높이 달고 몰매치기 좋아하고 남의 계집 욕심내기 평생에 즐기더라. 일등 미색 첩을 얻어 호강하며 놀 적에 삼강오륜은 내 몰라라 하며 불효가 심한지라. 이때 옹좌수의 팔순노모 우연히 병을 얻은지 삼년이 넘었으되 닭 한 마리 한약 한재, 병을 구환救患치 아니하고 엄동설한 냉돌방에 고독히 눕혀두고 근기23) 없는 미음으로 하루 한 끼 공양하니 하릴없는 저 늙은이 소슬 한풍 추운 방에 온기 없는 이불 깔고 누워 자기 신세를 생각하니

'어떤 사람 복을 쫓아 아들 낳아 길러내어 벌교타고 상교24) 타고 사시 연일 생일잔치 할 제 다른 사람 부럽게 하고 고양진미 사철 의복 때를 찾아, 먹고 입고 호화로이 지내는도다. 이내 복도 무상하다 무슨 죄 중하관대 이토록 망측한가. 가솔을 생각하면 호의호식 하련마는 어이 그리 박복한가. 전생의 죄로 이러한가 이생의 인연 끝이 없다. 이 몸이 어찌 그리 못 죽는가. 비나이다 비나이다 하느님께 비나이다. 명천明天이 내려보사 이렇듯 구박하와 부모 모르는 놈 개과천선하게 하소서. 애고

---

20) 비첨飛檐 : 처마 서까래 끝에 부연을 달아 기와집의 네 귀가 높이 들린 처마.
21) 용두머리 : 건축물·승교·상여 따위에 다는 용의 머리 모양을 새긴 장식.
22) 장목비 : 꿩의 꽁지깃을 묶어 만든 비.
23) 근기 : 또는 '곡기'라고도 함.
24) 벌교, 상교 : 가마의 일종.

애고 서럽도다 애고 애고 서럽도다.'

이때 옹좌수 장모가 가난을 면치 못해 누추한 명을 근심타가 백 번을 생각해도 방법이 없어 사위집에 찾아가서 사위 보고 하는 말이

"무남독녀 길러내어 자네에게 출가 한 후 근근이 명을 이었더니 이제는 하는 수 없어 살아 날 길 만무하여 사위집 찾아왔네. 전곡간25) 사급하여 제발 살려주소. 자네 빙부聘父어른 제삿날이 내일 모레 있지마는 제사 지낼 길이 전혀 없어 염치불고 내 왔으니 전곡간이나마 처하게 하오."

하니, 옹좌수 이 말 듣고 닫은 문을 박차 열고 안으로 들어가서 아내에게 당부하기를

"조금의 양식이나 금전을 내 말 없이 자네 모친 주다가는 조강지처에 자식 낳은 어미라도 나는 아주 모르겠으니 자네 알아서 행하오."

하며, 백번 천번 당부하고 초당으로 바삐 나와 장모보고 하는 말이

"약간 양식 있다하나 장모 주고 내 굶으랴 보기 싫소, 듣기 싫소, 어서 가오, 바삐 가오."

하며, 구박이 심하니 가련한 저 늙은이 다시 붙여 말 못하고 돌아서 우는 말이

---

25) 전곡간錢穀間 : 곡식이든 돈이든.

"저 극악무도한 도척이도 예서26) 나왔고 무지 불측 목공이도 예서 나왔도다."

하며, 돌아서서 우니 옹좌수의 처 양씨 부인 그 모친의 거동보고 가만히 탄식하며 가는 모친 불러 들여 쌀 말미를 둘러 내어 남모르게 주었더니 옹좌수 어찌 알고 사랑문을 박차 열고 나와 뜬 고함 큰 소리로 뛰어 들어 아내에게 하는 말이

"요망하고 간사한 년 여필종부 내 말 훈계 정녕 아니 듣고 약간 양식 푼전27)으로 네 어미를 준단 말가? 너 같은 년은 세간 살이 폐망 신세 되리로다."

하며, 두 주먹을 불끈 쥐고 뒤 꼭지를 퍽퍽 잡고 대문 밖에 쫓아내니 양씨 부인 어찌 할 길 없어 지성으로 하는 말이

"서방님 들어보소. 우리 둘이 천정天定28)으로 인연 깊어 열일 곱에 서로 만나 시집이라 오니 한 칸 초막 의지할 곳 제대로 없었으며 내가 와서 장만하고 자식 삼자 내리 낳아 남부럽지 않게 길러 내어 성인聖人 공부 다 시키고 남노여비男奴女婢29) 수십 명을 내가 와서 다 부리고 노비와 전답에 살림이 불어나는 기쁨을 내 복으로 지었더니 조석 굶은 내 어미에게 쌀 한 말이 뭐 대단하오. 세상에 제 부모께 불효하고 장가들어 불량하면

---

26) 예서 : 여기에서. '여자(어머니)의 배', 어머니를 말하는 덧 함.
27) 푼전 : 푼돈.
28) 천정 : 하늘이 정해 줌.
29) 남노여비男奴女婢 : 사내 종과 여자 종.

다른 일, 백번 천번 잘 한들, 지은 죄를 뉘에게 원망하리오. 못난 내 몸이 비록 여자나 칠거지악 삼가 행실 인간에 충실하고 행동거지 갖추어 효도 봉양하니 이는 아내로써 무죄하오."

하니, 옹좌수 이 말 듣고 하는 말이

"사생고락死生苦樂이 다 타고난 것이라 네 말을 쫓을소냐."

하며, 대문 밖에 쫓아내니 그 부인 다시 붙여 말 못하고 친정으로 돌아오니 백발 늙은 노모 출가 여식 거동보고 놀라는 듯 반기는 듯 바삐바삐 묻는 말이

"네 걸음이 여기 어쩐 일고?"

불식간에 하는 말이

"게다가 성치도 않은 몸으로 네 왔느냐? 부모 얼굴 보고자 원근 천리 길 네 왔느냐?"

양씨 부인 대답하기를

"무죄한 이내 몸이 하는 수 없어 왔나이다."

그 어미 통곡하며

"너는 다시 가지마라 그 놈 집에 가지마라 그 놈 오래살면 복중절사腹中節死[30] 할 것이다. 죽어서도 너는 다시 가지마라 그러다 보면 근근이 지내게 되느니라."

이때 옹좌수 본처를 소박하고 일등 미색 첩을 얻어 좋은 음식

---

30) 복중절사腹中節死 : 창자 마디가 끊어져 죽음.

장만하고 양지머리 가리 찜과 생기다리 영계찜을 둘이 서로 포식하고 죽어가는 칠십 노모 조금도 생각 없이 엄동설한 냉동 방에 누운 대로 버려두어 하는 수 없는 저 늙은이 여윈 몸에 겨우 일어나 아들 불러 이르는 말이

"여자 객귀客鬼 되게 되었으니 내 몸 죽기 전에 참말하자"

하니, 옹좌수 혀를 내어 하는 말이

"무슨 말씀 하려하오."

늙은이 가는 목 겨우 들어 눈물 가리며 하는 말이

"천지간 몹쓸 놈아 너는 뉘며 나는 뉘고. 내 자식이 네 아니며 네 어미가 내 아니냐. 삼천 가지 죄목 중에 막중 한 죄로다. 사람은 고사하고 금수도 제 부모는 서로 알고 보기를 즐기는데 이안락이란 자는 부모께 효도 지극하여 그 부모 죽은 후에 명산 대천 얻어 지성으로 친히 하니 푸른 하늘이 감동하사 자는 땅에 금나며 하늘이 낸 효자 되었으며 맹종의 설상죽순31) 왕상32)의 얼음 구멍에 잉어 나니 자고로 드문 효행 생전에 나왔나니 너는 어떤 사람으로 삼강오륜 착한 행실 부모유체 모르는고. 천지간 에 몹쓸 놈아 너를 배고 일찍이 살찐 몸이 여위어지고 맛난

---

31) 맹종孟宗설상죽순雪上竹筍 : 중국 삼국 시대 오나라 사람. 효자로서 이름 이 높았으며, 겨울에 그의 어머니가 즐기는 죽순이 없음을 슬퍼하며 울고 있으니 홀연히 눈 속에서 죽순이 나왔다고 한다.

32) 왕상王祥의 잉어鯉魚 : 옛날 중국에 왕상이란자가 효성이 지극하였는데, 그 어머니가 앓으면서 겨울에 잉어가 먹고 싶다고 하였다. 그래서 왕상이 옷을 벗고 강의 얼음을 깨고 들어가려 하였더니 두 마리의 잉어가 뛰어나 왔다고 한다.

음식 사계절이 없었고 앉으면 서있을까 누우면 일어날까 자식 낳고 살동 말동 백가지로 생각하며 아들인가 딸인가 주야로 바라다가 낳고 보니 아들이라 찬 데는 내가 눕고 더운 데는 너를 눕혀 이렇듯이 키울 적에 금옥이 이보다 보배일까. 어찌 비할소냐. 병이 들까 배탈 날까 자나 깨나 염려였더니 오세에 너의 부친 상사喪事33) 만나 의지할 데 없는 이 일신이 너만 믿고 살아나서 십 세가 넘은 후에 문장재사 뛰어나 문철文哲34)로 훈계하여 네 몸이 장성 한 후, 십 칠세에 정혼하여 어진 아내 정해 주니 무죄한 조강지처 주제넘게 박대하고 몹쓸 잡년 에게 호탕하여 음탕하니 천지간 불효로다. 이런 은혜를 못 갚는다 치더라도 어이 하늘무서운줄 모르는고."

하며, 샘같이 솟는 눈물 겨우 정신 차려 자중하니 이 인사 성정 오죽하랴 사람이면 의식이 있으련만 불측한 놈 옹고집이 이말 듣고 화를 내며 하는 말이

"왕상 같은 이, 하늘이 낸 효자라도 부모 함께 못 죽었고 순임금 같은 대 성인도 부모상을 못 면하고 만고 영웅 진시황도 불사약을 못 얻어서 가련하니 그 말 저 말 다 버리고 인간 칠십 고래희古來希35)라 그만 죽어도 무난하오."

하고는, 닫은 문 박차 열고 첩의 방 들어가서 첩괴 둘이 희롱하

---

33) 상사喪事 : 초상을 만나 상을 치룸.
34) 문철文哲 : 학식이 높고 문장에 능한 자.
35) 고래희古來希 : 예로부터 칠십을 산자는 드물다는 말.

며 좋다 사랑 놀고 있을 때에,

옹고집 불효한 줄 부처님이 감응하사 이때에 강원도 금강산 유점사 남악에 있는 철관도사라는 중이 있으되 불법에 능통하여 위로 하늘을 통하여 보고 하는 말이

"얼마나 고집불통한 자인고."

하였다. 옹고집이 불효한 줄 부처님 전에 온 사람들의 이야기를 전해 듣고 진위를 알고자하여 행장을 차려 부처님 앞에 인사드리고 바쁜 걸음 급히 내려 안동땅 옹달촌 옹좌수 집에 찾아가서 대문 밖에 붙어 서서 동냥을 청하되

"소신, 부처님 공덕 알리러 왔나이다."

하니, 한 할미 이르기를

"우리 옹좌수님 알면 동냥도 못 얻고 긴 장죽으로 등살 맞고 탱자 밭 한길 까지 너른 길에 비좁을 정도로 쫓겨 갈 것이니 부디 바삐 물러서소."

철관도사 이 말 듣고 된 목청 큰소리로 짐짓 들으라며

"소승은 금강산 유점사에 있는 중이오. 게다가 삼년 전 대웅전이 풍우에 퇴락하여 중창하려 하되 재물이 없사와 먼 길을 마다 않고 왔사오니 시주 적선 하옵소서."

하며, 발원하되

"해동海東[36] 조선 구경생도究竟生徒[37] 안동땅 옹남면 옹들촌

---

36) 해동海東 : 조선을 달리 이르는 말.
37) 구경생도究竟生徒 : 법과 도리를 탐구하는 무리.

옹생원님 양주부처兩主夫妻38) 백자천손百子千孫39) 만대유전 부
귀영화 무량대복 불전에 명감明鑑40)하옵시면 극락세계로 가시
리다. 부디 시주하옵소서. 나무아미타불."

이때 옹좌수 목탁소리 얼른 듣고 풀쩍 뛰어 나와 추상 같이
호령하되

"어인 중이 그다지 요란한고. 바삐바삐 잡아오라."
철관도사 들어가 두 손으로 합장배례하며

"소승은 화주승化主僧41)으로 이 집 주인의 시주를 원하옵나이다."
하니, 옹좌수 중을 보고 이르되

"중이라 하는 것이 산중에 깊이 들어 염불공부 지극히 하는
것이 중의 근본이라. 어찌 하여 속세 마을에 나와 자루를 메고
길가 중으로 다니면서 남의 집에 개기며 장에 가면 고기 먹고
주막에 가면 술 먹고 동네 여자 강간하고 재물 훔치는 도적질에
몹쓸 짓만 찾아하니 아주 벌건 도적이라. 네 무슨 짓 할 량으로
두루 다니며 보채는가?"
하니, 철관도사 여쭈기를

"소승은 남악산 중이온데 약간 관상을 아는 고로 두루 다니나
이다."

---

38) 양주부처兩主夫妻 : 이 집의 주인과 아내 되는 사람.
39) 백자천손百子千孫 : 많은 자식.
40) 명감明鑑 : 두루 밝혀 살펴 봄.
41) 화주승化主僧 : 절에서 법회나 불사가 있을 때 비용을 마련하고자 민간에
내려와 탁발하는 승려.

옹고집이 이말 듣고 반기며

"자네 일점 관상을 본다하니 내 상을 자세히 보아 길흉을
판단하여 맞추면 천금을 시주하리라."

철관도사 상을 보고 무수히 희롱하길

"광대뼈가 내려 붙었으니 걸객乞客[42]이 분명하고 세 끼를 먹
고 비단 옷에 옥방석의 인물이라 좋다마는 코 주위가 피폐하니
간사하기를 주장하며 윗 입술이 얄팍하니 말씀도 가리지 않겠
고 이마 천정이 광활하고 수염이 잘 늘어져 있으나 양 미간에
살기 등천하니 초년은 평온하나 중 후년에 들어가면 복중절사腹
中節死[43] 할 것이요. 용모가 괴팍하니 고집도 대단하고 눈 밑이
분명하니 부리는 자 함께 할 것이요, 삼강을 이를진대 윤리심이
없으니 부모께 불효하고 조강 처 소박하고 새 처로 호색하고
상인해물傷人害物[44]하니 심술은 대적할 자 없고 수명은 칠십이
로되 필경 죽을 때는 염질병[45]에 급살탕急煞湯[46]으로 앉도 눕도
못하고 서서 죽으리라."

옹좌수 이말 듣고 분함이 탱천하여 추상같이 호령한데

"이 놈이 관상 보는 놈이 아니라 양반 욕하는 놈이로다. 이놈!"
하며, 힘센 종놈 다 불러들이는데 늙은 종 놈 고들쇠며 젊은

---

42) 걸객乞客 : 몰락한 양반으로 이리저리 다니며 구걸하러 다님.
43) 복중절사腹中節死 : 배 속에 탈이나 죽음.
44) 상인해물傷人害物 : 사람을 해치고 물건을 상하게 함.
45) 염질병 : 몹쓸 병.
46) 급살탕急煞湯 : 갑자기 닥치는 불행이나 질병.

종놈 날 바람, 욕 잘하는 강동쇠며 쌈 잘하는 몇 호걸들 일시에 다 불러서

"저 중놈을 결박하라."

벌떼 같이 달려들어 아주 질끈 묶은 후에 소상반죽47) 열두 마디 수양산 주리48)로 두 눈이 쑥 빠지게 두드리고 두 궁둥이에 약쑥 아홉 박을 꼽아 뜸을 뜨고 싸잡아 길가로 쫓아내니 철관도사 하는 수 없어 본사本寺로 돌아올 때 절치부심切齒腐心49) 하는 말이

"만일 그 놈의 양반을 그저 두었다가 불도佛道가 헛된 도가 될 것이고 또 승僧들이 저승길이 될 것이고 산의 중이 씨가 없어질 것이라."

하며, 술법으로 재 빨리 돌아오니 열두 상좌50) 내려와서 합장 배례 왈

"스승님 평안히 다녀오셨습니까?"

하니, 철관도사 대답하기를

"평안치 못하였노라. 간신히 돌아 왔으니 이 놈 양반을 어찌 하여야 설치雪恥51)하리요? 그 놈은 그냥 둘 놈이 못 된다."

하니, 맏상좌 나 앉으며 이르는 말이

---

47) 소상반죽瀟湘班竹 : 소상강가에 생산되는 대나무.
48) 수양산주리 : 수양산에서 캐온 나무로 만든 형틀.
49) 절치부심切齒腐心 : 몹시 분하여 이를 갈며 속을 삭임.
50) 상좌 : 스님의 수하 제자들.
51) 설치雪恥 : 더럽고 욕됨을 씻음.

"염라국에다 한 번 시양천施陽天52)의 사자使者부처에게 옹고
집을 잡아다가 철산 지옥 독사지옥서 칼 씌워 가두옵고 천만년
이 되어도 이승에 환생 못하게 하소서."

하니, 철관도사 왈

"네 말이 부질없다. 그 놈의 집에 들어가니 재물이 유여하여
부처님께 불공 제사하고 산신당53)과 조왕전54)을 천금으로 축
원하여 제장보살 감동하겠더라. 생전에 그리하여야지 죽고 난
뒤면 소용이 없느니라."

하니, 둘째 상좌 나 앉으며 이르는 말이

"소승은 둔갑하여 산의 맹호 되어 옹고집이 자는 방안 잽싸게
치고 달려들어 산 목을 덥석 물고 순식간에 스승님 앞에 드리다."

하니,

"네 말도 부질없다. 그 놈의 집에 들어가니 사냥개 포수꾼
모두 일동이 전방 수시 비호하고 개잘량55) 비껴 깔고 매일 마다
기도하고 산신에게 축원하니 만일 네 갔다 벌떼같이 쏘아대며
설송나무에 긴 창을 박아 벼락같은 화약재에 방아쇠 조준해서
비빌박박 문득 치면 네 목숨이 편각片刻56) 간에 죽을 것이야.
죽게 되면 가죽 벗겨 관가에 바치고 옹고집만 공을 받치리니

---

52) 시양천施陽天 : 저승의 한 곳.
53) 산신당 : 산신을 모시는 사당.
54) 조왕전 : 부엌 신을 모신 집.
55) 개잘량 : 개가죽. 개의 가죽으로 만든 자리나 갖옷.
56) 편각片刻 : 짧은 시간.

그리도 못하리다."

하니, 또 한 상자 나 앉으며

"소승이 둔갑하여 해 묵은 여우되어 앞발로 머리 얹고 뒷발로 절여 밟고 절대 가인 미색 되어 옹고집 찾아가서 기미를 보고는 태도가 변하면 앞서거니 뒷 서거니 천봉만학千峰萬壑57) 깊은 밤에 이산 저산 노닐다가 높은 강에 급상하여 죽게 하리라."

하니, 왈

"그리도 못하리라 그 놈 집에 들어가니 상오리와 사냥개가 여기 저기 노닐며 황구적구黃狗赤狗58) 내어 놓으며 청 삽사리 백 삽사리59) 납닥바리60)가 너를 보게 되면 일시에 내 달아 네 손목을 물것이니 죽게 되면 가죽 벗겨 자랑하고 수없이 옹고집이 깔고 앉아 호강만 할 것이니 그 짓도 못하리라."

하니, 또 한 상자 나앉으며

"소승은 모기 되어 일모 황혼 저물거든 옹고집 자는 방에 들어가서 첫잠에 스며들어가 손목을 질끈 물어 독이 되어 죽게 하리로다."

하니, 철관도사 왈

"그리도 못하리다. 그놈의 집에 들어가 방안을 둘러보니 만고

---

57) 천봉만학千峰萬壑 : 많은 골짜기와 봉우리.
58) 황구적구黃狗赤狗 : 털이 누런 개와 붉은 개.
59) 청삽사리 백삽사리 : 삽사리(삽살개)로서 털이 푸른 것과 흰 것.
60) 납닥바리 : 개호주. 갈가지. 범의 새끼.

비상을 방마다 붙였더라. 보기 되어 갔다가는 소리도 없이 죽으
리라. 이말 저말 다 버리고 요술로 욕을 보이리라."

하고, 철관도사 목욕 재계하고 용모산에 높이 올라

"옹고집의 몹쓸 행실 축원하고 불전에 불응하오면 그리 무심
치 아니할 것이라."

하며, 또한 그리 나아가 새끼를 서른 두발 꼬아 허수아비 만들어
칠성을 모아 놓고 하느님께 고사告祀[61]하고 황천력사皇天力士
나한羅漢[62]들을 차례로 불러 이리저리 분부하되

"짚옹생원 데려다가 참옹생원을 가르치려하니 오읍사자 율
령사자 분부시행 쫓아 하라."

하고, 짚으로 만드시니 참 옹생원 분명하다. 부처님 도술 보소.
이목구비 용모 처연 행동거지 목소리조차 흡사하다. 철관도사
칼을 들어 떼며 왈

"네 즉시 이 길로 내려가서 옹생원 집으로 가거라."

도사 지시하니 옹좌수 집으로 갔다.

이때는 화창한 봄이라. 이화梨花 도화桃花 만발하여 백설 같은
범나비와 산꽃을 보고 춤을 추니 그도 또한 경계로다. 옹생원집
찾아가니 고대광실 높은 집에 구름 속을 보는 듯하더라. 이리저
리 배회 할 때 참옹생원 오늘 마침 이웃집에 잔치 가고 없는

---

61) 고사告祀 : 제물을 진설하고 하늘에 축원함.
62) 황천력사나한皇天力士羅漢 : 하늘 혹은 땅에 있는 힘센 장정, 혹은 그
    영귀靈鬼들. 부처의 제자들.

사이 이때에 옹생원 안 사랑에 들어 앉아 참옹생원 인척하고 집안의 이런 저런 백사百事를 지시할 때

"오늘 잔치 일등기생 좋은 풍류 가다가 드물었다. 누룩 술 먹고 골치 아파 보던 손님 면전에 두고 왔다. 너희 놈들 들어봐라. 내일은 밭을 갈고 모레는 보리베어 타작하고 좋은 날은 정리하고 궂은 날은 신을 삼아 부지런히 하여라."

하고, 또 종들을 불러 분부하되

"아이년은 실을 잇고 어린년은 무명 밭 가꾸고 며느리는 길쌈하고 딸아기는 명주 짜고 손자 놈은 공부하라."

할 때, 손자 놈을 구별하고 종들에게 각자 할 소임을 모두 주고 처연히 앉았으니 남녀종들이 어찌 알리요.

이때, 참옹생원 해가 서산에 지고 달이 떠오르니 죽장을 훑쳐 잡고 이리 비틀 저리 비틀 서벅서벅 들어오니 이때, 짚옹생원이 참옹생원을 보고 벽력같이 호령하되

"이런 미친놈이 내 집 내당에 염치없이 들어오는가?"

하니, 참 옹생원 이말 듣고 목청을 가다듬어

"어인 놈이 남의 집을 제 집같이 쥐고 앉아 주인양반 욕하는가? 그 기이한 변이요. 큰 아이 영돌손아 둘째 아이 반경손아 이런 기이한 변 보았느냐. 동네 출입 한 새, 이렇듯 잡놈을 내 방에 앉혀두고 네 아비를 몰라보니 취중 친구 동네 백성 시명示明63) 사촌 이런 소문 알게 되면 내 낯을 들고 어딜 가리."

하며, 열손 종놈 급히 불러

"저 미친 놈 잡아내라."

하니, 짚옹생원 이말 듣고 불꽃 같이 급한 성정 남녀노비 급히 불러

"저 미친 놈 결박하라."

하며, 추상같이 호령하니 참옹생원 기가 막혀 뛰어 달려들어 짚옹생원 덥석 안고 바깥으로 붙들어 치며

"어인 놈이 내 앉은 방에 드나더냐?"

짚옹생원 대답하되

"나는 이 집 주인 옹고집 옹생원이라하는 양반이로다."

참옹생원 이말 듣고 흘끗 보며 하는 말이

"내가 이집 주인 옹생원이지 네가 어찌 주인이라 하느냐? 너 생일시를 말해보라."

하니, 짚옹생원 대답하기를

"나는 옹진년 옹진일 옹진시라."

참옹생원 이말 듣고 어이없어 다시 말 못하고

"옳다 옳다, 그러면 우리 자당의 생일은 아는가? 어머니는 어디가 계시나요?"

짚옹생원 쓴 웃음 웃으며

"이놈이 조상님을 욕하다니 난장목64)을 맞을 짓이니 바삐바삐 물러가라."

---

63) 시명示名 : 누가 봐도 다 아는 사람.
64) 난장목 : 긴 작대기로 사정 없이 맞음.

참옹생원 이말 듣고 통곡하며

"처자 권식 몹쓸 것들 아침에 나간 가장 저녁에 몰라보고 맞아서 영 죽게 되었으되 이렇다 말 아니하니 삼강오륜 허사로다 애고 답답한 내 심사야 이것이 어인일고. 자다가 꿈이런가."

하며,

"이리 될 줄 어찌 알았을꼬?"

다시 서러워 할 때 아들이 연신 하는 말이

"알 듯 하면서 분별할 길 전혀 없어 이목구비와 물러나고 나아가 서있는 모습 역력히 아주 같고 상하 의복 행전[65] 버선, 허리끈 도리 줌치단[66]에 날개 단장 치레, 확실 안정 장도칼[67]과 화죽선[68] 펼 때 얼굴 모습 역력히 아주 같고 불꽃같은 살얼음판 풍기는 성품이 똑 같고 백산 천지 두루 봐도 판단 할 길 전혀 없네. 가운인가 재변인가 이러 변 있을 손가?"

둘째 아들 나앉으며,

"하늘이 주는 악인가 죄악으로 이러한가. 시주를 하지 않아 이러한가. 어디 이런 일이 있으리오."

하였다. 금옥 같은 고운 첩은 섬섬옥수 턱을 괴고 울면서하는

---

65) 행전行纏 : 바지나 고의를 입을 때 정강이에 감아 무릎 아래 매는 물건. 반듯한 형겊으로 소맷부리처럼 만들고 위쪽에 끈을 두 개 달아서 돌려 매게 되어 있다.

66) 도리줌치단 : 허리 언저리 호주머니가 있는 부분

67) 장도칼 : 가슴에 품고 다니는 작은 칼.

68) 화죽선 : 그림이 그려진 대나무 부채로 접어 다닐 수 있음.

말이

"백년 맹세 깊은 가장 두 사람 중에 있지마는 판단할 수 없네."

가슴치고 발 굴리며 애고 데고 지성으로 통곡하니 참옹생원
양 귀에 듣다가 새로 화를 내며 뛰어서 짚옹생원 허벅지를 불끈
안고

"이 놈아 날 죽여라."

짚옹생원 일어나며 벌떡 걸어 족치며 팔을 잡고 뺨을 치며
목을 잡고 두드리며 위로 업고 후리쳐 잡고 달려들어 손목을
불끈 쥐고 이리치고 저리 치며 돌아서며 떠 내치니 참옹생원
무수히 맞은 후에 대성통곡 하는 말이

"좋은 심성 가져야 어진 사람이라, 이런 사람 우리 동네 백성
중 누구 없소 이런 일 판단하오."

하자, 동네사람 다 모여서 허실을 알고자 한 들, 두 사람의
행동거지 뉘라서 분별하리. 그 중에 우악한 놈 펄쩍 뛰어나
앉으며

"두 옹생원 줄 매어 높이 달고 참나무 몽치[69]로 내리 빗어
볼지니 혹 알 수 있으리까?"

참옹생원 하는 말이

"동네 백성 내말 들어보소. 내 몸에 표적 있으니 집안사람이
다 아나니 왼편에는 검은 점이오. 오른 편에는 붉은 점이요.

---

69) 몽치 : 뭉툭하고 긴 몽둥이.

다리 사이 잔 사마귀를 보고 분간하여 주오."

하니, 짚옹생원 이말 듣고 상하 내복 후딱 벗고 좌중에 나 앉으며

"내 몸에 표적 있으니 동네 백 사람 똑똑히 보소. 좌편에는
검은 점이요 우편에는 붉은 점이요 다리 사이 잔 사마귀 정말
있나 자세히 보고 옥석을 구별하소."

좌중이 하는 수 없어 이말 듣고 하늘을 우러러 보며 서로 하는
말이

"소인들은 들여다 볼 수가 전혀 없소."

하니, 참옹생원 이르는 말이

"내 도림 사업할 때 본관사또 서울 가 혼자 일을 맡아 이리저
리 일할 적에 한 번도 만나 본일 없어, 저 놈을 끌어 내지 않고
너희들은 뭘 하는고, 저 놈을 바삐바삐 잡아내라."

호령한들 기운은 이미 쇠잔한지라.

짚옹생원 이르는 말이

"얌전한 하인 감동아, 일별 키우는 장초란아, 내 좌수 도림
차에 본관사또 서울 가고 임업공사 내 나무로 절단 할 때 너
어찌 모르느냐 저 놈 잡아 결박하라."

하며, 추상같이 호령하니 분부 듣고 일시에 달려들어

참옹생원 뜰로 끌고 나올 때 상투 돌돌 휘휘 감아쥐고 발로
이리 차고 저리 차니 참옹생원 기가 막혀 하늘을 우러러 땅을
치며

"이 몹쓸 놈들, 흉한 잡놈 말을 듣고 이렇게 사람을 결박하느냐?"

하며,

"애고 답답 내 심사야, 세상천지 이런 변이 어디 또 있으랴?"
하더라.

이때 짚옹생원이 먼저 일어서며 웃네.

행차거동보소. 천금준마 대기하여 수놓은 안장에 뚜렷이 높
이 앉아 호기 있게 성내로 들어가네. 확실 안장에 앉아 처연할
새, 정리하고 들어가 손들 불러 통지하고 관가에 들어가서 문안
후에 배례하고 내려가서 말 다하길

"백성의 집에 과연 이런 변이 난 고로 아뢰나이다. 일명 무지
한 어떤 미친놈이 자칭 주인이라 하고 도로 내정하여 장난이
무수하옵기로 결박하여 대령하였사오니 각별히 엄히 처리하옵
소서."

하니, 사또 다만 크게 웃으며 두 사람을 불러 구경거리인 양
이리저리 비교하여 보다가

"이 사건 코 아픈 공사로다."
하고,

"수형을 부르라."
하자, 형이 들어가 엎드리니 분부하기를

"금일 옹좌수 집에 괴변이 난 고로 들라 하였으되 그에 대한
진위를 내 모르니 그에 대한 일을 소상히 아뢰라."
하니, 이 때 참옹생원이 나서며 아뢰기를

"이 백성은 밖에 나가 진정서 소장을 올리겠나이다."

하고, 밖에 나와 소장을 만들었다.

올리며 목소리를 높여 분을 삭이며 하는 말이

"본데 소인 옹가 홀로 가산이 부하여 그릴 게 없이 지냈더니 무작위無作爲[70]로 명부지名不知[71]한 어떤 놈이 자칭 주인이라 하고 내 집에 들어가 누었으니 진위에 대해 송사를 드림은 동시에 이 인사를 잡아내어 멀리 내쳐야 장안이 편할 것이요 강유綱維[72] 질서가 설 것입니다. 이 모든 것이 참말이며 부디 원하오니 강상綱常[73]을 주도면밀히 하여 옥석을 구별해 주옵소서."

하였더라. 원이 받아보니 모두 합당하지만은 않은 듯하여

"네가 한 말이 차례는 있으나 너의 각각 살림살이 두루 낱낱이 아뢰어라."

참옹좌수 먼저 아뢰기를

"저의 집은 와가로 몸체는 마흔 두 칸이옵고 남자종은 이십 명이며 여종은 오십 명이옵고 그 나머지 허다 사정 어찌 다 아뢰오리까?"

짚옹좌수 아뢰되

"저의 집은 기와집으로 몸체와 사랑이 일흔두 칸이요 측면으

---

70) 무작위無作爲 : 다짜고짜.
71) 명부지名不知 : 이름을 모름.
72) 강유綱維 : 사물의 기본.
73) 강상綱常 : 사람이 지켜야 할 도리.

로 이를진대 갱미粳米[74) 두주 안에 사백 마흔 닷 섬씩이오 쌀은 사백 여든 네 말이오 집 앞에 넉 섬 지기는 집 안 사람들이 부치옵고 기세들 일흔두 마지기는 대풍 김진사의 논으로서 작년 이전에 김생원이 저에게 팔았고 증인은 백대천이오 이를 확인한 시자는 고들쇠요 영동손아 내 말이 헛말이냐."

하니,

"모두 그렇사옵니다."

또 말하기를

"성 밖 고문 자투리 닷 못 밑에 한 섬지기는 금년 사월에 박어사 내려온 동지 말 월 달에 도문잔치[75)를 열 수 없다고 하여 논문서 반값에 사라 하거늘 이백 냥에 문서하고 군실이는 팔짱끼고 있었고 이문이도 증인이니 만정손아 내말이 헛말이냐?"

하니,

"그 말도 다 옳습니다."

하였다. 또 이르기를

"밭으로 이를진대 목화전[76) 닷 섬지기요 두태전[77) 이십 섬씩이요 채전이 두 섬지기요 두루 합하여 일천 사백여 두락으로 낱낱이 아뢰옵니다."

---

74) 갱미粳米 : 멥쌀.
75) 도문到門잔치 : 과거에 급제한 사람을 위해 여는 잔치.
76) 목화전 : 목화를 키우는 밭.
77) 두태전 : 콩밭.

하니, 두 아들이

"과연 옳습니다."

하였다. 또 아뢰기를

"찐 명주실이 닷섬이요 좁쌀 열섬은 서편 행랑에 두었고 목화 백종 중 껍질 벗긴 싹은 큰 곳간에 채워져 있고 참깨 닷 섬, 들깨 열 섬은 손고방78)에 얹어져 있고 어장魚醬79)으로 이를진데 간장 열독이요 된장 초장이 세 독이오 문어 도미 환육 명태 대구는 편을 만들고 젓갈은 삼동 칸에 얹어져 있고 젓국적 어리미는 참생강 갈아 덮어 씌운 젓 석동과 명태는 젓 두 동이라. 맛 좋은 전복젓은 지난달에 관청에 팔았으니 내 말이 헛말이냐?"

하니, 하인들 모두

"과연 옳습니다."

하였다.

"맏아들은 무술생 둘째 아들은 축생 셋째 아들은 사생, 맏손자는 기축생, 둘째 손자 정사생, 영동손아 내 말이 거짓말이냐?"

하니,

"어르신 말씀이 옳습니다."

하였다. 또 아뢰기를

"기물을 이를진대 용장봉장 가께수80)며 새작농장81) 펼쳐진

---

78) 손고방 : 자물쇠를 채운 곳간.

79) 어장魚醬 : 물고기 등을 소금에 절인 젓갈 혹은 간장 류.

80) 가께수 : 용이나 봉황을 새기거나 그려 넣은 궤짝의 일종.

자리에다 함농반다지[82]며 외문경대[83], 오색지색 고미[84] 와전
瓦甎[85]은 순 금테요 포백布帛[86]을 이를진대 명주 닷 필, 비단
닷 필, 모시 닷 필, 황포 열 필 한 채 있고 의복을 이를진대
하복 도포 두벌이요 모시로 깨끗이 장만한 게 세 벌이요. 안동포
마고자에 만선두리[87] 양피 가죽 안을 덧 된 게 세 벌 이요.
생사生絲 접접 바지는 거연들에 사는 민유생 벗어 달라고 할
적, 입고 가더니 이즉까지 소식이 없네. 내 말이 헛말이냐?"
하니,

  "그도 또한 옳습니다."
하였다. 이어 이르기를

  "번거로이 이를진대 대두미는 이십 축이요 통영미는 석 죽이
요 지정미 닷 죽인데 그 중에서 정하미가 일급입지요. 농기로
이를진대 쟁기 두 채 작두 한 채 쇠고[88] 한 죽이요. 그 위에
다변한 걸 어찌 다 아뢰리오. 영동손아 내 말이 헛말이냐?"
하니,

---

81) 새작농장 : 날아가는 새 등이 그려진 장롱.
82) 함농반다지 : 작은 서랍과 중간에 미닫이 문이 달린 농장.
83) 외문경대 : 거울이 양쪽이 아닌 한쪽만 붙여 만든 거울.
84) 고미 : 굵은 나무를 가로지르고, 그 위에 산자를 엮어 진흙을 두껍게 바른
    반자.
85) 와전瓦甎 : 기와지붕.
86) 포백布帛 : 베나 비단 종류.
87) 만선두리 : 벼슬아치가 겨울에 예복을 입을 때 머리에 쓰던 방한구防寒具.
88) 쇠고 : 수레를 끄는 줄.

"주인어른 말씀이 옳습니다."

하였다.

"우에 것을 아뢴다면 소가 백 필이요 말이 쉰 필이요. 종으로 아뢸 진대 놈종 백 명, 년종 백 명, 아이종 열 명이요. 소소한 것 어찌 다 아뢰리까? 대강 이러하여이다. 성주는 통촉하옵소서. 노복으로 이를진데 수수 할사 수남이요 쌈잘하는 고들쇠요 저랑 있어 저랑쇠요 말 잘하는 백의전이요 수수히 잘난 김처쇠요. 년종을 아뢸진데 저 복이 있어 속저리요 이 잘 잡는 쇠저리요 밥 잘하는 푼영이 욕 잘하는 봉선이 돈 잘 세는 푼남이 그 중에 예쁜 복난이는 김진사가 첩을 삼아 금년에 백방 처리하고, 짐승으로 이를진데 청둥오리 스무 마리 장닭이 네 마리 암컷 숫컷 백마리 얻으니 지진달포에 새로 얻은 사위 와서 잡아주고 한 마리는 없으니 어느 것이 거짓말입니까?"

하며, 심정이 울화가 치미는 듯하였다.

성주 낱낱이 들은 후에 참옹좌수 잡아들이니 불쌍타 참옹좌수 돈수頓首하고 염사 나졸[89] 대면하야 저 성 밖에 쫓겨나니 원통하고 분기탱천하여 호천통곡 울며 하는 말이

"우리 성주 야속하다. 저 잡놈 편을 들어 무죄한 나를 내치니 애고 답답 야속하다. 전생 죄로 이러한가. 축생 죄로 이러한가. 부모께 효하고 동네 백성 인사하고 고을에 출입하되 무슨 죄로

---

89) 염사 나졸 : 관청에서 업무를 살피고 돌보는 관리.

이러한가. 내 살아 쓸 데 없다 구경이나 하여보자."

하며, 정처 없는 걸음을 옮겼다.

한편, 짚옹생원 돌아가서 책을 읽으며 종과 노복들을 다 불러 하는 말이

"내 너희들이 아니면 꼼짝없이 변을 당하였을 것이다."

하고, 노복과 일가친척 동네 백성 다 모아 하는 말이

"이 어떤 잡놈을 만나 잔 고생하였도다."

하니, 한 사람이 말하기를

"그러나 두 사람 모두 외모가 너무나 분간하기 어렵습디다."

하더라. 짚옹좌수 하는 말이

"내 집에 이런 일이 일어났으니 남에게 부끄러운 일이오."

하였다. 그 다음부터 한 돈 줄 데 한 냥도 속이지 않고 두 냥을 줄 데 백 냥 천 냥을 주고 천 냥 줄 데 만 냥을 주어 세간 살이 풀어 인심을 얻더라.

한편, 이때 참 옹생원 유리걸식하면서 다닐 적에 철관도사 선몽先夢하니

"이제는 개과천선하여 나아갈 걸 생각하라."

하니, 참옹생원 이제야 깨달으며

"개과천선하겠나이다. 도사님 덕택으로 이런 죄, 백 천 번 용서하옵소서."

하자,

"이제는 부모를 봉양하고 본처를 돌아보아라."

옹생원 하는 말이

"도사님 지시대로 하오리다."

철관도사 이 말을 듣고 편지 한 장주며 왈

"이것을 가지고 주인을 주어라"

하거늘, 참옹생원 반겨 듣고 급히 돌아와 담 넘어서 엿보니 영동손이 하는 말이

"마님 저 미친놈이 또 왔나이다."

하니, 짚옹생원 왈

"그 때 그 놈을 찾아내라."

하거늘, 참옹생원 급히 들어가 편지를 올리니 짚옹생원 오래도록 보다가 한편 하늘을 향해 크게 웃는데 참옹생원 잠시 눈을 들어보니 짚 한 단뿐이라. 집안 가솔들이 당황하였다. 참옹생원 그 날부터 부모께 봉양하고 본처를 데려오니 지난날과 여전히 이어지는지라. 부처님을 섬기며 옹좌수 개과천선하여 살아 돌아 온 듯이 하더라.

그 글씨 참 괴괴한 일화로다. 내외가 역력하신 참옹좌수 구주⁹⁰⁾의 객이 되게 하니 천하의 역사를 편, 신의 가피로다. 멀리 가신 부모와 형제는 고인이 되었고 그 수 천수하란 말은 나를

---

90) 구주九州 : 넓은 땅.

위해 생겨났다. 엎드려 아뢰건데 귀한 영혼 이내 처소에서 고백할 때, 어어런가 삼십년 형제 정이 금일 상봉 한스럽다. 아득한 우리 복당福堂[91] 엄밀한 자리는 어디인고. 적막한 소요산에 애상哀傷만 허심하다. 형제 오인 익사하고 지극보천至極報天 통곡하니 자애로우신 우리 선친 정령精靈[92]이 없으신가. 유명幽明[93]이 무엇인고, 구천이 웬 말이요 호천망극呼天罔極 가이 없으사, 역력하신 생자 말씀

"여생 면면히 걸어 온 평생사에 인생 단란 하자더니 조물주가 시기하고 천액天厄이 이간질하여 꿈같은 아흘 간의 이변이 있었도다. 의례를 업수이 여기고 형제 남매 출척黜陟[94]하니 역력한 옛날 일이 오고 감이 상반相反이라. 유수流水 같은 인간세월 나이, 저무는 해만 하련가. 청춘의 붉은 얼굴에 그리던 복 이제는 백발이 되었단 말가. 어와 세상 사람들아 이내 말 들어 보소. 인간성쇠 볼라치니 상전벽해桑田碧海[95] 된단 말가. 창연한 어제 보던 산을 아니 본단 말가. 광활한 안강들은 소신하고 또 소신하다마는 그 가운데 찾아오니 보던 집이 여기로다. 이말 저말 다 듣고 상대하여 찾아보니 옛 보던 청황매[96]는 이곳에 있고

---

91) 복당福堂 : 복이 깃드는 집. 또는 그 땅.
92) 정령精靈 : 육체를 떠난 혼백.
93) 유명幽明 : 이승과 저승.
94) 출척黜陟 : 내치거나 쫓아 냄.
95) 상전벽해桑田碧海 : 뽕나무 밭이 푸른 바다가 됨. 세월의 변화를 말함.
96) 청황매 : 새매의 일종.

경개 좋은 수월정[97]은 옛 놀던 곳이로다. 천혜天惠의 친척 모두 다 모여 후한 영접 반긴 후에 쫓아가며 정을 내니 처처에 담소로다. 옛 보던 그 자태 선파당은 심신댁 아니런가. 우리 가내 건전하고 좌우로 벌려있어 주주야야晝晝夜夜로 길복吉福하고 세세연연世世年年 환락歡樂하여 반석 같이 영세永世 상천上天하잤더니 한 순간에 분간하여 오늘 당장 아심비회我心悲懷[98] 갈 맘이 없네. 청려廳閭[99] 같은 높은 집에 다른 사람이 들어온단 말가. 산문山門에 저 객중[100] 동자야, 면목을 나직이 하고 보소. 두루 놀아, 돌아서서 고향 산천이 변하니 슬프다. 친척들아 어느 시時에 다시 볼까? 가련하고 가련할 사 여자 신세 가련할사, 일가친척 정담 즐겨함은 마침 오늘이로다. 석양도 돌아들어 본가라 찾아오니 시간은 벽두劈頭[101]요 지난 과거도 그리 멀지만은 않네. 앉은 자들 모두 우리 현 세상에서 서로 이별 한단 말가. 오늘 이별 하면 우린 언제 다시 볼까. 이 생에 못 보거든 후생으로 기약하세. 청천에 명월 되어 비쳐서나 다시 볼까. 구만리 장천 가운데 떠다니며 흘러가 대천에 흐르는 물이 되어 흘러가서나 다시 ㅁㅁㅁ[102] 당신에게 맘이 있어 편지로 안부를

---

97) 수월정 : 작가의 마을에 있는 정자인듯함.
98) 아심비회我心悲懷 : 마음에 슬픔을 간직함.
99) 청려廳閭 : 관청처럼 높은 기둥에 큰문을 가진 집.
100) 객중 : 자기가 늘 거처하는 절이 아닌 잠간 손님처럼 머물다 가는 절간 또는 스님.
101) 벽두劈頭 : 일이나 글의 첫머리 부분.
102) ㅁㅁㅁ : 탈자로 인해 해독이 불가능한 표시. 이하 동일함.

물어 볼까. 소동파의 안족雁足103)이나 되이 조석으로 전해보세. 지금 그 강가를 물어 눈물로 부쳐볼까. 형산리 산양재 봄은 천리상봉 회한이로다. 우리도 이 산이 되어 다시 보기 원이로다. 형이 어사 되어 대내직에 직급은 서기104) 되고 당판사當判事105) 되옵거든 내일로 상봉하고 내 아이 하명下命106)하여 우리 사부師父에 사또님 되면 우리 형제 좋은 영화로 다시 보세. 언제나 다시 볼까. 일어나 다시 볼까 다시 볼 기약 없네. 이런 환란 속에 행장을 재촉하여 가보세. 하직하고 저 멀리 영접할 때, 반호벽용攀號擗踊107) 오남매, 막사莫舍 지나던 객승客僧만이 인생에 통하니 사람이라 할 수 없고 목석 인간 이어 볼까. 천상 인연 한 없기로 오열한데, 창천에 절로 나서 우니 항시로 임하소. 이별이야, 천고영결 이별이야, 일가친척 쓸 데 없다. 구천 만 리 다시보세. 창천에 뜬 기러기여 남으로 날았도다. 인생 연로하니 깊은 산촌 산중에 노닐더라. 새터재 높이 만보萬步나 되는 산악山岳 수시로 노래하니 인생열락 육각六角108) 풍문소리

---

103) 안족雁足 : 기러기 발. 인생은 나는 기러기가 땅위에 발자국은 남기되 날아가면 다시 동서를 알 수 없다는 소동파의 인생도처하지사人生到處知何似의 내용을 인용하여 하늘을 이리저리 옮겨 다닐 수 있는 기러기가 되어 소식을 서로 주고받고자 하는 마음을 표현한 듯함.

104) 서기 : 의금부 등의 으뜸 벼슬.

105) 당판사當判事 : 판사에 해당 함. 중추원 등의 장관 또는 주임에 해당하는 벼슬.

106) 하명下命 : 말을 전달하거나 명령을 내림.

107) 반호벽용攀號擗踊 : 군주 또는 부모의 상을 당하여 가슴을 치며 통곡하고 슬퍼함.

슬피 난다. 천상에 닿을까마는 성 밖 끝나는 곳으로 날아가는 저 기러기, 멀고 먼 만 리 다문다문 우리뿐이로다. 이 같은 생각 다듬고 일모 저산 저문 아래 녹수를 재촉하여 영영 산천 돌아드니 존양각 높은 집은 석양에 비껴 있고 □□□□□□니 장강 저산 □□에는 □□천에 □□ 에런□□ □□ □□□□ 에는 언어 얼룩진 녹의홍상綠衣紅裳109) 쌍쌍이 이에 답하니 □□ 영신 되어 살아야 섬섬옥수 높이 들어 □□좌로 희롱하네. 나도 어서 가자스라. 혼자이건만 찾아가자. 허외허외 능성고개 길이 참고 개 길이로다. 이럭저럭 들어가서 혼단魂壇110)에 문안하고, 잔이 없으니 그 반긴 후에 찻잔으로 잔을 하다. 정에 꽉 찬 남은 말을 평생에 다 할 소냐."

삭여 대강 기록하니 보시나니 미워마소.
갑신 정월 순흥 김씨부인 필서筆書로소니 이후로 참참 단단 □□□하니 보시나이오시다. 소소한 우리 인생이로소이다.

---

108) 육각六角 : 향피리 2개, 대금, 해금, 장구, 북 등을 합한 6가지 악기.
109) 녹의홍상綠衣紅裳 : 녹색 저고리 혹은 푸른 저고리에 붉은 치마, 젊은 여인의 옷차림.
110) 혼단魂壇 : 혼백을 모시는 제단.

Ⅲ. 〈옹고집전〉 원문

p.1

옛날 경상좌도 안동따 옹남면 옹달촌 옹진연 옹진월 옹진새에
나난 옹생원 옹고집이라 ᄒ난 양반이니시딕 문필이 대대로 청
족일너라 이양반이 풍쳐 삐범하고 용역이 과인한중의 아달 삼
형제 두어시딕 맛아달은 흘님흑사 둘째아달 진수하고 셋째아달
반무ᄒ야 참사선전관의 이려는새 호강흘제 집치릭 하여시딕
백옥난관 산호박 쥴로 유리기동 산호주렴 야광주로 담을ᄉ고
만호로 들보빤ᄌ 정귀키 지운짐의 층층화기 바릭보니 온갓화
초 다수며 ᄃ 조기

p.2

삼등명겸초난 산중억석 되야잇고 습월 긔조 두견화난 부려귀
로릭ᄒ고 구월구일 단국화난 오류추풍 깃거하고 ᄉ시춘풍 사계
화난 징징세월 갓ᄃ잇고 반가올사 믹화갓튼 맹호연을 비웃난듯
님자업난 척죽화난 청음불낙 ᄒ여잇고 이화도화 봉선화난 고은
즁에 아람답고 오색가지 단국화난 색색이 향기롭고 명사심이
희당화난 어부사를 화답하고 백화중 자약화난 광천명월 히롱ᄒ
고 긔ᄉ층층 버들갓튼 위성조우 떨러지고 무

p.3

웅도원 복성갓튼 줄줄리 떠러지고 집안의 연못파고 년못안의
금붕어는 구비구비 뛰축글고 그우히 상오리난 덤벙출녕 모욕ᄒ
니 귀경도조코 보기조타 면류건느 아리연가 방안치리 볼죽시
면 닙춘서벽 시면 온갓기림 다부첫ᄃᄒ 운정 관운즈은 오든참
장 적행철리 하는지 동역역히 기러잇고 서중천장 이틱백은 일
일수경 삼백리홀 할리 들잡아달 상천ᄒᄂ 기상을 역역히 기러
잇고 아양누 고소대와 황혹누 봉황ᄃ며 소자첨 적벽강

p.4

의 이각으로 노ᄂ양을 역역부처ᄂᄃ 옹장봉장 기기수며 자기흠
농 반다지며 오죽자죽 고비와 상용기린 뻿점점비 용두마리 장
목비을 제손차차 저리노코 금의옥석 포식ᄂ의 주야로 호강ᄒ
ᄃ 심수리 부량ᄒᄋ 무지혼 동ᄂ빅셩 바주의 높히들고 물믹치
기 조ᄒ홀서 남의기집 욕심ᄂ기 평생의 장길너라 일등미싁 첩
을어타 호강으로 노일적의 삼강오류 ᄂ몰나라 불호가 자심터라
잇때의 옹좌수의 팔십노모 무연니 병을어더 삼속이 너머가ᄃ

p.5

달흔마리 환약흔지 구안치 아니ᄒ고 엄동설흔 ᄂᆼ돌방의 고차의
눕혀두고 건지업는 마는미엄 하로흔대 고양하니 할길업는 저늘
건이 소실한풍 치운방의 비혼이불 감고 누어 신세롤 싱각ᄒ니

엇던사람 복조차ᄒ 아달나아 길너ᄂᆡ야 벌연ᄐ고 상교ᄐ고 사시
연일 생일 할제 다란사람 부러하고 교양질미 사철의복 때를차
ᄌ 먹고입고 호화로니 지ᄂᆡ는고 이ᄂᆡ복조 무상ᄒ다 무산 죄
중ᄒ건ᄃᆡ 이ᄃᆡ도록 망칙ᄒ고 가슬를 생각하여 호의호식 ᄒ련마

p.6

는 어니그리 박복ᄒ고 전생죄로 이러ᄒᆫ가 이생연분 가이엄다
이몸이 엇지그리 못죽ᄂᆞᆫ고 비난이ᄃ 비난이ᄃ ᄒᄂᆞᆯ님기 비ᄂᆞ이
다 명천니 ᄒ감ᄒ와 이런 구별ᄒ와 부모 모르ᄂᆞᆫ몸 개과천선ᄒ
기ᄒ오 이고이고 서움이야 이고이고 서움이야 잇때 옹좌수 장
모가 빈ᄒ야 인누준명 근심ᄐ가 빅의사재의 할수업서 사회집
차ᄌ가서 ᄉ회보고 ᄒᄂᆞᆫ마리 무남동여 길너ᄂᆡ야 자네게 출가후
의 근근보명 ᄒ여덧니 니제ᄂᆞᆫ 홀길엄서 ᄉ라ᄂᆞᆯ 길홀 만무ᄒ야
ᄉ회집 차ᄌ왓ᄂᆡ 절루간척금ᄒ여 제발덕분 슬여주

p.7

소 자ᄂᆡ 빙부제ᄉ나리 ᄂᆡ일모ᄅᆡ 잇찌마ᄂᆞᆫ 향사할길 전혀업ᄂᆡ
불고염치 ᄂᆡ와시니 도전루간의 치급ᄒ오 옹좌수 이말듯고 다든
문을 박ᄎ열고 안으로 드러가서 안해ᄃ려 당부ᄒᄃᆡ 미족ᄒ 약간
양식 푼전업고 ᄂᆡ말업시 ᄌᄂᆡ모친 주다가는 조강지척 유ᄌ식도
나ᄂᆞᆫ아주 모라나니 자ᄂᆡ 아라서 힝ᄒ오 백번천번 당부ᄒ고 초당
으로 밧비ᄂᆞ와 장모보고 이란마리 약간양식 잇ᄃ한들 장모주고

닉굴무랴 보기실소 듯기슬소 어서가오 밧비가오 구빅이 조식

p.8

ㅎ니 가련흔 저 눌근이 다시부처 말못ㅎ고 도라서 우는마리
저 악무비 도척이도 이에서 난현이요 무지불칙 목공이도 이셔
난 군ㅈ로듯 도라서서 서리운이 좌수쳐 양시부인 그모친 거동
보고 가마이 탄식ㅎ고 가는 모친 불너드려 가마니 슬말미느
둘너닉야 남모르라기 주어덧니 옹좌수 엇지아라 스랑문을 박ㅊ
열고 띈고암 큰소릭로 뛰드러 안히닷려 ㅎ난마리 요망하고 감
모흔연 여필종부 닉말훈네 일정아니듯고 약간양식 푼전이며
네어미로 주단말가

p.9

너갓튼연 세간스라 폐망신세 틱로다 두주먹 불끈지고 뒤곡제
퍽퍽집혀 틱문밧기 좃ㅊ닉이 양시부인 홀길업서 지성으로 비는
마리 서방님 드러보소 우리두리 천정으로 인연깁혀 열일곱의
서로만느 시집의 도라오이 일초막 의지업시며 닉가와서 작만ㅎ
고 자식숨사 낫리울 남불짠니 길너닉야 성이닙장 듯시기고 남
노여비 수심전을 닉가와서 다부리고 노비정장 슬님 면백 닉복
으로 지혜되이 조석굴문 닉어미을 슬흔말이 되단ㅎ오 세상의
제부모기 불

효하고 장가끼 불량하여 빅번천번흔들 지은죄로 뉘두려 원망흐
리오 모는내몸의 비록여자나 칠거삼동 슘가 힝실인 충선힝동
지지 갓갓호양흐니 이는알니 무죄흐오 옹좌수 이말듯고 이란마
리 스생고락이 다천명이라 네말디로 좃칠손야 대문밧기 촛ㅊ니
이 그부인 다시부처 말못흐고 친정으로 도라오니 백발즈친 눌
근노모 출가여식 거동보고 놀내는닷 반기난닷 밧비밧비 문는마
리 네거럼이 엇진일고 불식기 흐는마리 도성츠로 네왓는야 부
모얼굴 보고

지 워근친차로 네완는야 양시부인 디답흐기 무죄한 이니몸이
홀길엄서 완느이드 그어미 흐고 통루너는 드시 가지마라 그놈
집의 가지무라 오릭산의 복중절스 할거시나 죽어스느 너는다시
가지마라 글고보니 근근 지니더라 잇떠 옹좌수 본쳐를 소박흐
고 일등미식 첩을어더 조흔음식 작만흐고 양지머리 가리찜과
싱치다리 영긔찜과 두리서로 포식흐고 죽어가는 칠십노모 조금
도 싱각업시 엄동설흔 닝동방이 누은대로 바려두이 홀길업는
저눌근이

여윈몸을 개우 이러나 아들불너 이란마라 여즉정객 되야시니

늬몸 죽끼전의 친말하자ㅎ니 옹좌수 히을늬여 ㅎᄂ마리 무슨
말ᄉᆷㅎ려하오 눌근니가ᄂ 목 게우드려 눈문개려 ㅎᄂ마리 천지
간 몹실놈아 너ᄂ뉘며 나ᄂ뉘고 늬ᄌ식이 네안이여 네어미가
늬안이냐 삼천가지 죄목중의 막죄로ᄃ 스람은 고스하고 금수도
제부모은 서로 알고보길 질기난듸 잇늘락리ᄅ 스람은 부모끼
호양지극ㅎ여 그부모 죽은후의 명산 듸천어더 지성으로 친히
파이 창천이 감동하ᄉ

p.13

자ᄂ땅히 금나며 출천호ᄌ 되시잇고 림종의 설상죽순 왕상의
어럼궁개 잉어나리 자고로 드문호힝 성정의 나라ᄂ니 너ᄂ엇떤
사람으로 습강오륜 착한힝실 부모유채 모로난ᄃ 천지간 몹실놈
아 너울빅고 도일적의 살진몸이 되픠하고 만난음식 사세업고
안지며 서기실곳 누으며 일기시리 자식나코 살동말동 백가지로
싱각하며 아달인가 딸리럴가 쥬야로 바릐다가 나코보니 아달이
라 ᄎ운듸ᄂ 늬가눕고 더운듸ᄂ 너울눕혀 이럿타시 키울

p.14

적의 금옥이 보빅럴가 의엇지 비홀소야 병니들까 빌릴일가 ᄌ
ᄂ깨나 염녀런이 오새의 너의 부친 상사만ᄂ 의혹업난 이닐신
이 너만밋고 사라나서 쉽세가 너문후의 문장직사 택리사 여문
칠로 훈개ㅎ야 네몸이 장성후의 십칠세의 성혼ㅎ여 어진안히

정해주이 무죄흔 종강지척 부지넙개 박디후고 몹시춤연 호탕후
여 그디음 통후니 천지간 불효로드 은혜를 못갑푼찐디 흘찬
모로는다 시알가치 손난 눈물 개우 채리치어거젼 하이 인사
성의 오즉호냐 사람마드

p.15

민심 후렷마는 불촉흔놈 옹고집이 이말뜬고 홰을니야 하는마리
왕싱지자 출천효즈라도 부모함게 못죽엇고 제순갓튼 디성인도
부모상을 못몃후고 만영웅 진시왕도 불스약을 못어더서 연슌
종칭 가린후니 그말저말 다바리고 인간칠십 고리히라 그만죽어
도 무던치요 다든문 박츠열고 첩의방 드러가서 첩과두리 히롱
하여 조타스량 노일적의 옹고집 불효흔줄 불천이 감동후사 위
디의 강원도 금강순 유적스 남악의 인는 철관도스란 중이시디
불법의 능통후

p.16

여 상통천 도고 후는마리 후무불통 자로난지라 옹고집이 불효
한줄 불전의 얼는듯고 진위로 알고전후야 힝장을츠려 불전의
후직후고 촌고발십 금히나려 안동따 옹둘촌 옹좌슈집의 츠즈가
서 디문박끼 부터서서 동영을 청하디 소신 불공덕 아닌이 하되
흔할미 일호되 우리 옹좌수님알면 동영도 못엇고 서날장죽 둥
실맛고 팅자밧디 흔길까지 너른기리 빅잠도록 쪼끼갈서 시니
부디밧삐 밧비 물너서라 철관도사 이말듯고 된목정 큰소리로

짐직 짐직 드러 소승은

p.17

금강산 유점사의 인는중이오 게다가 삼천전 딕웅전이 풍우의
퇴락ㅎ와 중장하려ㅎ딕 지물리 엄스와 불원천이 왔오니 시주적
선 하옵소서 발원ㅎ딕 히동조선 구경생도 안동따 옹남면 옹들
촌 옹싱원님 양주부척 빅즈천손 만딕유전 부귀영황 무량딕복
불전의 명감 ㅎ옵시며 극낙시괴로 가서 리리부딕 시주ㅎ압소서
나무 이미트불 이쩌 옹좌수 목탁소릭 얼는듯고 풀적뛰어 너와

p.18

의메 추상각치 호렁ㅎ딕 어인즁이 그듯지 요라느난다 밧비밧비
잡아오라 철관도스 듯러가면 두손으로 흡장비례ㅎ며 소승은
화주옹으로 치세을 원ㅎ옵나이드 옹좌슈 즁울보고 이라딕 즁이
ㄹ ㅎ난거시 산중의 깁히 드러 염불공 지극하나 즁의 근본이
어더ㅎ며 여염의 나와 권선비고 길승으로 다이며셔 나무집 기
괴기고 장의 가면 고기 먹고 쥬막의 가며 슐 먹고 초염의 여식통
간 지물도적 몹실짓만 츠자ㅎ니 아조벌근 도적이라 네무슨 포
홀두로다

p.19

여며 보취난듯 철관도스 엿즈오딕 소승은 남악순 즁이옵떤니

양간 관상이 다 아는고로 두로 단이나이다. 옹고집이 이말듯고 반기너제 네일졍 관상을 본ᄃᄒ오니 닉상을 ᄌ시보아 길흉을 판ᄃᄒ여 맛차즉 천금을 시쥬ᄒ리라 철관도ᄉ 상을보고 무슈히롱 애ᄒᄃᄃ 관대뼈가 널이붓꼬 이월객이 분명하고 개기라 옥갓좌의 인물이라 좃튼마도 코줏귀가 파배하니 갈ᄉᄒ기 쥬장이요 닙모 워리 얄필ᄒ니 말삼도 가리즌코 천졍이 광활ᄒ고 슈엄이 슈변 ᄒ나 양미간의 슬긔등천ᄒ니 초부은 평온ᄒ나

p.20

중후분의 도라가면 복중졀ᄉ 할거시요 용모가 괴악ᄒ니 고집도 ᄃᄃ단ᄒ고 안져가 분명ᄒ니 부리지ᄉ 동힝할 거시오 슴강을 이 를진ᄃ 윤리가 업서시니 부모끼 불효ᄒ고 조강쳐 소박ᄒ고 시 도롬죄 훗식ᄒ고 상인희물 호이 심슐은 ᄃ적이요 슈는 칠십이 로ᄃ 필경 죽을ᄢ는 염질병 급살한의 안또눕도 못ᄒ고 서서 쥭으이라 옹좌슈 이말듯고 분흠이 팅장ᄒ야 추상갓치 호령ᄒᄃ 이놈이 관상보는 놈이 아이라 양반욕ᄒ도다 이른 놈 의라하고 열산종놈 ᄃ불너서 눌근종놈 고들쇠야 졀문종놈 날

p.21

바름아 욕즐하는 강돔쇠야 사름일슈 젼호졀들 일시의 다불너셔 져즁놈 결박ᄒ라 벌때갓치 달여드러 아조줄근 묵근 후의 소상 반쥭 열두바듸 슈양슌 물주릐로 두눈이 슉빠직긔 뚜다리고 두 궁동이 약슉 아홉박 ᄌ칙뜨고 루듸 질너 좆츳닉이 철관도ᄉ

할길업서 본亽로 도라올제 절치부심 싱각ᄒᆞ되 그놈의 양반을
만일 그저두어 불또가 혀도 되고 도승이며 이승되고 산의 즁이
시가 업실거시이 슐법으로 곳체 타라ᄒᆞ고 절로 도라오니 열두
상ᄌᆞ 나러오더니 합장빈니

왈 스승인 평안이 오신잇가 철관도亽 ᄃᆡ답ᄒᆞᄃᆡ 평안이 몬세로
시라 간신니 도라와시니 이놈의 양반을 엇지ᄒᆞ야 설치 ᄒᆞ리요
그놈은 그저둘 놈이 못 된ᄃᆞᄒᆞ니 맛ᄉᆞ제 나안지며 니란마리
염라국의다 한번 시양천의 亽ᄌᆞ부처 옹고집을 즙아다가 철슌지
옥 독ᄉᆞ지옥서 칼시워 가두옵고 천만연이 되어도 이노ᄒᆞ환싱
못ᄒᆞ기 ᄒᆞ리다 네 마리 부지럽다 그놈의 집의 드러가니 ᄌᆞ물리
유어ᄒᆞ여 부채님께 불공제쥬 산신당 종왕정을 천금을 축원하여
제장보살 감동ᄒᆞ亽 생전의

른 그리ᄒᆞ러ᄒᆞ니 亽후면 ᄒᆞ러이 그리도 못ᄒᆞ니라 둘지상제 나
안지며 소승은 둔갑ᄒᆞ여 ᄉᆞ의 빙호되어 옹고집니 ᄌᆞᄂᆞᆫ 방안
씨고치 달여드려 ᄉᆞ닉을 덥셕물고 협틱슨 슈식간의 스성님긔
맛리ᄃᆞ 네말도 부지럽다 그 놈의 집의 드러가니 산영개 포슈군
다 일동전방 슈 시비효 죄골량 비겨갈고 매일마다 긔도하고
산신긔 축원ᄒᆞ니 만일 네갓ᄃᆞ가 깃방를 왜불총하며 서룡충 충

는 박아 벽갓튼 화악재와 방애쇠 전둘ㅎ서 네빌박박

p.24

문듯치며 네목슘이 편각간의 죽을 거시이 쥭기드면 가쥭벗기
관가의 바치고 옹고집이 좋흔공 밧치련니 그리도 못ㅎ리다 또
한 상직 나안지며 소승이 둔갑ㅎ여 해무근 여히되야 앞발노
머리어는 되발노 저람저리 절대가인 미싴 되어 옹고집 츳츳가
서 얼민일 보고은 되도전신ㅎ고 랑키ㅎ여 압서우고 되셔우고
첩봉만학 깁흔밤의 일모천산 노이다가 눞긴의 금상흔의 죽으리
라 이는 그리도 못ㅎ리라 그놈집의 드러가니 상요리와 사영개
와 여기저

p.25

너르며 황구적구 네누이며 청슬사리 빅룜사리 납닥바리 보기드
면 일시외 뇌다라 네손믹을 물거시니 쥭끼드면 가쥭벗기 자랑
ㅎ고 무연이 옹고집이 깔고안즈 호강만 할거시니 그깃도 못ㅎ
리라 도한상직 나안지면 소승은 목이 되야 일모 황혼 져무거든
옹고집 즈는방의 드러가서 첫줌의 슈며듯가 첫줌의 손믹을 쭐
근무러 독되여 죽기 호리다 그리도 못하리다 그 놈의 집의 드러
가여 방안올 둘너보니 상고비상올 방마다 부치더라 목의되여

p.26

네 갓드가는 슘엄시 죽으리라 이말 저말 다바리고 요슐노 죽이
라 하고 철관도스 문득 직기하고 용모슨 놉히올나 옹고집의
몹실힝실 츅원ᄒ고 불전의 불응ᄒ오면 그리 무심치 아니ᄒ올거
시 너도ᄒ 그리나아가 왼싀긔 서런 두발꼬와 혀슈이아비 만그라
칠성을 모와노코 ᄒ날님긔 고사ᄒ고 황쥬역사 나차불너 이리저
리 분부ᄒ듸 집옹싱원 드리다가 참옹싱원 가르치니 오읍스좌
울영스자 분부시행 츠로ᄒ라 집흐로 만그라시니 참옹싱원 분

p.27

명ᄒ다 부처님 도슐보소 이귀비 옹모치연 힝동거지 엇디셩음
옹고지이 흡스ᄒ나 왈 칼때여 나안지며 왈 늬줍시 인는야 나려
가서 옹고집 쉬기라 도사 지시ᄒ고 옹좌슈집 차자가 잇때는
경인시저리라 이화도화 만발하여 백설갓튼 범나비와 산곳들
보고 츔을쥬이 그도 또흔 경기로다 옹싱원집 츠자가니 고듸광
실 놉흔집이 구람속을 보논듯 ᄒ더라 이리저니 비회홀시 참옹
싱원 오날맞춤 이웃집의 도문잔치가고 업는스의 이듸의

p.28

집옹싱원 안스랑의 드러안즈 제라서 참옹싱원 인체ᄒ고 가개변
빅사 귀별할제 오날잔치 일등기생 조흔풍유 두덩제종리라 누륵
슐먹고 골지 압파 보든손님 좌좌전의 변진사라 왓드 너의 놈드

러보라 닉일은 밧틀갈고 모릭눈 보리빈그라 ᄒ오며 타작ᄒ고
조흔날 젓서들고 구짓나은 신을삼아 부지런니 하여라 또 년종
불너 분부ᄒ딕 아희연은 시을앗고 어련연은 무명밧 갓구고 며
나리는 길삼ᄒ고 딸아기는 명쥬짜고 손즈놈 등은 공부하

라갈제 제손님을 구별하고 손님을 구발할제 이소 염무을 제다
주고 천니 언자시니 남녀놈이드리 엇시아리요
잇디 츔옹싱원 일낙 서슨ᄒ고 월츌 동남ᄒ니 쥭창을 훗터집고
이리비들 저리비틀 서벅서벅 드러오니 잇떠 집옹싱원이 츔옹싱
원 전놈보고 벽역갓치 호령ᄒ딕 이럿틋 미친놈니 닉집닉정 염
치업시 드러오는듯 츔옹싱원 이말듯고 목청을 갈닷드마 어인놈
이 남집을 재집갓치 뒤여안즈 쥬인양반 욕ᄒ는 듯 그저흔 귀변
이요 큰아히 영돌손

아 둘직아히 반경손아 이런 귀변 보아는야 동닉 츄립흔소의
이러텃 즙놈을 닉방의 안치둔 네아비을 몰나보니 음즁친구 동
닉빅성 시명사촌 이련스히 이런손문 알구두면 닉낫틀 들고 어
디기리 열손즁놈 급히불너 저 밋친놈 즈바아 닉라ᄒ니 집옹싱
원 이말듯고 불꼿갓치 급한성전 남여노비 급히불너 저미친놈
결박ᄒ라 츄산갓치 호령ᄒ니 츔옹싱원 긔가 믹히 뛰여 달여드

러 집옹싱원 덥석안고 밧고부드치며 어인 놈이 늬

p.31

안진방의 드러나야 집옹싱원 듸답ᄒᆞ듸 나는 이집주인 옹고집 옹싱원이라ᄒᆞᄂᆞᆫ 양반이로다 춤옹싱원 이말듯고 흘긋보며 ᄒᆞᄂᆞᆫ 마리 내가 이집쥬인 옹싱원이지 네가엇지 쥬인이라 ᄒᆞᄂᆞᆫ냐 너 생일시을 가ᄅᆞ치라 집옹싱원 듸답ᄒᆞ듸 ᄂᆞ는 옹진연 옹진일 옹 진시의 ᄂᆞᆺᄃᆞ하니 옹싱원 이말듯고 어이업서 다시 말못ᄒᆞ고 올ᄐ올ᄐ 그러며 우리ᄌᆞ당긔옵서 상이라나 아던가 그ᄉᆞ의 어듸가 긔시ᄂᆞᆫ요 집옹싱원 선우슘 우시며 이놈이 조상님을 욕ᄒᆞᄂᆞᆫ 듯 난장목 등 이마실 지시니

p.32

밧비밧비 물너가라 춤옹싱원 이말듯고 통뉴ᄒᆞ며 처자권식 몹실 연아 아츔의 나간가장 지역의 몰라보고 맛슈난 종 쥭긔 되야시 되 이런ᄐ 말아이ᄒᆞ니 삼강오륜 혀사로ᄃ 익고답답 성음이야 이거시 어닌일고 ᄌᆞᄃᆞ가 굼이런가 잇될쥴 엇지알고 탓시 서리 울제 연동아달 ᄒᆞᄂᆞᆫ마리 알 듯 ᄒᆞ온들 분별ᄒᆞᆯ길 전혀엄소 이목 구비 진틱병설 역역희 아조갓고 상하이보힝 전보신 혀리근 도 리쥼치 단희나님 단마치리 학실안깅 장도칼과 화쥭설띠 면지

서라 지녁 녁히 아조갓고 불곳 갓튼 살홈판의 죽은 우읍이야 똑갓고 빅슌전치 둘노보니 판단홀길 전혀엄늬 가운인가 재변인가 이런변 이슬쏜가 둘직아달 나안지며 천악으로 이러흔가 지악으로 이러흔가 시조가 업서 이러흔가 어뇌 이런 이리 이시리요 금옥갓튼 고은첩은 섬섬옥슈 퇵을고와 우난마리 빅연밍서 깁흔 가장 양인즁이 잇지만는 판단홀슈업늬 가슴치고 발구리며 익고 지성으로 통곡흐니 츔옹싱원 양구혜 듯다가 싀로니 블을늬야 왈

뛰여 짚옹생원 허법지을 쥘근 안고 이놈아 날쥭이라 짚옹생원 일더나며 벌득거리 족치며 파을 잡고 뺨을치며 목을잡고 뚜다리며 가슴도 뚜다리며 옷고엄도 할처잡고 달여드려 손맥을 뿔근쥐고 이리치고 저리치며 도라서며 떠치내니 츔옹생원 무슈의 마진 후의 대성통곡 흐는마리 양잉심사 양잉지라 동내백성 누고업시 이런일 판단흐오 동내스람 다모히서 허시을 알고져흔들 두스룸이 행동거지 뉘라셔 분별흐리 그 즁에 우악한놈 펄적뛰여 나안지

며 두옹생원 쥴때의 놉히달고 츔나무 몽치로 네리빗슈 들진이

들아리잇가 참옹생원 동내백성 내말드르소 내몸에 포적이시니
집안사름니 다아나니 왼편의는 거문점이요 오른편에는 불근점이
요 다리스이 산수무구랄 보고 분간ᄒᆞ여쥬오 짚옹생원 이말듯고
상하니복 홀떡벗고 좌중의 나안지며 내몸표적있오니 동내백스람
똑다보소 좌편의는 거문점이오 위편에는 불근점이오 다리스이
산수마구 전마린가 자시보소 유적을 지멸ᄒᆞ소 좌중의 할일업

p.36

서 항천ᄒᆞ닐 이말 듯고 서로보고 이란마리 소인등은 들어라
불슈 전히업소 춈옹생원 이은마리 내좌수도 님츠의 분단삿도
저옹가를 혼자분급 일없고 주네ᄀᆞ탄 자 하여던니 너엇지 모라
는야 밧비밧비 잡아내라 호령ᄒᆞᆫ들 기운이 쇠진ᄒᆞᆫ지라 짚옹생원
이란마리 양첨ᄒᆞ닌 감동아 일변트인 장초란아 내좌수로 도님츠
의 보란듯 도서울가고 잉읍공사 내니무로 결단홀제 너엇지 모
라는냐 저몸주아 적박ᄒᆞ라 추산갓치 호령ᄒᆞ니 항천ᄒᆞ니 분부듯
고 일시에 달여드러

p.37

춈옹생원 뜰도상토 회회친친 가마쥽고 말쥼우로 이리츠고 저리
츠고 춈옹생원 기가막혀 향천초인 몹실놈아 홍한쥼놈 마을듯고
남을지막 하난마리 애고답답 서움이야 시상천지 이런변이 어대
도 이시리요   잇 짚옹생원이 정변 이사변 저이 서웁네 행차긔구

보소 천금준 마술실하여 슈노은 안상의 드러시 놉히안ᄌ 호긔
잇긔 셩니내로 드러가네 학실안졍 호긔잇긔 차면헐고 혈모 첩
이손 드러가 손별불너 통긔ᄒ고 관가의 드러가셔 무안후의
졔호의 나려가셔 말다ᄒ되 민의 집의 과연이

p.38
변이 니ᄂ고로 아외나니다 일명 무지ᄒ의 엇던 미친놈의 자칭
쥬인 이리ᄒ고 도림 내졍하여 작ᄂ이 무슈ᄒ옵긔 도로 결박ᄒ
여 대려하야 사오니 각며리업치 하옵소셔 단지 대모ᄒ고 양인
을 불너 구셩의 인치고 양구의 보다가 이공사 코앞푼 공수로ᄃ
슈형니 부르라 형니 드러가 복지ᄒ니 분부왈 금일 옹좌수집의
괴변이 닛ᄂ고로 말다하되 진월 내모르니 광풍ᄌ 분부 달ᄒ후
참옹생원 엇지오되 민은 밧긔나가 진졍 소징을 아외니다ᄒ고

p.39
밧긔 나와 소징을 만그라올지 날ᄒ여시대 두근진분 동상음수
듯는만이 본대옹이 후로서 가사사요 부호야 기릴거 업스의 지
내던니 무위직일 명부지ᄒ의 엇던놈이 자칭 쥬인이라ᄒ고 내졍
의 드러가 누어시이 진사의 송ᄒ문동 시요인수자약거라 명긔
외적이라야 작내가 부이요 강유서 부천이
요 인지착 마리오니 부원망산주도 옥석을 구별 ᄒ옵소셔 하여
더라 원이 마다보니 다 부당ᄒ지라 너왈 외인말리 츠례로 시니

너의 각각 살님 변백을 갓갓치 사

p.40

외라 참옹좌슈 먼저 아외되 민이집은 와가로데 몸체ᄂᆞᆫ 마흔
두간니옵고 놈종은 이십명이옵 연종은 오십명이옵고 그남은
혀다 사정 엇지다 기록 하리잇가 집옹좌수 아외되 민의집은
와가로데 몸체사랑은 일흔두간이요 편역으로 이랄짓대 귁이
두안의 사백 마흔 다섬시기요 쌀흔 사백여든 너말낙이요 집업
페녁섬지기 날 집안의 부치옵고 기세둘 일흔 두마지기ᄂᆞᆫ 디의
풍 김진사의 논으로서 장연 이전의 김생원이 팔십ᄒᆞ고 짐의은
백대천이요 병

p.41

시ᄌᆞᄂᆞᆫ 고둘쳥요 영동손아 내마리 헛마리야 금사오니다 성시고
문자도리 닷못밋테 한섬지ᄂᆞᆫ 금년사월의 박어사 나려온 통지
말얼 달로 진ᄒᆞ고 도문진치 할슈업서 룬문서 만갑 사라ᄒᆞ거늘
이백암의 성문ᄒᆞ고 군신이ᄂᆞᆫ 지짐ᄒᆞ고 이문이ᄂᆞᆫ 징인이이 만졍
손아 내말이 서마리야 그도라 면을사이다 밧트로 이랄진데 모
화전 닷섬지권 그두퇴전니 쉰섬식인소지 진이 두섬직이요 두슐
합ᄒᆞ여 일천사백여 두락으로 낫낫치 아외오니 두마

p.42

달니 가연 올사니다 또 아외되 진수가 다섭지기요 고참연섭은
서편 행낭의 두웁고 목화밭 종은 피슬쇠작은 큰 고십의 채워잇
고 참개 다섭 둘깨 열섭은 손고방의 여혀잇고 연장으로 이랄진
데 간장 열독이요 된초장이 시독이요 문어도환 늑명태 대구난
전 홍홍읍젓소 손논상의 혀잇고 젓국젓 어니날 참생강갈웃덥혀
서편 석동의와 명테난 젓 두동의난 맛조흔 정젓속지낸 다리
단청의 파라시니 내마리 헌마인야 과연 올타의다 밧어달은 무
압슐생 둘

p.43

아달민 축생 싯째아달은 사생 맛손즈 김쥬생 둘째 손즈 정수생
연동손아 내마리 기진말가 부친마삽의 집을 사의다밤고 기물을
아릭ㅣ되 용장봉장 가게슈며 세잠 농잠 푼산라기디 합농반다지
며 왜문경대 오색자죽 고미와전 요강슌금 타기 긴요강이미조리
요 포백을 이란친대 면슈닷진 슈쥬닷전 모슈다피 왕초연리 흔
최잇고 의복으로 이를진대 하배 도즈ㅏ 둡이요 모슈르 천유 세
부리요 매자 만선두리 양회앙이새운

p.44

요생ㅎ슈 짐밧치는 거연둘인요 즘맛어 달지기 갈젹의 배려가던
니 니지가지 아이두고 내마리 헛마리잇야 그도 또한 올수의다

만 울이사깃대 대두니반이며 츅이요 통형 만석쥭이요 개상반닷
쥭인대 그즁의 장하만나 일옴닙요 농기로이랄진대 상기두최
작도ᄒ고 최리 고흔쥭이요 그후ᄒ 다반겨 엇지다 오외리오 종
은로 이알진대 놈종지면 연종ᄇ면 아회종연

p.45

면인요 모 한거어찌 담외잇리강 드강이러ᄒ여 이리다 셩쥬통쳑
하사소셔 노복우로 임로신대 슈흔며ᄂ 쉬남이요 사홉인슈 고둘
시오 거람이슈 강남긔요 말살ᄒᄂ 븍의전의요 편닌조슈 살난
김쳐쇠요 연종이달진ᄃ 쳠자인슈 소져닐요 이즐ᄌᄂ 쇠져리요
밥즐ᄒ난 푼영리요 옴즐ᄒᄂ봉면이요 동살리ᄂ 푼남니요 그즁
의 여분 부란이ᄂ 김진ᄉ가 쳡을삼아 금연이 워시릭양의 삽양
ᄒ고 집을 이을 진대 쳡름사리 스무무리 사조 어리베눈 이셔
엄지숙지백셔

p.46

피의 어더이지 진듈츠 쳐인이은사회 와셔 잡아쥴ᄒ 바리ᄂ 업
ᄉ시니ᄂ 거시거진말고 지젼이 올화하오니 셩슈 낫낫치 드란후
의 츰옹좌슈 잡아드러 맹상트둔 슈ᄒ고 엿ᄉ라찰 어면ᄒ야 지
셩밧기 촛츠내니 츰옹생원 원삽 가시고 분기분승하여 호쳔통곡
우ᄂ마리 우리 셩쥬야 쑥쑥하다훈데 잡놈편을 드러무져ᄒ 나울
지우니 애애 답답 야속ᄒ다 셔운지가 젼생죄 이러ᄒ가 어우생

234 옹고집전

지로 이러흔가 부모기 효란ᄒ고 동내백성 인ᄉᄒ고 향즁 쥬립
내다ᄒ되

p.47

자고 피로 이러ᄒ고 내ᄉ라 신데업다 구경이나 하여 보ᄌ 잇대
짊옹생원 둑송하고 도라가서조여등 노복등을 다불너 그류아
하ᄂᆞ마라 내손기 아니 들ᄒᆞ슈업실 벼ᄂᆞ여다 그라여 노복등과
일가친척 동내백성 다모다 ᄒᆞᄂᆞ마리 이 엇던 즙놈 말나 잔상고
상 속아또다 그러ᄒ나 양인즁 매요모 분간하가 어렵습더니ᄃᆞ
하더라 집옹좌슈 ᄒᆞᄂᆞ마리 내집의 이런 리면나시니 님십이나
서어보사 그 다음부텀 ᄒᆞ돈 즁대 흔양 무기고 여양소기야 백앙
즁대 처냥쥬고 천양쥴대

p.48

만냥주인 심물엇고 시간 울림피ᄒ니라 잇대 참 옹생원 유리걸
식 다이적의 철관도사 연몽ᄒ대 일시 개과천선ᄒ야 나야아 울
대 생각ᄒ라 참옹생원 이지야 개과천신ᄒ여ᄂᆞ이다 도ᄉ 님덕택
으로 이런 재발천분연ᄒ옵소서 미인지ᄂᆞ 부모랄 봉양ᄒ고 본처
를 도라보아라 옹생생원 ᄒᆞᄂᆞ마리 도ᄉ님 지ᄉ대로 ᄒᆞ오리다
철관도사 이 말을 듯고 편지흔쟝 쥬어 왈 이거설 가지고 쥬인을
주라하거날 참옹생원 반기듯고 급히 도라와 담넘의

p.49

서 엿보더니 연동손아 하는마리 어머님 저점니 미칫놈니 또
완나이다 짚옹생원 왈 그 때 느언지며 금 놈을 츠즈내라 하거날
츰옹생원 급히 드러가 편지을 올리니 짚옹생원 양구히 보다가
흔편 억천대소하고 짐바쉬은대 보니 집흔단 부이라 효시가권니
다 항공흔더라 츰옹생원 그날부텀 부모기 봉양흐고 본처을 다
려오니 인시의 시간여전흔지라 부처님을 소슈내어리오 옹좌수
개과천신흐야   던시 어이흐더라 그로시 츰디디

p.50

...... 리가 니회가 역역흐신 잠시선의의 구쥬객대니 쳔흐의 여
사인신 가필다 원부모의 형제는 고인애니 너잇고 기슈 쳔슈흐
란 묵은 위여아생기이라 부슈 귀린 니내 소처고애 알픠 쳔손가
슴십연 혀제 상니 급인 상봉히흔흐다 첨첨하우니 부당업말 잘
아어대언고 적막흔 산중에 상만 혀신이라 현제오인 억슈흐고
지극쳔가 농곡흐이 자애로신 우리선친 정영 니업사사 가명이
무어신고 구쳐니 민말이요 가이업신 사효쳔망극가

p.51

엄신소 역역흑신 산자 말슴 셤모 여생면면흐여 그리온 현생사
앤 인석 둘든흐사던니 조무리 시기흐고 천악이 미진흐야 굼갓
튼 아홀간의 인만이니 터새로다 아회할 억시흐고 형세남매 단

툭호니 역역혼 엣날이니 꾀흥니 상반잇서 유슈갓탄 인간시월
지년니만해런고 처윤홍안 갈인선목 백발이 대단말가 어와 시상
스람드라 니내말숨 드러보소 인간성쇠 볼작시며 상전벽해 대단
발고 항연 한어래산은 부너산이니야이오

p.52

다 한인간 두른 모신호고도 슈신한 가온대 차자오니 보던 집이
어이 올료다이마고 시말저 다덧지고 상대고리 차자보니 잇보던
전장매는 이구모사잇고 경개좋은 슈옹장은 옛날 노던 고시로다
천의 친척마조다라 흐연 영섭 반긴후의 차차시정간이요 처의
담소로다 구연한 선파당은 시시고택아니련가 우리가내 전전하
고 좌우로 여러이서 주주야야 로기록호고 세세열연 활낙굴햐
법석갓치 전긔영외 연시 상전 하잣더이 일로초분간오난당 경아
십비 회 갈발엄내 청여구오 높은 집이

p.53

타인입신 대단발가 삼군 객중 치동사야 면목의 나자시 보소
둘루노나 도라서서 고항수천이 변호니 수주다 친적드라 어나시
다시 볼고 가련호다 여사신신시 가련하다 사친적정 화자겨홈
은 오날 말차로다 셕양노 도라드러 본가로 차자오니 시색은
벅두호고 괴기도부업호다 수좌다우니 현대상이 사별대단말가
오 날날 니별하며 울인호시 다시 볼고 니신이 옹모시런 후생으

로 기약하세 청천에 명월대야 미치시나 다시 볼가 구만장천 가운디야 떠서□□□가 대처늬 유슈대야 홀니 서나맛□□□

p.54

□□□ 마이서 편지로 인부러보니 안족이나 되야 사석으로 전해 보쇠 금혼 가ᄂᆞᆫ잇리 눈물노 부처부가 형산시산양 갑은 천니 상봉화한로다 한하다 우리도 니산이 되야 다시 보기 원이로다 형이아사 대히 대네 객외객하니 석의 디구 란판드오거든 내얼로 삼봉ᄒᆞ고 내의 아히 곤명ᄒᆞ야 우고산부산도 님기던 우리 항제 좋은 영화영화로 다시보소 이뢰나 다시 불고 가다 시분기약 업내 이러할난 다시 행장을 재촉하야 가봇에 하직하고 천머늬 영견혼시 반호벽용 오남뫼 며사 지나던 객중만이 인생에 통ᄒᆞ니 인뵈 복뎍어

p.55

여보리 청송인하연 하운슈도 오면하대 음□□ 찬신 절호 나라우니 하오시 찾님하소 이별이야 전고 영견이별히야 철관운신대 업다 구란다잉 다시보세 창천외뜬 기력이며 남우론 날고 뜨도다 이성번노님흔 섬촌섬중노니더라 싯태죄 농히 믄보산악 춋사 노레 하니 인생연도 풍문을 작사리 수지ᄂᆞᆫ다 첨장다석근면 다반 원성만근 나리아르 가ᄂᆞᆫ저 기러의 막고 먼발니담은 다문니뿐이로다 이가탄 회 다던시고 일모저산 저문아래 록수란 재

촉하야 영영산천 도라드리 놉흔심은 석양의 빗기잇고 이

□□□□□□□ 니잘강 져산□□에는 □□천에 □□에는 얻어
녹의 홍상에□□□ 시 답ᄒ니 □□ 영신대야 사라야 섬섬옥슈
놉히드러□□□ 롱하니 ᄂ도 어서 가사시라 하사의 상은 □□□
허외허외 능성그개지리 참고개지라 이러그러 드러가서 촌단의
문안ᄒ고 자엇세 부반기안 후의 최잔도은 잔하다 졍에 남문마
음 피서의 답답 손야 사회 대긴 기록하니 보시나이 미오마소
갑신정월 순흥김씨부인 필서로소니 이후 츰츰건단단ᄆ가단
더보시나 이유시도 이더하 우리 인생요다□□

■ 〈김광순 소장 필사본 고소설 100선〉 간행 ■

□ 제1차 역주자 및 작품 (14편)

직위	역주자	소속	학위	작품
책임연구원	김광순	경북대학교	문학박사	진성운전
연구원	김동협	동국대학교	문학박사	왕낭전 · 황월선전
연구원	정병호	경북대학교	문학박사	서옥설 · 명배신전
연구원	신태수	영남대학교	문학박사	남계연담
연구원	권영호	영남대학교	문학박사	윤선옥전 · 춘매전 · 취연전
연구원	강영숙	경북대학교	문학박사	수륙문답 · 주봉전
연구원	백운용	경북대학교	박사수료	강릉추월전
연구원	박진아	경북대학교	박사수료	송부인전 · 금방울전

□ 제2차 역주자 및 작품 (15편)

직위	역주자	소속	학위	작품
책임연구원	김광순	경북대학교	문학박사	숙영낭자전 · 홍백화전
연구원	김동협	동국대학교	문학박사	사대기
연구원	정병호	경북대학교	문학박사	임진록 · 유생전 · 승호상송기
연구원	신태수	영남대학교	문학박사	이태경전 · 양추밀전
연구원	권영호	경북대학교	문학박사	낙성비룡
연구원	강영숙	경북대학교	문학박사	권익중실기 · 두껍전
연구원	백운용	경북대학교	박사수료	조한림전 · 서해무릉기
연구원	박진아	경북대학교	박사수료	설낭자전 · 김인향전

□ 제3차 역주자 및 작품 (11편)

직위	역주자	소속	학위	작품
책임연구원	김광순	경북대학교	문학박사	월봉기록
연구원	김동협	동국대학교	문학박사	천군기
연구원	정병호	경북대학교	문학박사	사씨남정기
연구원	신태수	영남대학교	문학박사	어룡전 · 사명당행록
연구원	권영호	경북대학교	문학박사	꿩의자치가 · 박부인전
연구원	강영숙	경북대학교	문학박사	정진사전 · 안락국전
연구원	백운용	경북대학교	박사수료	이대봉전
연구원	박진아	경북대학교	박사수료	최현전

□ 제4차 역주자 및 작품 (12편)

직위	역주자	소속	학위	작품
책임연구원	김광순	경북대학교	문학박사	춘향전
연구원	김동협	동국대학교	문학박사	옥황기
연구원	정병호	경북대학교	문학박사	구운몽(상)
연구원	신태수	영남대학교	문학박사	임호은전
연구원	권영호	경북대학교	문학박사	소학사전 · 홍보전
연구원	강영숙	경북대학교	문학박사	곽해룡전 · 유씨전
연구원	백운용	경북대학교	박사수료	옥단춘전 · 장풍운전
연구원	박진아	경북대학교	박사수료	미인도 · 길동

□ 제5차 역주자 및 작품 (14편)

직위	역주자	소속	학위	작품
책임연구원	김광순	경북대학교	문학박사	심청전 · 옥란전 · 명비전
연구원	김동협	동국대학교	문학박사	어득강전 · 숙향전
연구원	정병호	경북대학교	문학박사	구운몽(하)
연구원	신태수	영남대학교	문학박사	수매청심록
연구원	권영호	경북대학교	문학박사	유충렬전
연구원	강영숙	경북대학교	문학박사	최호양문록 · 옹고집전
연구원	백운용	경북대학교	박사수료	장국증전 · 임시각전
연구원	박진아	경북대학교	박사수료	화용도 · 화용도전